爱情课

LESSONS IN LOVE

刘 伊 著

中国言实出版社

图书在版编目（CIP）数据

爱情课 / 刘伊著 . —北京：中国言实出版社，2014.5

ISBN 978-7-5171-0578-7

Ⅰ．①爱… Ⅱ．①刘… Ⅲ．①长篇小说－中国－当代 Ⅳ．① I247.5

中国版本图书馆 CIP 数据核字（2014）第 101110 号

责任编辑：周　宴

出版发行 中国言实出版社

地　　址：北京市朝阳区北苑路 180 号加利大厦 5 号楼 105 室

邮　　编：100101

编辑部：北京市西城区百万庄路甲 16 号五层

邮　　编：100037

电　　话：64924853（总编室）　　64924716（发行部）

网　　址：www.zgyscbs.cn

E-mail：zgyscbs@263.com

经　销 新华书店

印　刷 北京市玖仁伟业印刷有限公司

版　次 2015 年 1 月第 1 版　　2015 年 1 月第 1 次印刷

规　格 787 毫米 ×1092 毫米　1/16　18 印张

字　数 276 千字

定　价 35.00 元　　　　ISBN 978-7-5171-0578-7

目录

第一章：无备爱 / 001

第二章：迷爱 / 011

第三章：错爱 / 033

第四章：免谈爱情课 / 055

第五章：不叫老公那几年 / 067

第六章：女人和男人的对话 / 083

第七章：结婚 / 105

第八章：手术 / 123

第九章：失婚 / 147

第十章：反省 / 171

第十一章：逝 / 191

第十二章：岳母不是妈 / 211

第十三章：精神出轨 / 233

第十四章：一定生两个小孩 / 251

第十五章：续登 / 273

结尾： / 281

第一章：无备爱

1

　　身为固家门业的老总，45 岁的刘建成经济稳定，有房有车有钞票，他看上去什么都有了，似乎对这世间再无所求。尽管这年头要想睡热炕还真是难寻，北京根本难得一见土得掉渣的土炕。如果有，那也是故宫里收藏起来的老古董了，那是文物。刘建成心里可没有睡在文物上的想法，那是当年皇帝老儿睡的地方，咱小民岂能有那等殊荣？于是，他只好心甘情愿地睡着冷冷的床。

　　自多年前离开老家来北京创业，他就极少睡热炕了，就算想睡热炕也得回老家找去。就是后来，老家的热炕也越来越少了，都被冷冰冰的床代替了。床成了新时代的伺寝工具。

　　如今在外人看来，刘家早就过上了中产阶级的甜美生活，可他莫名其妙地就是觉得心里很烦，深思熟虑以后，他准备提出和发妻李菊花离婚。他一直在找一个合适的机会。他也说不清自己是不是厌倦了这一成不变的生活，别人强烈要求离婚，那多半是有"备爱"了，可他没有。他就是想逃出这场婚姻，逃出去将如何，他自己心里其实也没谱。

　　这是一个明媚的早晨，他们是被屋外的小鸟叫醒的，闹钟孤寂地站在床头柜上，今天它没有任务，用不着嘀铃铃地响个不停。今天是星期六，主人可以想睡到几点就睡到几点，它就是不想让他们睡懒觉也没有办法。

人在过度疲劳以后，都想一觉睡到自然醒。女儿刘花香不在家，她已经上高二了，周六也不休息。

"你就不能早点起来，给大家做点吃的？"刘建成一边刷牙一边对李菊花说。

"我倒是想做，我做的你得爱吃啊！哪次早餐你吃得痛快了？不是嫌我做得不好吃，就是嫌难吃。有好几次做好了放那，你看都不看，白费我心思。还是去公司找厨娘做去吧。"李菊花发泄不满。

"厨娘做的也未必就好吃。"

"可你宁肯吃厨娘做的难吃的早餐，也不吃我做的难吃的早餐。"

刘建成听到这，刷牙的动作慢了下来，好像在思索什么。

"你以前也不这样，都是你那厨娘惯的。"李菊花的情绪升级了，现在已经不是在简单地讨论吃早餐的问题了，她开始抱怨，"也不知道那厨娘能做出什么大餐，她做的就那么香？"

"人家真正学过的。你要不满就也好好学学做饭，超过她。再说，你知足吧，我晚饭不是回来吃吗？"

"那也是有数的。你要是在外面应酬，还不是吃不上我做的饭。你都快忘了我做的饭的味道了吧？再说，我都多大岁数了我还学？要学你学！"李菊花开始踢皮球。

李菊花的语气也越来越不温柔，刘建成像看陌生人一样看着她，身材臃肿，嘴里不停地唠叨：说刘建成的袜子不该飞到沙发上去；说飞沙发上去也行，但不能沙发上面一只，沙发下面一只吧，洗的时候想找都不好找，总是找到一只找不到另一只；说能不能飞到一块去？

刘建成放慢刷牙的速度，一大早，他就想霸占卫生间，不让别人进来。李菊花又急了："你能不能快点出来，我这还急着上厕所呢。你跟厕所就那么亲啊？我这要拉肚子的话我能坚持得住吗？每次刷个牙都没完没了，你一个牙一个牙的剔牙缝呢？"

刘建成其实想笑，但终于没能笑出来，他不用看就知道李菊花是带着满脸怒气的，于是只好满嘴牙膏沫地回答道："你就直接说让我出去你进来不就得了，至于说这么多话，你累不累。"

"我多说才能加深你的记忆，不然你能出来得这么快？"就是再内急，李菊花也得把所有的话说完再冲进卫生间。

看到老婆一脸轻松地走出来，但那轻松的脸上依然罩着些愁云，眉头是皱着的，盯了刘建成一眼才说："你刷个牙能不能把水放下去，能不能就手把池子刷一刷？你看看，上面还沾着牙膏沫子。你去别人家也这样吗？快点，把水池刷刷。"

要是以往，刘建成就算是反抗，他也会把水池刷一刷，不然争吵一定会升级。他不想吵，所以他就听话地去做李菊花分配的工作。眼下，他不想干了，他觉得一早起来，虽然没有闹钟吵他，但他觉得有说不出的疲惫："李菊花，咱……咱离婚吧。"说出这句话，刘建成也吓了一跳，但很快就镇定了，继续说，"找个时间，咱把结婚证换成离婚证。我们离婚吧。"

"刘建成，你疯了？我就让你刷个水池你就要跟我离婚？我还没让你刷马桶呢？我还没让你擦玻璃、洗衣服呢。你说说，我们结婚 18 年，你刷过马桶吗？你洗过衣服吗？你刷过几次水池？你又做过几顿饭？"李菊花开始数落。

"不是刷水池这么简单。"刘建成懒得说话。

"那你怎么早不离晚不离，偏我让你刷水池你就要离？"李菊花气急败坏。

"我早就想离。一直在找合适的时间跟你说。"

"什么是合适的时间？我招惹你了，你就有借口说离了？你想离我偏不离！离婚你也好挂在嘴上。"说完，李菊花的眼泪冲了出来，"你想结就结，你想离就离！要离也是我提出离，你凭什么要离？我把你闺女养大了，伺候了你 18 年，你说离就离？"

"离了吧，趁着年轻，你还能再找个好点的。"刘建成诚恳地说。

"我年轻？我都 41 了，我还年轻？你咋不在我 21 的时候离？"李菊花抹了把眼泪。

"我也没在你 21 的时候娶啊。40 还一朵花呢，我又没等到你 51 的时候离。"

"那我还得感激你了？女人 40 都豆腐渣了，男人 40 才一朵花，你还是花呢。"李菊花抹了抹眼睛。

"我 45 了，早过季了，是花也谢了，我都谢了五年了。你比我年轻。"

"和你比年龄，我永远年轻。年轻顶个屁用，我和别人比还年轻吗，还有优势吗？谁会娶 40 多的老大妈？刘建成，我看你就是吃饱了撑的。以前创业的时候那么难都过来了，没钱没住的地方，地下室我们都住过。你就不能好日子好过？"李菊花把手里的湿毛巾狠狠砸向沙发。

刘建成走过去捡起毛巾，浅色的沙发上留下一片水印。"离吧，缘分到了。"他没有擦水池，穿上西装就要出门，"你好好想想，离婚你都要啥，别到最后后悔。"

"刘建成，你给我站住，你告诉我，是不是你有了小三？"

"我没有。"刘建成皱着眉头说。

"没有？没有你要离婚，你有病吧你？"

"对，我有病。我病得不轻呢，趁病轻的时候离吧，别我病重了再传染给你，给你造成精神负担。"刘建成关门离去。

2

41 岁的李菊花，自从有了孩子，就变成了大嗓门。孩子都 17 了，就说明她吼了至少有 17 年了。不，也许是 18 年，他们的婚姻有 18 年了。当然，婚前他们是在一起的，如果和他相处就一直在吼，那她吼了不下 20 年了。婚前吵架她也哭闹，这也许是女人的天性，但都没有后来那么肆无忌惮。后来，她大声说话，如同家常便饭。如果要刘建成做什么，她都是命令式的口吻。她想反正这是自己最亲的人，是自己女儿的爸爸，自己再怎么使唤都应该，都合情合理。

整天狮子吼，她并没有发现自己的变化，而是认为自己一直是这样的。只有刘建成深有体会，并想逃离"苦海"。有人说过，女人闹离婚，那都是瞎闹腾，极少有真离的意思，都是吓唬男人的。她们以为男人就是孩子，他们是野性的、贪玩的，吓唬吓唬，他们就老实了，就不再贪玩了。

李菊花想到自己的同事，有事没事跟老公发脾气就把离婚提到案板上来，结果最后真被老公给离了，后悔不迭。男人是你吓唬吓唬就能停下来的

物种吗？他们才不信这个邪，他们轻易不提离婚，只要提出，那基本就是板上钉钉了。李菊花却也不信这个邪，她想把这根钉子拔下来。她开始认真地打扮自己，做最漂亮的发型，买最好看的服装，眼见着刘建成把离婚协议这页纸摊在了电脑桌上，可她坚决不签字。刘建成就威胁她说那你就跟我的律师扯皮去吧。

说完"那你就跟我的律师扯皮去吧"这句话，刘建成穿好衣服出门了。只留下李菊花一个人哭。李菊花不明白，这个同甘共苦的男人，怎么说变脸就变脸，昨天还是晴天，今天就成了阴天。

她当然不能去跟他的律师扯皮，她清楚律师的嘴皮子有多厉害，他们能把死的说活了，把活的说死了。李菊花坚信刘建成一定是被小三逼迫着离婚的。当刘建成再次提到离婚事宜，李菊花就狠狠地说："刘建成，我知道，你有小三了是不是？你倒会赶时髦。你凭什么？你凭什么找小三？"说完李菊花就哭了起来。

"哪来的小三？不是你想的那样。"刘建成说。

"不是？你哄鬼！不是你能离婚？你说我能信吗？我根本没法儿信。"李菊花一把鼻涕一把泪，大声地说道。

"你能不能小点声？隔壁、楼上楼下都不是聋子，人家听着，人家天天听你这么鬼哭狼嚎，人家能舒服？"

"你才鬼哭狼嚎。我说话声大怎么了？我又不是今天才说话声大，我大了几十年了，你现在来挑我毛病了，你什么人啊，要挑你早挑啊。"李菊花继续哭。

看李菊花哭，刘建成就不想在屋里待着，他困兽一样走向客厅，走向玄关，李菊花看刘建成要逃，就横在他面前："你去哪？你把话说清楚，凭什么男人就能有小三，凭什么有了小三就要离婚？"

"我没有。我干干净净一个人，是我想离婚行了吧？我还做不了离婚的主吗？抽屉里有两份协议，你签个字吧。"刘建成的手伸向门把手。

"不行，你不能走。"李菊花急了，好像眼前的男人只要一开门就会永远消失在她眼前一样，她靠着门站着。

"我去买盒烟，回来再探讨。"

"不是说戒了吗。"李菊花步步紧逼,"我看你也就喊喊,你虚喊这有啥意思呢。"

"看看,还是一个人好!你以为我真心想戒?还不是你总说嗓子疼,我不想在你眼前吞云吐雾罢了。离了好,离了活得自我点,还能有多少年好活呢,我就剩这么一点爱好了。"刘建成伸手扒拉李菊花。

"我又没说让你戒。"李菊花想撇清自己。

"你说得还少?一点烟就在那喊嗓子痒痒,给谁听?还不是给我听。离了利索。"刘建成把李菊花扒拉到一边,拉开门走出去。

李菊花心里憋得慌,穿上鞋也想出去走走,可鞋子一套在脚上,她又不打算出去了。鞋子是两个人一起去买的,是刘建成喜欢的红色。如今这双红鞋穿在李菊花脚上,她感觉滑稽无比,心想,自己都这么大岁数了,还穿红鞋,还把沙发都换成大红的颜色,到底是自己心里有火一样的热情,还是他刘建成心里想和别人双栖双飞才格外喜欢红色?

一想到这些,一想到刘建成可能还想和别人洞房花烛,她就格外痛恨脚上这双鞋子,就想把这双鞋甩掉。甩掉之前,李菊花恨恨她把鞋印印在雪白的墙上,既然想离婚,这个家都要散了,自己费心费力找粉刷工刷的墙再白留着又有何用?一个脚印还不过瘾,李菊花又换了个地方把脚印上去。印完以后,她的心莫名地痛了一下,看着这个一百多平米的房间,想到要把它分成两份,男女各一份,她心里就难过。

找粉刷工的时候,她问了好几家才找到这么一个收费合理的装修工。自己眼下又何苦。李菊花脱掉鞋子,转来转去想找东西把墙上的脚印抹去,她不想让刘建成和女儿看到她泄愤留下的不良印迹。这不是她的本意,如果旁边有个沙袋,她想她也一定会拼力打上一拳,打痛自己的双手。肉痛算什么,怕的是心痛。李菊花心里抽搐着。

3

让李菊花欣慰的是,刘建成虽然和她提离婚,有一种板上钉钉的感觉,可当着女儿的面,他还真是一字不提。女儿住校,两周回来一次,自然不知

道在她不家这两周家里都发生过什么，反正在她的眼里，父母还是昔日的父母，没有什么变化。她哪里知道，她这次返校后，刘建成打开抽屉，拿出协议放在李菊花面前，然后一声不吭地从包里拿出一支烟，去了卫生间。

"刘建成，你还没完了！你，你又去卫生间一边上厕所一边吸烟，臭气全吸到肺里了。"

"我就打算离开你以后，你不再跟我啰嗦我在哪里吸烟。我就是在卧室里吸，你也管不着了，我爱在哪吸就在哪吸。现在我哪敢在你卧室吸呀，只好吸臭氧去了。再把你的墙熏黑啰。"

刘建成手里夹着烟去了卫生间，把李菊花丢在了卧室里。面对着离婚协议，李菊花想一撕了事，可是她不敢，她怕问题极端化。就是不签，他能把我怎么样？她心里这样想着，把几页纸又塞回抽屉。等刘建成过足了烟瘾，从卫生间回到卧室，桌面上干干净净。

"协议呢？我看你是想让我的律师找你了？"刘建成拉开抽屉，重又把纸放回桌面上。

"你有本事告诉女儿啊。"李菊花说完眼泪就冲了出来，"女儿在家你咋不提。"

"提啊，再回来就告诉她。"刘建成轻描淡写地说。

"建成，我们结婚这么多年了，你要没有小三，你干嘛要离开我们娘俩？你让我一个女人，以后怎么带她？"李菊花边说边哭，到最后一把鼻涕一把泪。

"你不要她，我要。我要闺女。我带。"刘建成最烦李菊花哭。

李菊花抹了把眼泪："建成，我们不离行吗？我们先不告诉闺女，要是你真想离，我们6个月以后再离，给我半年时间。"

刘建成不解地看着李菊花："早离晚离不都是离，何必拖。"

"18年我们都过去了，你不在乎再多给我6个月时间。要是我得了癌症，也许6个月不到就给你腾地方了。"李菊花鼻子又一酸。

刘建成听了感觉自己置身在数九寒冬，差不多要打冷战了。要知道，现在可是炎炎夏日。他不知道眼前这女人要搞什么名堂，所以也不吭声，可他忍不住重复着："6个月？6个月？"

6个月时间。"李菊花一下子觉得自己豁然开朗了，眼泪也不再往外流。"6个月之后，如果你还坚持离婚，我不拦着你。那个时候也可以告诉花香，现在先别告诉她。"说到这里，李菊花声音又一哽。

看李菊花态度明确，刘建成也就不再提离婚，依李菊花的要求，两个人签了一纸婚内协议。协议内容双方表示一定共同遵守，那就是：他们在这6个月里，依然生活在同一个屋檐下，睡同一张床，吃同一锅饭；依然各尽其责，而且绝对不能出轨，谁出轨，谁6个月后净身出户，并且女儿跟无过错方。

刘建成心里没鬼，自然爽快答应，见李菊花态度180度大转弯，答应了离婚，只不过离婚的时间往后推迟了半年。刘建成心想，别说半年，就是大半年、一整年他也熬得住，离婚不差这几天。只要能离，他想。

谁也没想到，李菊花辞职了。这让刘建成大吃一惊："辞职了？不干了？当初让你在公司管理账目，你不愿意，非说那样就是跟着我的屁股转。花香小的时候，你也没想过做专职看孩子的妈，这咋说辞就辞了？"

"你别管我辞不辞职，咱协议说好的，6个月内，咱们只要不出轨，爱干嘛干嘛，对方没有干涉的权利。"李菊花说完，拎着包出门了。

谁也没想到她会这么大胆。李菊花辞职以后，原公司同事给她打过几次电话，那意思很明了，问她是不是在老公公司里任职，说有好位置也给他们提供提供，大家也都有要跳槽的意思，都说人挪活树挪死嘛。当听到李菊，做了全职太太，前同事不免都有点半信半疑，他们觉得，依李菊花这样的性格，怎么可能老老实实待在家里让老公养着，好赖也得在老公公司里帮点忙啊。可反过来他们又无比羡慕地对李菊花说，反正他们家的资产绝对养活得了她，人到中年，好好保养，好好潇洒，多去去美容院、健身房，做个拉皮拍个黄瓜，吸个脂抽个油的，让身体更年轻更挺拔。

李菊花暂时可没工夫去美容院，6个月对她来说时间太紧张，况且她不知道这6个月能改变什么。她不能跟任何人说老刘要跟她离婚了，这太丢人。自刘建成提出离婚，李菊花感到了压力，暂时辞职，准备看看情况，反正她不缺钱。但她又不知道该怎么做，好在有电脑有网络，她遍寻网络，希望能寻求到帮助，可是没人给她指点迷津，甚至有陌生人跟她说，离了

谁都能过，心已远，离就离，谁怕谁？看到这样的字眼，李菊花打着哆嗦。她可不想离，他们有那么可爱的女儿，老公也是陪伴近20年的亲人了，她怎么舍得离开他们其中的一个呢？

她不再跟陌生人讲她要离婚的事，她觉得他们说的话根本不是站在她的立场上，他们显然不是当事人，不知愁滋味。李菊花在网上东一下西一下地撞着，希望能找到对她有用的信息，想不到找到一家"找老公培训中心"。当时她看到那几个字甚至有点鄙夷，嘴角不禁一撇，难道找老公还要培训？真是新鲜。当初年轻的时候，她也像花一样，追她的人不少，如果她选择了别人，会不会这一辈子都不会跟"离婚"二字扯上关系？兴许吧，她这样想着，不禁叹了口气。如今生活向她挑衅，她也得找到应对的方式。

4

李菊花觉得这培训中心一定是个新鲜事物，以前从来没有听说过。她首先打电话过去咨询，她想，既然这个中心承诺100天内能找到梦寐以求的好老公，那么也一定能告诉她怎么挽留要离她而去的老公。电话接通后，她才知道学费极其昂贵，最便宜的一课时也要近3000块钱。

李菊花是一个花钱很仔细的人，虽然刘建成赚的多，可他们是白手起家，懂得钱来得不容易。就像装修，李菊花都不愿意找装修公司来做，宁肯分开来找，什么木工瓦工，工钱是一定要砍价的。最后找的刷墙工，工钱也没少砍。难道，把这些砍下来的钱交到这个培训中心去？

李菊花犹豫再三，决定还是先去看看再决定交不交钱，自己那钱可不是大风刮来的。

培训中心在北三环一个找起来很费劲的小区里。李菊花承认自己是路盲，她说她好不容易才找到，接待她的女孩说多容易找呀。当时老师正在给学员上课，李菊花听说先交钱后上课，根本没有试听一说，她想先听听课再决定交不交钱的想法破灭了。透过大玻璃窗，她看到里面学员的穿着打扮不是白领就是金领，想必她们也是花得起钱的。自己到底要不要交钱？说实话，有点贵，不是有点，是很贵。可如今的李菊花辞职在家就是为了留住老公留住婚姻，钱又算得了什么?

　　等交了一课时的钱上过一堂课后，李菊花受益非浅，再加上这培训中心已经开办两年多了，据说成功率达 70% 以上，这让李菊花如同找到了组织。她想，为了婚姻，花这点钱，值。于是，她把私房钱全拿了出来，一次性续满十万块，这样就可以终身随时听课，直到找到老公为止。当然，在李菊花这里，不是找到老公，而是挽留住老公。

　　在李菊花被刘建成闹着离婚的当口，她听说同事某某某离了，据说是因为第三者。他们还不是单方有第三者，而是男女两人都有了第三者，那这样的婚姻也没什么价值了。身体出轨了可怕，心出轨了更可怕。李菊花想，自己和刘建成幸好没有身体出轨，就算他刘建成小心眼儿里打着心出轨的念头，她李菊花也一定要把它扼杀在摇篮里。

第二章：迷爱

1

李菊花已经听了两堂课了。当初她其实颇不好意思，所有学员里，恐怕她的年龄是最大的。别人都是为了找个最好的男友，只有她是为了留住老公。当然，她不可能一个人一个人地去追问，或许也有因为婚姻不稳定来求助的也说不定。总之，在这里上课的都是为了手握一份完美无缺的爱情，或者如李菊花一样是为了挽救婚姻。

这天一下课，李菊花就急着往家赶，今天是周末，女儿回家的日子，虽然女儿带着钥匙，可是有两周没见到她了，心里还是挺想的。公交车走得很慢，北京堵车众所周知。李菊花一直不爱自己开车，她觉得堵车堵急了可以下车走路，要是自己开车，赶上堵车也得耐心等待。两者相比，还是走哪都不带车的好。

弟弟李磊买车了，这让李菊花觉得诧异："李磊，不是吧，你一年大半年都在船上，还买车？"

"我买车怎么了？"李磊把车开到李菊花家楼下，专门等李菊花回来，"姐，我指着您见了我夸夸我，夸夸我的车，怎么一见面就摆出要吃人的架势。"

"不是我说你，你有时间也找找对象，谈谈恋爱，买车有啥用？一年有大半年在船上，你还能把车开船上去？"

"我朋友说，我多半是没房没车才找不到媳妇儿。"李磊老老实实地说。

"要买也先买房啊，买什么车啊。北京这么堵，开车跟推车似的。"李菊花继续埋怨。

"姐，您就别说我了。您知道我的想法吗？一次次相亲我都相够了，不是嫌我不在陆地上，就是嫌我没车没房。我要是有能耐，我直接把媳妇娶到船上去，就在船上结婚生子。什么房啊车啊，全都省了。我确实应该买一艘船，一家人天天在一起，天天在海上，多自在。"

李菊花笑了："你想法可真多，职业病吧你。走，上楼。今天正好花香也回来，给你们做好吃的。"

李菊花在厨房里忙，一边忙一边对李磊说："李磊，你得抓紧了，老大不小的了。"

"姐，这不赖我不积极，哪个女孩愿意嫁给一个空房？我一出去就大半年不在家，回来休假也休不几天。算了，顺其自然吧。我长年漂在海上，哪有时间谈对象。"

"哪天我给你介绍一个，35 了都，还不着急！"李菊花想起培训中心找好老公的那些姑娘们，要能介绍个给弟弟也不错。弟弟虽然在船上时间多，可他如今已是二副，工资不低，条件也算诱人。

"姐，我打算买套房子，钱攒着也没啥利息，有房有车可能还好找点儿，这可都是硬件基础。"

"这还差不多。行，我支持，我帮你留心着点儿。"

"姐，前几天我朋友跟我介绍过一套房子，他如今是售楼处负责人，我们一直电话联系，我过几天打算去看看。"

"拉倒吧，别是托儿吧，听说售楼先生、售楼小姐一个月可不少赚，不比你少。要买哪天我陪你去，唉，要是爸妈都活着就好了，我也少操不少心，现在要轮到我这个做姐姐的操心你的婚事。"李菊花摇了摇头。

35 岁，70 年代末的李磊也算大龄青年了，却根本没有时间谈恋爱，更别说去相亲了。就算亲戚朋友给介绍的相过几次亲，也是这边相完那边就又下海了，根本没有时间相处。如今，李菊花说他就算月入几万又有何用，又不能和人民币过一辈子，又不能拿人民币当自己的妻子。

"你不能正常恋爱结婚生子，这人生就缺憾了一大半。这次就多在陆地上待段日子吧，我也好帮你张罗张罗房子，再张罗着介绍介绍对象。"

可李磊喜欢海上的生活，所以娶妻生子的事就一次次搁浅，宁肯一个人漂。但如今的李磊忽然就喜欢上了房子，可能是他在海上漂过以后，回来能立刻有住的地方。虽然父母死后给他们姐弟留下了一套平房，如今也无人居住；刘建成发达后，买了不止两套房子，对这个小舅子，他是当亲弟弟看的，留出一套让李磊过去住，李磊却没有答应。

回到家的刘花香，书包一扔就去开电脑。李菊花赶紧制止："别一回来就开电脑，电脑里有你妈还是有你爸？对我们这么忽视，没看到你舅舅来了？"

"舅舅！"刘花香打声招呼，又去敲键盘。

"花香，来，你看那是什么？"李磊拉着刘花香走向窗台，指着下面的车问。

"车啊，车谁不认识？您不认识？那我告诉您，那是车。"刘花香显得有点不耐烦。

"啥牌子车？"李磊不罢休，继续追问。

"啥牌子？离得太高，看不清。"说到这，刘花香看了看李磊，"舅，这不会是您的车吧？"

"是我的，是你舅刚买的。怎么样，兜风去？"李磊手里掂着车钥匙。

"不去，坐副驾驶没劲，要是您教我开还行。我又不是没坐过车，我最不爱坐我爸车。我都这么大了，开车又这么简单，我开下怎么就不行了？"

"那可不行，你还没到 18 岁呢，只有年满 18 才能拿驾照。"

"你们真麻烦，我还是看漫画吧。"说完，刘花香自顾自地坐在电脑前，耳朵里塞上耳机。

"哎呀，没有葱花了。"李菊花在厨房说道。

"姐，我去买，开车去，快。"

"得了吧，买根葱还开车，小区超市里就有卖的，我一会儿去。"

"我去我去。"李磊边说边开门。

2

姐姐没出面，李磊就把房子给定了下来。房子是给自己和未来的媳妇住的，姐姐又不住，没必要征求她的意见。当得知自己的弟弟买了房，李菊花说他真是翅膀硬了。

"李磊，你别忘了，你的事我可没少操心，你啥事不用我啊？就是你离开陆地要上船的头一天，你还跟我说要我把你送上船。我是看着你的船离开岸边的，恨不得你每次回来我都在岸边接你，如今你这是咋了？花钱的事倒让你姐离你远了。"

"嘿嘿，姐，我不是怕你拦着我吗，也怕你给我花钱。将来你又不跟我住，就让我自己做一次主吧。"

时间分分秒秒是不能耽误的，准现房，合同一签完，钥匙一拿到手，李磊就开始找装修公司。房子和人一样，需要装扮，地段再好的房子，如果装修不好，也没有主人自己的风格。李磊左一家右一家挑着，却都不能让他满意。

既然弟弟不用自己插手，李菊花也乐得忙自己的事情。每次上课归来都颇有收获，虽然学员们并没有非常明确的课程内容和理论教材，但是老师现身说教让李菊花颇为心动。老师是一个带着 14 岁儿子的单身妈妈，离异后，她和现在的澳大利亚老公从认识到结婚仅仅用了短短几个月的时间，现如今两人生活十分幸福。按她的说法，听了她的课，大多数剩男剩女都能少走不少的弯路。她的经历被她总结成四门功课：选、留、迷、嫁。学习的内容包括确定自己需要哪一种理想伴侣，如何展示自己的魅力，如何解决恋爱中的困难等，涉及实用心理学、心灵修养、外在气质培养等多个领域。

对于已有丈夫的李菊花，这四门课程对她最有效的是"迷"，她只要直接进入迷的阶段就好了，她用不着选人。

迷人，不是完全针对漂亮的人说的，不是漂亮才有"万人迷"的模样，你长得丑也一样可以迷住对方。听过课以后，对着镜子左照右照的李菊花，

虽然觉得自己稍稍有点发福，可她坚信自己收拾打扮一下，还是能迷倒刘建成的。

回家路上，李菊花脑海里还在反反复复播放着老师的每一句话。如老师所说，要给她们自己换芯片，可如何换？李菊花也有过一瞬间的迷茫，但她明白，换就是要更换，换掉旧的，换成新的，和原来绝对不一样的。

既然幸福婚姻都可以在这个培训班订制，那改变自己，让李菊花大变身，又有什么不行呢？老师说的好，每个人都有个开关，向上，是天使模式，向下，是魔鬼模式。如果不了解别人，可能不经意就启动了自己的魔鬼模式。如果我想要拥抱幸福，就要解决这些问题：我要什么，拿什么和别人交换？老公就像鞋子，当你知道了自己的尺码，就需要订制合适的鞋子。总的说来，重心是放在如何实现自己的增值上。

也就是改变自己，让自己和原来不同，李菊花脑海里一边播放着老师讲的课一边挤公交车。刘建成喜欢车，可自己就不喜欢，更不愿意开。最初，是刘建成提议让她去学开车的，说如果他在外面应酬，一旦喝酒，她可以开车接他回家。当时只为这句话，李菊花就鼻子不是鼻子，脸不是脸地把他说了一顿，说他真是有功劳了，还要让她做他专职司机，说他谱摆得够高。看她不想学，说话又不好听，刘建成就再也不提了。喝了酒就找代驾，如今代驾多得是。

"还净是漂亮小妞。"刘建成见老婆坚决不学开车，故意这样跟她说。李菊花在刘建成提离婚之前，根本就没有危机感，心想世上漂亮妞儿多了去了，关你什么事呢。后来她学开车，是因为真有事的时候，眼见着家里的车在那摆着，就是弄不走它。现在算来，她也是有五年驾龄的老司机了。

"漂亮妞儿"的危机感，先前是真没有，现在是真有了。这危机感来得太猛，最初李菊花觉得自己跟溺水了一样。

一想到自己的私房钱差不多都拿出来了，李菊花就止不住心疼，可是一想到是为了挽留婚姻她又觉得值。她不断地安慰自己，心想，一分钱一分货。这么多钱一定会换来家庭稳定，换来刘建成的不离婚。可她听过几节课后，还是不知道怎么回家操练。她觉得不好意思。

迷人，怎么给刘建成留下迷人的印象？李菊花想，自己应该换套行头，光换行头还不行，还得从内里改变。说话得温柔，可她从来没有温柔地说过话，这可咋办呢？她一下子迷糊了，如果自己不能温柔地说话，这课不是白上了吗？不迷人不行啊，不迷住老公刘建成，他就要逃出围城了。

反正家里就两个人，没啥不好意思的。李菊花在家里使劲温习着自己要说的话，无论如何还是觉得肉麻。她先要和刘建成温柔地打招呼，看看时间，估计刘建成快回来了，李菊花坐在沙发上如坐针毡，一会起来一会坐下。

有门锁转动的声音，李菊花忐忑不安，本想奔过去开门，又担心撞到刘建成面前不好说话。今天的李菊花穿得比较暴露，吊带裙子，头发在后面盘起来，戴着钻石耳钉，略施薄粉，打了唇彩，嘴唇颜色淡淡的，却光彩照人。平时李菊花是不化妆的，今天她想让自己看上去更女人，先在外形上迷住他刘建成再说。

门开了，站在她面前的是女儿刘花香。

"闺女，今天怎么回来了？"

"妈，您不欢迎我？"花香一边换拖鞋，一边不满地说，"人家家长都盼自己姑娘回家，您可倒好。"

"哪儿啊，妈不欢迎别人也得欢迎自己闺女啊。可学校也没发短信给我，怎么说放假就放假了？你要是通知我，我不是可以开车去接你吗？我现在总算明白了，我当初学开车纯粹是为了接送你上学放学。"被女儿这样问，李菊花有点尴尬，她可不是不想女儿，只是今天她在专心等刘建成。

"是我没提前通知您。昨天学校老师就通知了，今天老师有活动。管他哩，回来就是好，我要看漫画。"花香直奔电脑就去了。

"不行，进屋得先洗手，早就说过，怎么又忘了！"原本准备细声细气地说话，女儿的到来改变了李菊花的思路，大嗓门复又回来了。

"一回来就和我吵。"女儿花香有点不高兴，"妈，我不是您亲生的吧。"

"说话声大就是吵？亲生的才不注意语气，不是亲生的才谨小慎微的。放心，你肯定是我亲生的，还是你爸亲自从产房抱出来的。产房就我一个人，他还能给抱错？"

"我看您对我一点不亲，总吼我。"花香已经把电脑打开了。

"回来就知道开电脑，也不知道跟你妈我说说话。"

"有啥好说的嘛，真是！有老爸天天和你说话还不够啊。"电脑打开后，刘花香又跑去冰箱里取雪糕，一边吃一边看着漫画。

听女儿提到刘建成，李菊花这才想起"重塑"的形象在女儿面前完全被撕毁了，还得继续修整，不能让刘建成回来看到一成不变的她。她得改变，变得让他不认识，能重新认识她才好。可女儿的到来，让她恢复不了先前的状态。

"老爸！"刘建成一进门，女儿花香就跑过去。李菊花本想说："老公你回来了。"可是没说出口，已经有好几年不叫他"老公"了，正常的情况下两人都直呼其名，生气吵架的时候直接称呼"姓李的"，"姓刘的"，而且还咬牙切齿的。

今天的计划泡汤了。因为吃饭前，李菊花硬着头皮说了句："老公，吃饭。"那声音细得不知道有多腻，把她自己说得头皮发麻，也把刘建成和刘花香说呆了，两人像看陌生人一样看着李菊花，把李菊花看得不好意思了，她把碗筷重重地放在餐桌上，补上一句："看什么看，吃饭。"

躺在床上，李菊花就想，完了，是不是学费白交了？想到这她又安慰自己，不会的，等女儿不在家，自己继续操练，让那小丫头看着自己的变化还怪不好意思的。

3

姚建华和刘建成是发小，小时候他们就是住在一条街上的街坊。如今刘建成把固家门业的广告代理全权交给了广告公司老总姚建华，而姚建华则把固家门业的广告做得满城市满大街到处都是，包括电视、报纸、车站电子屏、大街上的路牌等等。此时的姚建华身价已过千万，一年前就和老婆离婚了，他去得最多的地方是男人离婚俱乐部。

这个俱乐部里的男人都是有钱男人，并且都是离过婚的，正单身的。刘建成把广告交给姚建华打理，两人免不了经常喝喝小酒。两人喝酒放松的时候，姚建华就说出了自己经常去的这个地方。

"离婚俱乐部？还男人离婚俱乐部？那赶明儿我也去。"刘建成举起酒杯。

"拉倒吧，这可不是凑热闹，你想去哪儿也甭想着去那儿，你家菊花要愿意才怪。"

"都是男人去，干啥我不能去啊？就兴你去？"刘建成一饮而尽。

"老大，我是离婚人士，你是有家人士，甭跟我比啊。"

"没离不等于以后不离，我先去踩踩点。"

"行了！有日子好好过吧，可别折腾了，有多少离婚后后悔的。三思而后行，明白不？"姚建华举起杯。

"华子，你后悔了？是不是有情况了才离的？"刘建成压低声音对姚建华说，"我看你办公室小秘长得不错，是不是备选？"

"别瞎说，人家是80年代末的，差点就当上90后了，咱和人家有代沟。当同事行，当老婆可不行，谁没事天天哄她啊。"

"肯定是有情况了，没有情况你肯离婚？"刘建成继续试探。

"真没有，真是说离就离了，缘份尽了。"姚建华摇了下头，"不提了。干！"

俩人一边喝酒一边东扯西聊，再也没有碰触婚姻这个话题。给代驾打电话的时候，姚建华逞能地说："要不是怕查酒驾，我才不怕，根本没醉。"

"醉没醉，喝了酒咱也不能开车，我以前让媳妇儿学开车，她倒好，不学。"说完这话，刘建成一下子清醒了，怪自己净说这没用的，赶紧打哈哈掩饰，"她怕撞车。哈哈……不过后来还是硬着头皮学了，为了接送女儿。"

"女人都胆小，我前妻可不胆小，胆比谁都大，刚拿了驾照就敢上高速，傻大胆！"

代驾来了后，刘建成被送回家，姚建华被送到离婚俱乐部，他不想回家，面对空空的房子，他觉得那不能称其为家。前妻和孩子都不在身边，并将永远不在身边，家也就失去了家的味道，只不过是一座房子而已。他宁肯去俱乐部和那些离了婚的男人们混，他自己这样定义的，他觉得是在混。他们可以在这里哭在这里笑，他觉得自己是躲在那里享清静的，是在逃避，所以是在混。短期内，他觉得自己离不开这个俱乐部了。

　　姚建华坐在俱乐部里喝茶水，他可怜这些躲在俱乐部里只面对男人不去面对女人的家伙们，当然也包括他自己，如果说这一生都耗费在这里，他觉得有点冤，可他对这里有一种依赖感。大家都是相同的身份，不知道自己何时能走上正轨，堵上别人的嘴，好像有钱男人离婚就是因为有了小三，他们怎么就不想想自己和前妻无话可说呢，怎么就不想想前妻整天河东狮子吼呢，怎么就不想想原来乖巧的老婆如今不再温婉可人了呢？

　　可那个狮子吼的女人从此离开自己，这些男人们就又开始回忆想念狮子吼了。

　　他姚建华不一样，他的生活里有了小插曲，是小三插播了一段广告。婚离了，他心里有好些天不好受，接受不了这个现实，一下子变得空了。他的朋友中离婚的多半是因为另有所爱，至少不管心里出没出轨，身体先出轨了，这是离婚的强劲理由，自己也没免俗。可这些男人出轨以后还好意思说并不是心里没有老婆，姚建华懂，男人天生就是一群动情动性难动心的家伙，自己何尝不是这样想，就算有小三，心里也是有老婆的。

　　他们躲在俱乐部里哭，讲各自的情感经历，放松自己，这或许就是俱乐部创办人的初衷吧：来这里就是为了放松，没有谁瞧不起谁。

　　这里是富人扎堆儿的地方，相处时间久了，大家结伴出去踏个青，爬个山，做个驴友也是常事。姚建华就和大家结伙出去过，可他一直没有再恋过，前妻的影子总在脑海里，暂时还容不下别的女人。

　　那个正喝茶的男人，姚建华上次见过，他是有了小三才离婚的，他并不想和小三结婚，但却被老婆发现了，闹到最后到了必须离婚的地步。姚建华知道，他们也许会在所谓的小三身上花大把的金钱，带她们玩，出入各种高级会所，可他们还恋着原配。无奈东窗事发，原配怎能容忍，如果她们能容忍出轨的丈夫，任他家里红旗不倒，外面彩旗飘飘，那男人才懒得离婚，离婚前妻还要和自己分财产，带走自己的儿子或者女儿，那可都是心头肉。

　　姚建华挺佩服俱乐部创始人，在和会员们单独谈天的时候，能把你的心里话掏出来，把你弄哭，这不是一般的本事。

　　动心的家伙，他们为小三一掷千金，但他们还恋着原配。同时他们又是自私的，只许自己沾花惹草，不许老婆对自己不忠。他们的价值观更多元、开放，他们自控力差，偷情偷性却不给心。自己以前就是这样的，家里有老婆，外面恋着小三，是不是很卑鄙？姚建华在心底苦笑，现在的结果，全是自己找的，怨不得别人。

<h1 style="text-align:center">4</h1>

李磊的房子李菊花去看过，是在夏威夷北岸，别墅区。房子相当的漂亮，小区很安静，一路都能听到舒缓的音乐，有意寻找，才发现音乐是从假石头里传出来的，显然那是隐藏着的音箱。往前继续走，看到一处湖泊，竟然有几只黑天鹅站在岸边梳毛，或者在水里游弋，引颈高歌。

"小磊，你可真会选地方，这简直比我们小区还强。"

"比你们小区强就对了，你们那小区都建了多少年了？这可是新开发的，欧式建筑，我打算把屋子里也好好设计下，设计成欧式范儿。让你一进我家，就感觉出了趟国。"

"敢情不用办出入境了。"李菊花笑。

"那是，天天免费游。"李磊笑着又补了一句，"姐，装修的我还没找到呢，我打算趁着休假好好装修装修。"

"装修急啥？你趁着休假应该多多相亲才对，不多相几个怎么能找到合适的？装修不急，找到以后再收拾也来得及。"

"那不行，不收拾出来，我怎么住呀。不管怎么说，我现在也是有家的人了。"李磊一脸得意。

"有房就算有家了？那咱们家的平房你有多久没去了？哪天有时间咱们回去看看吧？"

"看了又不住，姐，不如咱们把它租出去算了。"

"不行。"

"为什么不行？租出去还有收入呢。"

"我们不差这点收入。我想让那房子一直空着，一直就给咱爸咱妈留着。"

李磊不解地看了一眼姐姐，觉得她说这话让他有一种浑身发冷的感觉，嘟哝了一句"莫名其妙"。

"装修用我吗？"李菊花对李磊说。

"不用，姐，我把它包给一家公司就好了。我还在选择中，有几家给我报价了，我在等他们初步的设计草图。"

"至于吗，装修个房子，自己住，又不是开公司、办企业，弄得这么隆重。"

"我要在这里娶妻生子，当然重要。"

"要我说，你趁休假这几个月，赶紧到女生堆里好好物色物色，等你一上船就又没有时间了，可别再拖了。"

"不拖。等房子一装修好，我就去物色。"

"说好了不用我帮忙？那我可走了。"

李菊花回家路上，改变主意先回了趟平房。平房在地铁终点站土桥南边，四合院，大铁门上落着锁。好久没回来了，李菊花好半天才把锁拧开。一进院子，李菊花就呆住了，禁不住放声大哭。

她快步走过去，蹲下身，轻轻捧起骨灰盒，上面镶嵌着两张照片，是李菊花的父母，可盒子里的灰撒得没有多少了。地面上有土有灰，已然难以分辨哪些是骨灰。

李菊花一边哭一边说："谁这么缺德，谁这么缺德。妈，都是您说舍不得老屋，我才让您留在家里，早知道这样不如去我们家。"

李菊花想起什么似的，赶紧打开正房门，好在屋里没有什么值钱的东西，也没有丢什么，就是这骨灰让她心疼万分。她本想把骨灰捧回家，一想到刘建成在跟她闹离婚就作罢了。她不想在他面前找不自在，何况父母去世多年，现在把他们带回家，显然是无端生是非。再说，她依然要遵母亲遗愿，让他们留在老屋。只是没有人照顾他们，这是她的憾事。

她有一刻也动摇了：不如就带父母回自己家吧，刘建成的父母也不在了，但他们都在山上公墓里。当初刘建成主张把李父李母也送到山上去，为此还和李菊花吵了一通。李菊花觉得父母离不开老屋，那就让他们在老屋真真正正地待上一辈子、两辈子，甚至三辈子。弟弟李磊也不愿意住平房，正好没有人干涉他们，挺清静的。谁能想到还有贼惦记这里，幸好除了父母的骨灰也没有什么值钱的东西。

安置好骨灰盒，屋里屋外，东厢西厢又转了一通，李菊花才锁好门回家。现在一般已经见不到大铁门上这种被称为"铁将军"的大锁了，它似乎都成了老古董，而李菊花小的时候见到的全是这样的锁。小时候家里穷，父母把蒸好的馒头吊起来，自己和弟弟那个时候正长身体，能吃，总想着法儿偷，上桌子站凳子，够到就一顿狂吃。哥哥比他们高，他带头偷馒头下来给他们两个吃。后来父母怕撑到他们，就把好多东西都锁在柜子里。所以，从小李菊花就特别恨锁，尤其恨"铁将军"这样的大锁。好在，如今她的家里已经见不到这样的铁锁了，那些都是小时候的记忆了。如今想起这些，她就会想起父母，就又多了一些思念和温馨。

刘建成很晚才回来。女儿住校。两个人的世界，由于李菊花换了一种性格，家里显得很安静。刘建成一进屋，李菊花就走过去说："老公回来了。"然后帮刘建成拎包，接脱下来的外套。刘建成虽然觉得眼下的李菊花和以前有所不同，不是太适应，但也乐于接受。

"老公，热水放好了，你去泡个澡，累一天了，放松放松。"

刘建成狐疑地走向卫生间，要知道，李菊花可是从来不给他放洗澡水的。两人刚结婚的时候，都是他刘建成给李菊花放水，告诉她学别人洗香浴、奶浴、玫瑰花浴，可她就是不洗。有时李菊花也会唠叨一遍，说谁谁皮肤又白了，就是因为泡了奶浴，可她又不舍得牛奶，不舍得就不舍得吧，还非得和他念叨。

"你不先来？"刘建成在关门的一瞬间回头对菊花说。

"不用了，我不累，我一天也不上班，一会儿冲下就好。再说，你泡完，我用你用过的水就行。"李菊花心里骂着自己恶心，可表面上还是在告诉自己要改变自己，不要嫌弃他，他洗过的水她洗也没啥。

两个人都洗好了躺在床上，隔壁房里传来低声的尖叫，李菊花侧过脸看着刘建成，刘建成被看毛了，紧张地问："有事？"

"躺床上能有啥事儿？"李菊花往他身边贴了贴。

"没事就睡觉。"刘建成把后背递给李菊花。

　　李菊花不禁一阵委屈，也迅速把后背递给刘建成。她本想温柔点儿，不计较，可她不能不计较，他们好些天没在一起了。她正是如狼似虎的年龄，他不给她性爱，隔壁又没完没了地尖叫，她哪受得了。

　　李菊花不吭声了，开始没完没了地烙饼。刘建成被李菊花折腾得心烦，掀开李菊花的被子，立刻就让她安静下来，并发出低低的呻吟。她不想声音太大，不想超过隔壁，那样太不文明。

　　做完爱，刘建成就把李菊花粗鲁地推向一边，很后悔的样子。他觉得很累，正准备进入梦乡，李菊花说起骨灰被扔在院子里的事，把刘建成吓了一跳，禁不住打了个冷战："当初我就说了，和我父母一起送上山，你不干。就你孝顺。"

　　"我不也是想着反正房子没人住，就让二老一直守着自己的家吗。我还不是一片好心，我哪知道会出这事。"李菊花不满地说，"啥都赖我。"

　　"那是你爹你妈，我赖你啥了？你愿意，我可管不着。"

　　李菊花觉出自己情绪化了，在心底告诉自己一定要温柔，于是她把手伸进刘建成的被子里，抓过刘建成的大手，与他十指交叉，身体慢慢贴过去，那只大手机械地随着李菊花拉扯，从不主动，这一次，他的手不愿意了，使劲抽回去。李菊花有点不满，要知道，以前这可是一双神手啊，它能让李菊花如醉如痴，可眼下，那手像双木头手。

　　李菊花心想，我一定让它恢复以前的美好，让它在自己的身体上动起来。

5

　　刘建成的姐姐刘建丽52岁了，女儿钱思艾，80后，31岁，至今还没有一个固定的男朋友。她和曹小曹是闺蜜，两个人有事没事总在一起探讨怎么能让大龄剩女变成胜女，她们很想成为圣斗士。她们一起逛街，一起去图书馆，甚至睡一个被窝，但她们是很清晰的异性恋，非常鄙视同性恋。

　　"钱思艾，老大不小了，还等啥？跟曹小曹在一起能混来男朋友？这么大了还跟人家睡一个被窝。"

　　"妈，您偷窥。"钱思艾跟炸了锅似的不愿意了，"妈，您干涉的也太多了吧，都是女生您也管？"

"女生更应该管，谁知道你们性取向是不是有问题？我像你这么大，要是跟女生拉手过街我都难为情。"

"和男生就不难为情了？"

"和男生正常啊。这世界就是女的找男的，男的找女的，可没有女的找女的一说。"

"女的找女的也正常。"钱思艾打算逗逗母亲。

"你快给我打住。"刘建丽大惊失色，"我说的孙阿姨家的儿子，你赶紧抽时间给我见见去，还有杨阿姨的侄子。这都是极好的人选，你错过不是可惜了？"

"妈，我走了，还有事。"钱思艾背着包要走。

"去哪？"

"找曹小曹去啊。"钱思艾坏笑。

"你们天天见面，都耽误找对象，这又要去哪疯啊？"

"逛街啊，妈。不买点漂亮衣服装饰装饰自己，咋相亲？"说完，钱思艾开门离开，只剩下刘建丽摇头。

刘建丽和钱向前开了家书店，到了夏天再卖点冷饮，撑不死饿不着地经营着。

李菊花上课前拐过来给大姑姐送了点她包的包子："姐，我包的野菜馅的，特别好吃，您尝尝。"

"菊花，建成最近真这么忙吗？好长时间都没过来了，他也不想他姐。"

"忙啊，他管着那么大的公司，能不忙吗？"

"你现在还在做会计？"刘建丽询问地看着似乎很清闲的李菊花。

"不干了，辞职了，不然哪有时间给您包包子。"

"就建成铺的这份大家业，你不去上班也好，照顾照顾家，照顾照顾花香。花香住校也不用照顾啊，你现在一定是蛮清闲的了？"

"是啊姐，不如我来给你卖书吧。"李菊花笑。

"行了，我可请不动你。我这小书店，我和你姐夫就够用了，连门前的冰激淋机都照顾得过来。"

"姐，是不是要经常进新书啊？"

"是啊，总得去调去换，我们卖最新版的图书，也卖当天的报纸。唉，想我们俩口子真是与世无争，现在只有一个想法，那就是女儿思艾能嫁得好。可她对相亲一点不上心，也不知道现在的年轻人都咋想的。"

"孩子大了，肯定有他们自己的想法，也不要着急，等我有合适的我也帮思艾介绍。姐我先走了，还要去上课呢。"

"上课？上什么课？你又上学了？"刘建丽吃惊地看着李菊花。

"以后再跟您说。"

李菊花走了以后，刘建丽又跟钱向前唠叨女儿的婚事，被钱向前批了几句不吭声了。与此同时，身在外企工作的钱思艾正和曹小曹逛得开心。她平时接触的除了公司同事，就是父母和曹小曹了，为了扩大交际圈，她每周只要一有时间就和QQ群里的男人女人聚会。她看上去气质高贵，高不可攀，别人都在背地里说她是公主，瞧不起人。所以身边的男人对她敬畏，女人又对她嫉妒，她就这样莫名其妙地被剩了下来，实际上她只想找一个气场能压得住自己的男人。

两人逛累了，钻进半岛咖啡馆。

"小曹，你说我真的有一种高不可攀的气质吗？身边一大堆帅哥，没有一个敢跟我牵手。我的模样真的就那么拒人于千里之外的？"钱思艾一边喝着咖啡一边说。

"还是气场不对，气场对了，缘分就来了。"

"总说是气场，这么多人，就没有一个和我的气场相同的？类似的也行啊。大家出门旅游聚会都愿意找我，可怎么就没有一个能站出来跟我恋爱？"

"剩女急了，你急你就先下手啊。"曹小曹乐了，"我要是你，和这么多人聚会，只要自己觉得合适，那就主动出击，何必给别人留着。"

"说得轻巧，要是被人拒绝了多没面子。咱是女生，又不是男的，脸皮没那么厚。再说我也看不出来哪个更适合我，好像都不太合适。"

"那就是缘分还没到。等着吧，总会有个男人主动跳到你的气场里来的。"

"我都等了 31 年了，从我一出生我就开始等，等得人老珠黄了，等得已经没有信心了。"

"加油，我还没喊人老珠黄呢，轮不到你。我都 33 了我还没嫁呢，你还嫩着呢。"曹小曹压低声音怕别人听到似的。

"我都翻了三篇了，再翻就四篇了，嫁不出去拉倒，姐还就想独身了，真是。"钱思艾满不在乎。

"等哪天我带你去个地方，或许你也会加入进去。"曹小曹神秘地说。

"什么地方？"钱思艾追问。

"找老公培训班。我现在在那里听课，刚听过一节，感觉还真不错，我差不多知道自己要找什么样的了？"

"天哪，找老公培训班！真有你的，这是谁让你去的？找老公还要培训？我培训你得了。原来你还不知道自己要找什么样的。"

"人好是一方面，关键是得有钱啊。我得找有钱的，我打小生活在没钱的家庭里，没钱心里没底，没钱就没有安全感。"

"钱能带来一切？你不能一切向钱看啊。"钱思艾急了，"别以为有钱就能找到真爱，千万别做了金钱的奴隶。"

"你不懂，没钱是无法生存的。只有有钱才能想办法生存在这个物欲横流的社会当中。漂亮衣服、美食，哪一样不要钱？我觉得老师讲得很好，哪天你也可以去听听。再说了，据说几十天就能找到真爱。我这么大岁数了，得抓紧了，不抓紧真就被剩下了。"

"我的爱情观可不想被他们左右，要去你自己去吧，我可不去，我不想成为金钱的奴隶，估计课没听两分钟就得撤了。"

看钱思艾对听课不积极，曹小曹也就放弃了怂恿她一起听课的想法。

6

摆了满满一桌丰盛的饭菜，李菊花坐等刘建成。刘建成回来的时候已经很晚了，李菊花都打盹睡了，可她依然坚持等着，水没喝，饭菜也没动。

刘建成一进屋，李菊花就精神了，立刻迎过去，拿包拿衣服，却听刘

建成说自己吃过了，她遗憾地说："老公，今天这么晚怎么也不打个电话，我以为你一定会回来吃的。"

"为什么一定要回来吃？今天啥日子？"看着桌上的饭菜，刘建成问。

"今天 7 月 20 号。"

"噢，可我陪客户已经吃过了，你自己吃吧。以后看到点儿我没回来你就甭等了。"

看着一桌子饭菜，李菊花无限委屈，结婚纪念日他都可以忘，他还能记得他们之间的什么？也许只剩下不到 6 个月了，他也不计较过不过这个日子了。李菊花食之无味，但一想到老师对她的辅导，她立刻提起精神：她要关心他，无条件地关心他，因为他是她爱的人，是她女儿的爸爸。

"你热了就先洗个澡，我去给你放水。"李菊花往卫生间走。

"不用。你先吃饭，我现在不想洗。"刘建成似乎有些歉意。

刘建成确实洗了澡，可他没有刷牙，李菊花刚想大声喊他刷牙，忽然觉得哪里不对，硬是把到嗓子眼儿的话给憋了回去："老公，快来，我把牙膏都给你挤好了。看你老婆省吧，不像那些 90 后，挤牙膏都从半腰挤，你看我都从尾巴开始挤，这样才省呢。"

刘建成扫了一眼李菊花手里举着的牙刷，那牙刷上顶着一小块白白的牙膏。他不想刷："我不刷了，你看你这才叫浪费呢。我不刷，你挤出来这不是浪费？还和 90 后比，咱家的 90 后刷牙你都盯着？难怪她嫌烦呢。"

"哎，这你就不对了吧，你怎么和咱闺女一起挤兑我呢？我哪里总盯着她了？"李菊花说到这里，赶紧调整说话方式，"对，是我错了，我按照自己的行为方式约束她了，爱怎么挤就怎么挤呗，反正最后把一管牙膏用完就行了。"

"累，先睡了。"刘建成不想恋战，向客厅走去。李菊花知道，过了客厅就是卧室，一走进卧室，怎么可能再把他揪出来刷牙呢。

"别走啊，你走了，这牙膏不是浪费了？"

"不就一小块牙膏吗，至于吗！牙膏我还是买得起的。"刘建成继续往前走。

举着牙刷的李菊花尴尬极了，恨不得把牙膏抹刘建成脸上去，可她控制着自己的情绪，没有爆发。想直接用刘建成的牙刷刷牙，又恐两人用一个牙刷不卫生，于是她拿过自己的牙刷，把刘建成牙刷上的牙膏抹到自己牙刷上，对着卫生间的镜子刷了起来，一边刷一边对着镜子瞪眼。

忽然李菊花半张着满足牙膏沫子的嘴巴不动了，她侧过脸看着镜子，明明有一根白头发晃了一下，仔细找，果真有一根，再找，还不止一根。她气恼地拔掉两三根白发，让她不解的是，这些该死的白发是什么时候冒出来的她竟然不知道。她想这白发不可能一下子钻出来两三根，肯定是先生出一根再长出第二根、第三根的，难道是因为自己最近心太碎太累？想想每次去听课，都是年轻小女子等着找一个好老公，唯有她是半老徐娘。搞得别人都以为她老大不小还没嫁过呢。她简直难为情死了，只盼这学习的人群中能有认识自己的跳出来澄清事实，自己可不愿意做 40 岁的老处女。

回到卧室刘建成竟然睡下了，空调开到 18 度，李菊花赶紧调室温，刚一动遥控器，刘建成就不乐意了："干啥？热啊，你不热？"

"我也热，我热有啥办法？你调这么低当心感冒，再说，女儿在学校宿舍住别说空调，连风扇都没有，她在学校受苦，我们在家享受？"李菊花坚定地调到了 26 度。

"你这叫什么逻辑？要是你女儿将来离婚，那你也得和我离了？"

这话太敏感，不仅李菊花愣住了，连刘建成也愣住了，他赶紧打着哈哈说："何必等到女儿将来呢，6 个月，我和你只有 6 个月了。"

"不对，不到 6 个月了。还有 5 个月 27 天。"李菊花淡定地说。

空调温度调高以后，刘建成也没有坚持再调回来，他把原本搭在肚皮上的一条小毛巾被扯下来扔到一边去，侧过身呼呼大睡。李菊花呵气如兰，等着接吻的嘴巴看来要闲置了。爱情课上老师讲过，接吻有瘦身作用，接吻在初恋的时候最能递增感情，它和性是连通的，一般吻过了，也离做爱不远了。李菊花哈了一口气，特别清新的薄荷味被哈出来。此刻，她多想和孩儿她爹刘建成接吻啊，接下来那惊心动魄的场景该让她多么荡漾。

此夜无剧情。多多少少，李菊花都有点难过，毕竟是结婚纪念日，好歹现在他们还是夫妻，这该过的日子也得过吧？虽然心里不舒服，不过一想到刘建成听了她的话，尤其是自己把女儿端出来让他乖乖就范，他心情就平静

了一些。她想，自己以后一定要多多地提及女儿，让刘建成的小心坎儿里承认自己对也是错。什么是包容？这就是男人对女人的包容。李菊花这样想着，烙着饼睡去。

7

刘建成约请姚建华在北三环半岛咖啡见面，他要就广告事宜再跟姚建华谈谈。姚建华迟了两三分钟，一进咖啡店就抱歉地说："刘总，对不起，迟到了。"

刘建成看看腕上的手表："还好，不算迟到。坐。"

两人一边啜咖啡一边闲谈，不出几句话，言归正传："姚总啊，我看了报纸上的广告了，当初咱们不是说好广告在体育版套红吗？怎么乌漆麻黑的？"

"刘总，这不能怪我，我跟体育版都交待得清清楚楚，没办法啊，社里最近进行了调整，凡不是套红版的正版，都不允许随便给广告套红。不是我没辙，是人家社里也没辙啊。"

"你说好大一个版面，那么一丁点儿小广告，再不加上红色，谁能看得见？就我这近视眼，根本看不到，哗啦一下就翻过去了。"刘建成显然不满。

"别急，我让他们好好补偿下。"

"怎么补？补成红色的？"

"红色是不可能了，只能给咱多加几期，此外没有别的办法了。你想想，咱这是大报，看的人多，热爱体育的男士都在家里占主导地位。家里装修要安门吧？安门买门得男人说了算吧？女人谁会去装修？谁会去买门？她买了她也拿不动，还得找男人，所以说，最后决定买不买这门的还是男人。这也是当初我让你选体育版的原因。瞧好吧，广告做上一段，你的门哗啦哗啦地往外卖。"

刘建成喝了一口咖啡："借你吉言。"

"晚上咱们一起喝一杯，算我赔罪？"姚建华说。

"不用了，好好给我补几期就行了。"

"那没问题！那些电视和路牌广告都没有问题吧？"

"暂时还没发现，等我发现我及时通知你。你小子不能偷工减料。"

"我还有这本事？广告这东西我可是没法儿偷工减料，我要偷工减料，那不是打自己的脸吗？我要在电视上少给你播几秒，路牌上少给你写几句广告语，路人看了也觉得我们的活儿水不是？"

"周末了，有节目？"刘建成见姚建华总往窗外看，提醒他。

"也算有吧，每到周末我都会去离婚俱乐部，去那儿放松放松。我还是不跟你讲了，我得少和你提'离婚'二字。"

"怎么了？"

"你跟太太好好地'和谐'，千万不要学我们。我现在心里说不出的滋味。"

刘建成没有接话，他当然不能说自己也要和老婆离婚，可老婆不愿意，愣是跟他签了6个月的婚内协议。他心里想，维持这6个月有必要吗？

6个月的时间不长，怎么能扭转他那已经支离破碎的心呢，他觉得自己的心已经不完整了。他不知道自己离了以后，还会不会再婚。一想到这里，刘建成低低地问了下："建华，想过再婚吗？"

"没有。没有合适的。浪荡这么久，也结识过一些女子，就是进入不了状态，我总觉得她们对我是有所图。而我对她们是防范大于爱，不像当初我和前妻刚结婚的时候，她什么也图不着我，因为我那时一穷二白，她就是想图也图不到。"

"该结也得再结个吧，也不能一个人过下半辈子。"刘建成继续试探。

"以后再说以后，把现在过好再说。改天我请你喝酒，我一会儿去俱乐部，我就不带你去了，那不是你去的地方。"

离婚俱乐部确实不是刘建成该去的地方，那里云集的全是离婚男士。两个人在半岛咖啡分手后，姚建华直奔离婚俱乐部而去。他的车是一辆白色奥迪，奔驰在公路上，窗子关得很严，空调开着，音箱声音比较大，放的是张学友的歌：《离开以后》，唱得姚建华几欲落泪，眼前不断闪现前妻的影子。

100多位离婚男士，聚在离婚俱乐部里相互开导。大多数男士都是因为

有了小三才离婚的，按理说，因为有了小三离婚，那离了应该娶了小三呀。不是，这100多位男士都还单着。他们多数是被前妻抓了现行，否则，其实他们本不想离婚。至少姚建华不想离。

小三因不能扶正离他而去，再也没有联系过。身边没了女人，姚建华倒时时想起前妻，尽管来到俱乐部以后，经过俱乐部负责人、心理咨询师的开导，他也试着再和别的女人交往，希望能遇上一个合适的再婚。可他觉得自己再也遇不上了，他也说不清哪个环节出了问题，他总想前妻。

"小三再漂亮，还是原配好啊。"姚建华这样感慨，可是已经来不及了。他坐在沙发上喝着茶水，眼见着一个从来没有见过的男士从里间走出来，那脸是走形了的。姚建华明白，这男人一定在心理咨询师的诱导下哭过了。男人也是会哭的，当初咨询师开导他的时候，他还不是哭得一塌糊涂。好在他们每个来俱乐部的男士，都有机会单独和咨询师一对一地聊天，所以哭也不怕，没有谁会笑话谁。

第三章：错爱

1

姚建华总会追忆自己的婚姻缘何破碎，都怪自己贪恋小三。小三是美是漂亮，可他当初没想过不要前妻啊，前妻是一根筋，当她知道他在外面的事情后，果断地离开了她。她是哭着离开的，没带走一分钱。

"男人是会流泪的。"姚建华和刘建成在饭店举杯喝酒的时候说。

"是吗？不会吧？流泪那也是小不点儿、任嘛不懂的时候才会扯嗓子哭吧。啥都懂了，啥都看透了，还有啥哭的。"刘建成举起杯子和姚建华碰了一下。

"此言差矣。唉，我们的事儿你不懂。你别跟我站一起，你站错队了。"姚建华摇了摇头。

"说吧，这世上还有我不懂的事儿？"

"建成，跟你说吧，当初我前妻非要跟我离婚，走的时候什么也没带，你知道我多愧疚？她要是让我净身出户，我心里可能也没这么愧疚。我知道她心碎了。"

"心碎可不好治。"刘建成微微一笑，举起杯子，"建华，事情都过去了，别难过了，还得往前看，已经有一个心碎的了，别再把自己弄得也心碎了。"

"已经心碎了。后来我去找过前妻，他租着房子住，没空调没风扇，带着我的骨肉啊，你说我能不心疼。"男人有泪不轻弹，姚建华面庞扭曲了。

"你不能把孩子的监护权争取过来吗？"

"不能。我已经伤她很深了，不能再抢孩子了，孩子就是她的命。是我犯错在先，该惩罚就惩罚我吧。"

一脸颓废的姚建华不出几日就在刘建成面前喜笑颜开了："建成，好消息，为了这个好消息我们得干一杯。"

"什么好消息，说完我再喝。"

"我前妻终于接受我给她买的房子了。俱乐部主持人鼓励我见了一次前妻，我这个大男人主动跟她说了声'对不起'，说得她泪流满面，我真没想到，一句'对不起'威力这么大。哎，建成，你跟老婆说过'对不起'没？以前让我跟老婆说这个，打死我也不会说的。"

"我？我又没犯错误干嘛和她说对不起。"

"那不一定哦，男人和女人据说并不是来自同一个星球，说法和想法都不一样。你觉得这样对，她可能觉得那样对，想保持一致，可不容易呢。"

"你离次婚还离成专家了！来，喝。"

姚建华喝了一口酒继续说："想不到前妻要结婚了，我的'对不起'已经不能挽回什么了，只能让我心里好过一点。我送给她一套三居室，作为嫁妆，她答应了。我想让前妻生活得更好，其实是想让女儿生活得更好，你不知道我有多爱女儿。"

姚建华哽咽着，刘建成心里也颇多说不清的滋味："建华，酒咱就不喝了，吃点主食。"

"女儿跟着前妻，不跟我，这是我永远的痛。还好，前妻并没有跟女儿灌输我有多坏，没把我犯过的错误强加给女儿，我们还能经常见面，这也算是值得欣慰吧。"

"建华，当初你就没考虑过主动提出离婚？"刘建成试探地问道。

"绝没有过这念头。不是我对家外的那个不负责，而是我知道她要的就是我的钱，那我给她钱就是了。钱能打发的，是真感情吗？你看，我婚离了，她也离开我了，钱给足了，人就不知去向了。她要我娶她，离了以后，

我却一点都不想结婚，也不知道怎么了。"

"你把前妻伤了，是故意的，咋还反过来说你受伤了？"

"我受伤了，我严重受伤。幸好有离婚俱乐部这个疗伤的地方，它指引我往前看，给前妻买了房以后，我内心的愧疚虽然没有彻底消失，但总算能舒口气了。"

"老姚，你有做广告的嫌疑，俱乐部不是你创办的吧？你总在这诱惑我。"

"我可没诱惑你，以后我得少跟你讲离婚的事，好好的日子好好地过，可别跟我们学。怎么的，你也养小三了？"

"天地良心，我绝没养小三，更没有养小三的想法。"

姚建华笑了："你别急着跟我在这澄清，对得起你老婆就行，我可管不着你这段。我又不是你家警察。"

近来这段日子，刘建成回到家，看到的不再是冷锅冷灶。以前老婆李菊花上班的时候，两个人经常吃不到家常饭菜，尤其是早晨和中午，两人全在外面解决。即使晚上能在家吃，也都很晚了。没办法，全职男女，下班回到家都很晚了。所以，更多的时候，晚饭家里只做个菜，主食就是外面买的馒头和包子，米饭也是成盒买回来的，偶尔，李菊花一边做饭一边做菜，可偏这个时候刘建成在外面有应酬，难得吃上。久而久之，李菊花也不爱做了，反正做了也得剩。

现在不一样了，自从李菊花辞职以后，除了中午刘建成不在家吃，早餐和晚餐都格外丰盛。李菊花改掉不给刘建成做早餐的习惯，早餐面包牛奶豆浆果酱应有尽有，天天不重样。晚饭就更丰盛了，有荤有素，搭配合理，色香味俱全。

今天不同，家里冷锅冷灶的不说，更见不到一个人影。女儿住校，家里看不见她实属正常；这李菊花辞职没事可做，怎么也不在家呢？酒喝的虽然不是太多，但头有些沉，他洗也不洗就躺倒在床上。

很晚了李菊花才回到家。

"也不问问我去哪了？"李菊花躺在床上说。

"这么大的人了，还能丢？"

李菊花不愿意了，可她忍着："大人也一样该丢就丢啊。我要是晕哪了，身上要是没带电话，找不到你们，我是不是就完蛋了？"

"就你这身体，牛一样壮还能晕倒？"

"貌似我丢了更好，你都不用……"李菊花刚想说离婚，一想这是6个月内的大忌，千万不能提，赶紧转了话题，"你姐今天晕倒了，经过书店想找她聊聊天，哪想到话没说几句她就晕了。姐夫去进货还不在家，我打了120，关了书店去的医院。"

刘建成蹭地坐了起来："怎么不通知我？"

"没事，到医院，医生就说姐是低血糖，没大问题。你离书店那么远，我一个人也照顾得过来她。姐真不听话，非要出院回家。"

"都说'长兄如父，长姐如母'，这话一点儿也不假，小的时候姐没少给我洗衣服。"

"睡吧，别担心，姐没事了。"李菊花显然累了一下午，伸伸胳膊伸伸腿，想越界把手伸到刘建成毛巾被下面，又迟疑了一下没有做。她并不知道，刘建成沾了点小酒，也想跟李菊花操练操练怕是快要生疏的性事，无奈有点力不从心。

一夜无剧情。

2

这几天枚课，李菊花就跑到李磊的新房子里，期待看到装修进度，却没想到李磊至今还未找到装修工。

"弟，你怎么还没找到装修工？趁你在陆地上赶紧装啊，你上了船，我来监工你放心？还说要你喜欢的风格，别让我给看错了，你又埋怨我。到那时我可担当不起。"

"放心姐，有眉目了。现在一家公司在给我出设计图，我再让他们修改下，改到满意为止，就让他们来做。"

"别光忙房子，这几天有没有谁给你介绍对象？该看得看。王阿姨介绍那个，的你不如去看看。"

"姐，不用去了，我和她通过电话了，一听说我是海员，就没戏了。她说我在海上漂的时间太长，她又不能跟我在海上跑来跑去的。她说除非我离开大海。可我喜欢大海，我不想离开大海。"

"你早晚是要离开大海的，你也就是趁着年轻赚几年钱，年龄大了还能在海上漂？以前我就说过，宁上山勿下海，不让你下海，你偏不听，现在找对象都困难了吧。30好几的人了，你不愁我都替你愁。"

"有啥愁的，一个人多玩几年，拖家带口的多累。"李磊显然表面上不把结婚当回事。

李菊花不知道自己的弟弟为了找一家好的装修公司跑了多少家，从城东跑到城西，从城西跑到城北，从城北绕回到城南，比来比去，这才选择了这家装修公司。装修公司总监Jasmine是加籍华人，非常漂亮，非常有女人味。李磊一米八的大个儿，Jasmine身材修长，一米七五的身高，和李磊站在一起，就是一幅郎才女貌的组合图。

李磊去过许多国家，他希望自己的家有欧式风格，于是他选择了别墅区，独门独院的，还没进屋，就已经被这种欧式风格吸引了，进到屋里，更是别有洞天才行。李磊就是这样想的。总监Jasmine这次是回国内度假，暂时帮助姐姐打理公司。

"你是单身？"接手李磊的房子装修工程以后，相处时间久了，Jasmine很直白地问他。

李磊差不多要脸红了，被这么一个漂亮女人追问，他心中就如鹿撞一样。他多情地想对方一定也是单身吧，不然为什么这么关心他呢？他猜对了，在他反问以后，对方告诉他她也是单身。只是这个时候她没有说明她是离婚女人，更没有说还有个女儿在加拿大，她迟早是要回去的，回国内只是度个小假，换换心情。

然而，装修不到一个月，李磊就陷进了对Jasmine的情感里。两个人在装修工休工以后就缠绵在新房子里，处男李磊在Jasmine的引领下渐入佳境，每天天一亮就盼着天快黑，他不能无端中止装修，让Jasmine一整天一整天地和他缠绵。他需要赶紧把房子装修好，那样他们俩就有了更舒适的温床，眼下，他只能买一个折叠床，白天就放在角落里，装修工一离开，他就迫不及待地把床打开，等着 Jasmine。

Jasmine 很准时，姐姐一家去香港旅游了，公司交给她一个人打理，她一整天都要守在公司，晚上关门打烊以后，她就开着姐姐的奥迪快速向李磊的新房子驶去。男女之间一旦生情，那情是有瘾的，跟吸食鸦片没啥区别，尤其在蜜月期。两个人就跟黏腻的糖一样，希望随时黏在一起。

李磊最初是害羞的，当他发现 Jasmine 很放得开，才逐渐和她合起拍来。他们的快感和高潮差不多同时光顾，几欲让李磊招架不住，再加上 Jasmine 的挑逗，她轻声呢喃着"老公"，已让李磊俨然有一种婚后在新房度蜜月的感觉。

他愉快地想，30 多岁，总算有家了。

做爱是要体力的，当两个人安静下来，饭还是要吃的，好积攒力量进行下一轮奋斗。可惜新房子里除了瓷砖灰土，根本没有碗筷。李磊就说："明天我买些锅碗瓢盆什么的，亲爱的你会做饭吗？"

"不会做，没做过。"Jasmine 揪着李磊的小胡子，继续撩拨着他，"磊，船长是不是都是大胡子？你的胡子留长了，也要去当船长吗？"

一向成熟的女人说出这样一番充满小女孩情调的话，李磊笑了，搂着 Jasmine 亲了一口："不是所有的船长都是大胡子，是你小时候听童话故事听的吧。"

"和海盗进行斗争的都是大胡子船长。"

"我们结婚吧！抓紧装修好不好？装修好我们就登记，我娶你。"李磊诚恳地说。

对方迟疑了一下，跳起来去了卫生间，没有回答他。再次回到李磊面前的 Jasmine 又冲了一个澡，头发湿漉漉的，脸上还有水珠，很俏很妩媚。李磊无法自制，又和 Jasmine 缠绵几个回合。两个人都筋疲力尽，双双躺在不是很宽大的折叠床上。床不再响，李磊也进入了疲累阶段，没说几句话就睡去了。唯有 Jasmine 睁大双眼，看向窗外，看得很远，谁也不知道她究竟看到了什么。

每天两个人都要这样缠绵，都嫌白天太长，夜晚太短，都眼看着装修工不早早收工心急。可是，就如常人所说的"人无千日好，花无百日红"，

在 Jasmine 经历了一次月经后，她就消失了。

去公司找，Jasmine 的姐姐说她回加拿大了。可她为什么临走都没个交待，这让李磊焦虑愤恨。这个时候他才知道 Jasmine 一年前离异，女儿还留在加拿大。女儿的监护权在前夫那里，她得不到，同时她不能离开加拿大，她要守在女儿身边，哪怕不在一起生活，近距离看着她也心安。这些是她姐姐的原话。

他们在一起的时间如此短暂，短暂到 Jasmine 在他面前只经历了一次月经，就是经期 Jasmine 也不安分。她似乎想利用所有的日子和李磊缠绵，她看上去那么爱他。李磊曾经被床单上的经血吓住，可 Jasmine 极尽享受，根本不在乎。如今他也不明白了，她到底是爱他，还是在利用他的身体？

再没有了每日的期待：天快快黑，情人早早出现在眼前。李磊整个人都废了，从小到大，30 多岁还从来没有恋爱过，这初恋竟然断送在一个将永久地生活在异国他乡的女人手里。

3

当李菊花再看到弟弟，他已憔悴不堪了。李菊花吓了一跳："李磊，才几天不见，装修个房子就把你累成这样？"

"Jasmine 走了，她明明说自己单身，她明明这样说的。她怎么会有前夫，还有个孩子？"李磊眼神有点呆。

"谁走了？Jasmine，就是你手机里藏着的那个女人，装修公司的？"李菊花使劲回忆着。她记得弟弟给自己显摆过那女人的照片，当时她没在意。

"她走了，再也不会回来了。还没装修完她就走了，这屋子，我怎么待得下去？她回去找她的女儿去了，不会再回国了。可她明明说自己单身。"李磊一边说一边往卫生间走，站在马桶前，他半天尿不出来，于是晃了晃身体，那尿液才冲出来。这是多年在海上漂留下的后遗症，漂在海上的船总是在摇晃当中，海员小便那船也不可能静止下来，依然左晃右摇的。每次李磊回到陆地上，都不是太适应。

每次回来，他都格外想念海上的生活。这一次，他是暂时搁浅在了陆地上，连正常的生活都不能进行了。看着一下子老去的弟弟，李菊花愁得不能自已。她要弟弟跟自己回家，可弟弟不愿意，就那样蜷缩在沙发上。

"姐，你走吧，我没事。装修先中断吧，以后再说，看他们在这干活我也心烦，又是土又是沙的，脏死了。"

"你单方面撕毁合同？你们不是签了装修合同了吗？"李菊花记得看过他们签的合同。

"是她骗了我。她离婚了，离婚了为什么还回去？"李磊歇斯底里地说。事实上，是Jasmine的姐姐知道了全过程，知道以后她也没有办法，背地里把妹妹数落一顿了，说她不该沾人家未婚男，如今人家不让他们装了就只好不装了。这半截装修工程就搁在了那里。进了屋子，已经看不出这装修，到底是欧式还是中式的了，反正就是一个乱七八糟。

李磊从沙发上爬起来推姐姐走："姐你走吧，我没事，就是心里不舒服。"

李菊花心想，一个大男人也不至于被个恋情击毁，就叮嘱几句走了。临走的时候她还告诉李磊："你已经是大副了，千万不能因为个女人把自己害了。"李磊点头称是。

一个月的时间，李菊花每周上一堂课，累计上了四堂课，她觉得收益不少。让她觉得夫妻之间有缓和的是两个人在这一个月里爱爱过一次。那次是刘建成主动的。那天，回来很早的刘建成，乖乖地坐在桌子前吃李菊花做的饭菜，吃完了还帮着收拾了碗筷。

李菊花没让他刷："我刷吧，我一个辞职回家啥事没有的人，咋好让你一个日理万机的人管家务呢。"

"你埋汰人也没有这么埋汰的吧？还日理万机，理个啥呀，现在说是旺季，可竞争太厉害，你也不是不知道。一天闲得蛋疼。"

听刘建成这么说，李菊花把视线落到他的双眼上，刘建成闪烁着看向一边："总之，一天没啥事，我帮你刷碗你不让，不让更好，你以为我爱干咋的。花香明天该回来了吧？想这丫头了。"

"你想谁不想？空调。"李菊花看刘建成又把空调调到17度，不禁提醒他，"女儿在宿舍在教室里可没有空调，我们凭啥这么滋润。不能吹，就是吹也调到29度。"

"那开着还有啥意思啊？今天就开着吧，要不运动起来太热。"刘建成不看李菊花。李菊花已经刷完碗，洗漱完毕，正站在空调下面，调教刘建成不让他开空调，一听说他要运动。她有一刹那晕了，他要运动？他这一身肉，根本不爱跑步，什么俯卧撑也不爱做，仰卧起坐也不做，他还要啥子运动？啊，明白了，李菊花想到这，脸一下子红了，好在不是小姑娘，皮糙肉厚旁人也看不出来。

李菊花乖乖地去洗了澡，又喊刘建成洗了澡，两个人进行了这个月唯一的一次爱爱。李菊花兴奋地喘个不停，把刘建成吓了一跳："你病了？心脏不好？"

李菊花搂着他的后背轻声呢喃："兴奋的。"

说完这几个字，连李菊花都觉得自己是不是有点做作。以前两个人爱爱自己也没这么兴奋过，如今还兴奋地喘上了，难怪刘建成吓了一跳，他还不得瞎想：这原装的女人咋和以前不一样了呢？拜托，千万别得心脏病，李菊花这样想着，安然入睡。

睡梦中她还不解，为什么今天的刘建成是这样的？竟然还主动和她一块洗澡！他恨不得帮她洗每一寸肌肤，这让她倍加奇怪。以前他是不愿意碰自己的。

李菊花半梦半醒着，也不知道这一堆场景是梦着还是醒着。

4

一大早醒过来，李菊花觉得舒服极了，这可是睡到自然醒啊。爱爱过的女人睡得就是香，她这样想着去给刘建成准备早餐。想不到刘建成也爬了起来，说公司今天早晨有个会要早点去，早餐就不吃了。

"老公，不吃早餐人会老得更快的。时间长了胃也受不了，你再着急也不差这一小会儿，我马上就好。面包夹火腿鸡蛋还有生菜，立刻就好。"

刘建成洗漱完毕，李菊花给他准备的早餐也递了过来，刘建成听老婆喊他老公，多年听不到了，有种怪怪的感觉，可也比较受用。他接过早餐边走边吃："花香今天回来，做点好吃的啊。"

"知道了，你也早点回来。"李菊花觉得自己说话的时候，嘴巴像抹了蜜，不禁也咧嘴笑了一下。看来，一切都往好的方向发展。

女儿要中午才能到家，上午没什么事，李菊花不放心弟弟，打算去看看他。七拐八绕，终于到了李磊的新房。房间很乱，李磊躺在弹簧床上睡大觉。他为姐姐开了门，继续回去睡觉。

"都几点了还睡，跟我回家吧，今天花香回来，我做点好吃的。你看你把新房子都弄成猪窝了，这个乱劲儿，那堆水泥不能弄到外面去？现在又不装修，屋里堆一堆灰，脏不脏？"

"姐，我觉得自己没有力气。"李磊说完就不吭声了。

李菊花看到地上扔着几个方便面袋子，一看他就是干嚼的。

"不行，跟我回家，你这样下去，胃都受不了了。你就不能自己动手做点吃的，你又不是不会做。"

"不想做。姐，你回去吧，我还没睡好。"李磊把脸侧向墙的方向。

"你能像个男人不？不就失恋了吗，谁一辈子还不失恋个几次，谈一次恋爱就结婚？真有你的。快，快起来，你这样子像话吗？爸妈知道了不心疼？"

李磊听姐姐提到爸妈，也不知道哪来的力气，爬起来就奔那堆灰去了，双脚也没穿袜子，把那堆水泥弄得乱七八糟。李菊花赶紧过来拉他，拉不动，直到他把那堆灰夷为平地，才算罢休："姐，你不要烦我了。你不要拿爸妈跟我说事儿，我这么大岁数了，谈个对象容易吗？姐，她骗我，她凭什么骗我！"

"李磊，你振作。人家哪骗你了？人家确实是单身啊，只不过是离过婚的。她也有她的难处，你就放下这一段吧。这日子还得过，是不是？你别让我担心啊。"

"我老大不小的了，有啥担心的，放心，我死不了。"

李磊这么一说，李菊花倒更加害怕了。只见李磊脚上沾着灰就爬到床上去，床单立刻沾满了灰。李菊花直摇头，眼泪都要出来了。她心底也告诉自己，困在情里的男人和女人，还得自己走出来才行。现在连自己都在求助别人，更别说从来没有恋爱过的弟弟了，就算年龄再大，他情商不够

高又有什么办法。他要是经历过几次情变，就不会这样颓废了。她相信弟弟会振作起来，因为李磊见自己的脚和小腿上全是灰，立刻去接了盆水站进去冲洗起来。

看弟弟坚持不去自己家，李菊花只好帮他做上米饭，又炒了个菜才回家。女儿花香早已到家，正在看电视。

午饭只有娘俩儿一起吃，公司离家远，刘建成只有晚上才能回家。女儿回家，除了给她做好吃的，李菊花自然还要关心她的学习，看女儿只顾看电视玩游戏，总要唠叨她。女儿烦她唠叨，她只有好"别有用心"地说："看看几点了？"以此提醒她。女儿偶尔还会跟她撒个娇，弄得她也不好深说她。

晚饭自然比午饭丰盛，刘花香在刘建成面前更是撒娇成性，撒开李菊花都不理她了。只顾着对自己的爸爸说话："爸，我们班有个女生，她妈都40了，又要给她生小弟弟了。"

"真不嫌累，养一个都累呢。"李菊花接过话说。

"妈，你养我一个也嫌累啊？那不养好了。"刘花香嘟着嘴说，一边说一边还搂着刘建成的胳膊。

"他们家人工作清闲，那是有精力。"刘建成持中立态度。

"养孩子是要讲究成本的。"李菊花又插了一句。

"爸妈，你们不会也给我要个弟弟吧？"刘花香口无遮拦。

"不会，爸有闺女就够了。"

"爸，你发誓，我不想再有弟弟和妹妹，我不想让他们跟我分爸分妈。谁都不能跟我分你们，你们只是我一个人的爸和妈。"刘花香觉得自己说得有点煽情，不好意思地笑了。

"闺女这是咋了？"李菊花纳闷地看着女儿。

"还不是受她同学刺激了。花香，是不是你同学要有弟弟妹妹了，心情不好了？"刘建成问。

"她就跟我说，她要是有了弟弟或者妹妹，爸妈肯定会对她不好了，弟妹还会和她分财产。"刘花香说。

"闺女，爸告诉你啊，你得好好安慰她，不管她妈再生几个，哪一个她都会疼的，都是她的宝贝。"刘建成说。

"你爸说的对，那都是她妈身上掉下来的肉，哪个都一样疼。"李菊花补充了一句。

"爸，妈，奇怪了，以前你们意见总是不一致，现在怎么出奇地一致？咋了？咱家和以前大不一样啊。"刘花香惊讶地看着父母。

"马上开饭。别胡思乱想，怎么不一样了？以后啥都一致，管保你心情舒服。"李菊花说。

"妈，您不上班真好，脾气都不一样了。以前你可总发脾气，恨不得把我和我爸一脚给踹出去。"刘花香转头对刘建成说，"是吧，爸？"

"是，是。"刘建成附和。

"谁说的？谁说我要把你们踹出去？"李菊花急了，把碗重重地放在餐桌上。

"快看，我妈要爆发了。"刘花香假装往刘建成身后躲。李菊花也觉得自己动作有点重了，遂心疼实木餐桌，赶紧拿起碗来，看看桌面，又用手摸摸，确定没什么大碍这才放心去厨房。

饭后，刘花香把门关得死死的，谁也不知道她在里面干什么，要想进她屋得敲门。这让李菊花很郁闷。于是她有了偷窥她的想法，只是孩子返校后，她的抽屉总是锁着的。女儿有了写日记的习惯，那日记都锁在家里，不往学校带。可李菊花打不开抽屉，也不敢撬。她只好眼睁睁地看着抽屉，琢磨着里面到底是个怎样的世界。

这次返校前，女儿在淘宝网上买了两件衣服、一双鞋和一支唇膏。没办法，网上买东西上瘾，李菊花想管又管不了。为这事她没少和女儿吵，每次都弄得两败俱伤。可静下来李菊花也想过，自己不是也爱美吗，何况一个十几岁的女孩子呢。想到这里，她就释然了。

初中的时候，李菊花还能天天督促女儿练琴，自上了高中，她也不忍心了，孩子太累了，根本没有时间，每天上完晚自习都小半夜了才能回宿舍。就算在宿舍可以弹，那也不能把琴抬宿舍去吧？一间宿舍住着七八个孩子呢。再说，洗漱时间一过就得躺下睡觉了。就这样，钢琴搁置在角落里，已经有很久不响了。

5

李磊情绪一直不佳，李菊花想把他带回家静养，让他离开那个伤心的环境或许能快速好起来，可弟弟就是不听她的，还嫌她啰嗦。

"姐，我都老大不小的了，你不用担心我。我一个人住着舒服，也好静下心反思反思。"李磊还是窝在床上。

"李磊，你不能这么消沉啊。要是不想继续装修，那就回去上班。"李菊花以为他离开这个环境，回到令他开心的船上或许这相思病就好了。可李磊不同意，说他哪天有精神了会继续装修，竟然还说要等 Jasmine 回来的傻话。李菊花恨铁不成钢，看弟弟神志还算清醒，索性给他做了点吃的就走了，走之前告诉他，以后只要没什么事她就过来给他做顿饭。李磊不吭声。

李菊花想去大姑姐家看看她身体好了没有。

想了想，李菊花还是先去了书店，想不到刘建丽果真在店里，李菊花埋怨道："姐，您还真在店里！身体不舒服就回家歇歇，钱可是挣不完的。再说有姐夫守着，你还有啥不放心的？"

"不是我不放心，你姐夫今天得去调货，做生意开店哪能不天天守着呢，这要赶上谁来了店门关着，多影响生意。"刘建丽一边整理书籍一边说。

"舅妈，我妈是老财迷，她一天不在店里守着她都难受。"钱思艾从里屋转出来，"妈，我走了，去上班。"

"思艾，你不用坐班吗？"李菊花看时间不早了，已近中午。

"坐班，今天是请了假查点资料。舅妈您坐着，我先走了。"钱思艾说完走出书店。

"姐，思艾还没找到男朋友？可不小了。"

"谁说不是，都 31 了，这女孩子一过 30 就更不好找了。你说你要是离婚的吧，那好赖也算结过婚了，30 多的青瓜根本不知道婚姻是咋回事。"刘建丽愁眉紧锁。

"姐，您可不知道，现在的小年轻懂的多着呢，没走进过婚姻也知道婚姻是咋回事。您没见那么多同居的、婚前试婚的？是不是思艾不跟您说实话啊，是不是她也有试婚对象啊？"

"不可能。"刘建丽摇着头，"这丫头天天准时准点地回家，就是在外面聚会，也都是一大帮人一起出去，没听说单独行动过。"

"姐，您老外了吧。人家单独行动还向您汇报？"李菊花狡黠地眨了下眼睛。

"嘿，你倒还真提醒我了，难不成她真找了？"

"不好说。"

"我说我催她相亲她一个都不去呢。"

"对，这就很说明问题了。她不去，肯定是有了才不去啊。姐，让思艾抓紧吧，我可想吃喜糖了。"李菊花笑。

"孩子一晃就30多了，花香也快20了吧？再过几年就该吃她喜糖了。"刘建丽说。

想不到回家的路上发生了一件让李菊花大跌眼镜的事，她竟然看到了女儿刘花香和一个穿同样校服的男孩子手拉手走路，这让李菊花气不打一处来，真想冲过去狠狠地揍女儿一顿。依她以前的脾气肯定是这样，并且战争会不断升级，从眼前的问题说到女儿小的时候有多难带，甚至会说到十月怀胎的辛苦，顺便连带着把旁边静观势态的老公也给吼了。吼了老公再吼女儿，只要屋里有人，她都会吼一遍。可自从和刘建成签了婚内协议，她就控制着不让自己发脾气，尤其上了找老公培训课以后，她清楚了自己的弱项。吵，首先在气场上就输给了对方。谁愿意看到一个本来有理，却在河东狮子吼的失去了理智的女人呢？可她又不能放任他们就这样手拉着手。怎么做才合情合理？冲过去？她最后理智地告诉自己，装没看见，回家再跟女儿慢慢渗透，或者跟班主任交流。

晚饭做得简单，如果只有李菊花一个人，恐怕她就把晚饭省略不吃了。哪有心情吃啊，女儿这不是早恋吗？都上高二了，心思要是不在学习上，这不是要命吗？李菊花觉得女儿这样做很要命。眼下，纵使把山珍海味、满汉全席摆在面前，她李菊花也没有心情吃。

"老公，咋办呀？"刘建成一打开门，李菊花就快速走过去，提醒自

己要压住火，绝不能大喊大叫。要是以往，她李菊花是不会这样说话的，肯定会说，"姓刘的，你看你养的好闺女，真是随根儿，上学不会干别的，就会谈对象。"然后就是没完没了的战争，最后以刘建成甩门而去。

"咋了？"刘建成起了一身鸡皮疙瘩，好像这"老公"二字还不是太适应。都几年没叫了，冷不丁叫他，还真得适应适应才行。

"老公，我受不了你闺女了。"

"怎么了？又吵了？她不是回校了吗，也没吵的机会啊？电话里吵的？"

"我今天去看姐，她身体还不错，恢复得挺好，还在书店呢。"李菊花先汇报刘建成姐姐的情况，表示她很关心大姑姐，然后才话题一转，回到女儿身上，"回家的路上，我看到闺女和一个男生手拉手走路，这不要命吗？"说着，李菊花简直要哭了。

"有这么邪乎吗，看把你吓的。男女生荷尔蒙忽忽地往上涌，拉个手算啥，别怕。"

"……"李菊花想大声回敬他，终于咽了下去，"她如今住校，能在校外晃荡，这可不是小事。"

"和班主任联系了吗？"

"我这不是先等你吗？你是家长，我不知道怎么办。"李菊花从此开始学会向男人示弱。要是以前，想怎么做早操刀做了，估计电话早就毛毛躁躁地打到班主任那里去了。

"那等会儿我给老师打个电话，确定她今天出校去做什么了。"刘建成说完去洗手。

挂断电话后，刘建成对李菊花说："你看到女儿时，她是不是没戴眼镜？"不等李菊花回答，他继续说，"女儿的眼镜腿儿折了，就跟老师请了假出来修眼镜。至于那个男生……我没问老师，你看到他们的时候是中午休息，又没耽误上课，你紧张什么。别把事情看得太得严重。早恋怎么了？真恋了，我也不挡着，不耽误学习就行。"

李菊花一阵喷舌，她脑子里已经跳出一百个李菊花在吵了，不行，明天自己亲自和女儿说，非逼问出来个究竟不可。

"等闺女回来，我问她，你别急吼吼地吓着她。"

"还我吓着她?"李菊花恼了,"你怎么就知道我会跟她急吼吼?我要急吼吼,中午我就杀到他们学校去问个明白,我这不还是等着你吗?"

"别吼,你看,你是不是又要吼?好了,我睡觉了。"刘建成打算不理李菊花了。

"你别睡啊,女儿的事到底怎么办?就任她这样下去?那能考上什么样的好大学?"李菊花急得在屋里直打转转,"将来工作了还怕找不到对象吗?现在就找,猴急个什么?"

6

睡得迷迷糊糊,家里的座机响了起来,李菊花腾地跳了起来,心脏也跟着要跳出来了。她的第一个反应就是,完了,女儿出事了。自女儿住校,她和刘建成的手机 24 小时开机。李菊花一着急抓起手机看,手机没反应,她这才想起是固定电话在响。

李菊花赤着脚跳到地板上,抓起话筒,急赤白咧地说:"花香,是花香吗?"其实对面还没说话呢。当她听到对方说是弟弟小区的物业时,放松的心又立刻收紧了。对方告诉她,她弟弟出事了,喝醉后把小区停放的车辆给砸了,砸完了倒地就睡。他们查了李磊的手机,看到通讯录中有"姐姐"的手机号码,于是就打了过来。

大半夜把人家车砸了,还躺在地上睡大觉,这可了不得,撂下电话,李菊花就把事情一五一十地讲给了已经坐起身来的刘建成:"咋办啊,这个不争气的弟弟。"

"走,我跟你去看看。"刘建成说完,就下地穿衣服,李菊花自是不落后,快速把衣服穿好,在门口等刘建成。坐在副驾驶座位上,李菊花喋喋不休地把李磊失恋的事情说了一遍。她原本没想到事情会发展到这么严重的地步,也就一直瞒着没跟刘建成说。无论怎么说,这也不是什么光彩的事情。何况两个人在闹离婚,虽然协议内谁也不再提,但心底都明镜似的,还是有了一点点隔阂。她只想努力把这隔阂消除,不想再有不好的东西影

响到他们。

"李磊还真是个情种。天下何处无芳草，非吊一棵树上了？"刘建成的话让李菊花心里极不爽，他这意思很明了，他就不想在一棵树上吊着了，想另觅一棵年轻的树挂着，他肯定是这么想的，李菊花在心里盘算着，只是没有说出来罢了。

很快，二人就到了李磊居住的地方，半夜没什么人了，只有物业工作人员和110守在李磊旁边，李磊睡得正香，无论怎么喊就是不醒。

"对不起对不起。"刘建成一下车就赶紧向所有工作人员道歉。

"对不起有什么用，把他领回去，车的照片已经拍过了，等他清醒过来带到派出所做笔录。"

"把哪辆车砸了？"这是李菊花在叫不醒李磊后才关心的话题。

"那辆。"警察指着十几米外挨墙放着的一辆车说。

"他砸了几辆？"李菊花问，在确定只有这一辆的时候，她又说，"不用做笔录了吧，这是他自己的车。"

"他的车？"在场几位都惊呆了，"他到底是醉着还是醒着，难道他砸的是自己的车？"

"他失恋了，我没撒谎，这是他自己的车。麻烦你们了，我们把他送回家，就在前面5号楼。"

"他的车没有在物业登记，没租买车位，我们还真不知道这车是谁的。"物业工作人员挠着头说。

警车呼啸着开走后，李菊花和刘建成半搀半抱着把李磊弄回新房，一进屋，两人更是吃惊得不得了。这还是家吗？所有的水泥灰弄了一地，铺了一半的地砖上，黑乎乎一片，无处下脚。客厅和厨房之间的隔断被什么利器砸坏了，被子半拖在地上，方便面袋子扔得到处都是，床头地上东倒西歪地放着好几个啤酒瓶子，其中一个瓶子已经破碎，显然是他用它砸什么了。

李磊被两人放倒在床上，他没有醒的迹象。李菊花叹了口气："老公，你说喜欢一个人，分手了能到这种程度？"

"不应该，他太脆弱，谁离谁都能活。"刘建成看着昏睡的李磊摇了摇头。

这个回答如果是李磊说的，如果李磊说过这话能振作起来，她李菊花会很高兴，可是由自己的男人说出来，她觉得不满意。他刘建成离了别人可以活得很好，但离了她李菊花就应该过得不好，离得了谁也不能离开她。

"不管咋样，我的心还是放下了，他没傻到喝醉酒开车出去乱来，那可惨了。"李菊花后怕。

"对，他要是醉驾，不出事行，要真出事，那就进去了，谁也捞不出来他。"

"Jasmine。"李磊嘟哝了一声翻个身又睡了。

"老公你回去吧，明天还要忙，我在这陪他。我也不放心他啊。"李菊花说到这差点儿要哭了。

"他这屋里怎么乱成这样，还没装修完？"

"不装修了，停工了，半拉子工程。那女的回加拿大了，李磊失恋了，房子也不让装修了。"

"多久的事了？没听你说啊。"

"我不是怕你笑话吗？再说我以为他过几天就好了，哪知道情况越来越糟。"

"带他回我们家吧，你照顾他也方便，这里又不能住，再说，你守在这里也太受罪了。这么些天他是怎么过的，你也真放心。"

"我天天过来看他啊。"李菊花心里万分感激，她不是没有想过带李磊回家，可李磊不去，当然她也怕刘建成有意见，整天看着疯疯傻傻的小舅子在眼前晃，会不会很烦。现在刘建成主动要带李磊回家住，这让李菊花心里说不出的熨帖。

喝醉又睡得很沉的人，要想挪动很费劲，两个人费了好大的劲儿才把他弄到车上去。刘家三室两厅的房子，李磊是有地方住的。想不到第二天夫妻两个起来，却没有见到李磊，李菊花急了："他能跑到哪里去呢？老公你上班吧，我去他新房那儿找找。"

"别急，找到他好好商量商量，让他在我们家住一段，换个环境心情兴许会好点。他总在那个环境里待着，睹物思人，一时半会心情也好不起来。"

"知道了老公。"李菊花自从把刘建成重叫老公以后，还叫上瘾了。

7

来到李磊的新房，敲了好半天，李磊才把门打开。他呆呆地看了李菊花好半天，就是不吭声。

"咋了？不认识我了？怎么说跑就跑回来了？昨天大半夜你姐夫和我把你带回家，你也不能说走就走吧？还来个不辞而别。"李菊花顺着门缝挤进去，看着乱七八糟的室内傻了，"小磊，你这是咋了？"

李磊把屋里砸得稀巴烂，墙上的那面大镜子也被砸碎了，还有几片摇摇欲坠。李菊花哭着说："这些都是你辛辛苦苦出海挣出来的。人家说宁上山勿下海，你这工作这么危险，挣点钱容易吗，就这样乱砸。为了个女人，值吗？"

"姐，你不用担心，我没疯也没傻，我就想把她装修设计过的房子彻底毁坏，重新装修。"

"那车是怎么回事？"李菊花步步紧逼。

"反正我是要下海的，那我就下海好了，我一辈子跟船拴在一起好了。我要车有什么用？也用不着要媳妇。"

李菊花一不小心踢倒了一个啤酒瓶，又带倒了其他几个啤酒瓶，稀里哗啦，一倒倒一堆，不知道的还以为进了酒厂车间呢。李磊门也不关，掉头回到酒瓶堆里，抓起一瓶啤酒就往嘴里倒。喝了几口，就对着墙角发呆，无视李菊花的存在。

"就你这样，还找不找女朋友了？谁家女孩能跟你？"李菊花恨铁不成钢。

"别说了！找什么找！"李磊听不得"女朋友"的字眼，把手里的空瓶子又向远处掷去。那架势，恨不得要把房子给点着了才解心头之恨。

李菊花听弟弟磨磨叽叽跟自己讲 Jasmine，还说他们本来应该结婚的，可她回加拿大复婚去了，说她离不开前夫，离不开女儿。他恨她为什么把自己的房子设计得这么糟糕，他看哪里都不顺眼，都砸坏了心里才舒服。当着李菊花的面，李磊穿着鞋子在地板和地砖上走来走去，甚至用鞋底踩墙面，在光洁白净的墙面上印上一个又一个的大号鞋印。李菊花不敢单独把他放在家里，就建议他跟自己回家，李磊还是不愿意。

这个早晨，由于担心李磊出意外，李菊花没吃早饭就跑出来了。眼下又被李磊开得温度过低的空调吹到了，竟然晕倒在新房的客厅里。她的晕倒唤醒了李磊对他的愧疚，答应不折磨她了，休假这段时间跟她回家。

换了新环境的李磊确实没有先前那么放肆了，没说逮到什么就砸什么。但那眼神看着还是让刘建成觉得害怕，背地里，他就对李菊花说，找个人给他看看病吧。

周末女儿回家了，李菊花不知道怎么开导女儿，才能把她从早恋的泥沼里拔出来。她知道，感情是只可疏通不能堵截的，你越堵她就越来劲，好像非要证明什么给你看看才行。一边是因感情受挫有点呆傻的弟弟，一边是青春叛逆的女儿，还有一个和她签了婚内协议要闹离婚的老公，李菊花觉得自己快要崩溃了。她告诫自己，一定不能垮，还好，弟弟病了以后，刘建成反倒体贴起她来，四处帮着打听，看有什么办法能救治小舅子的相思病。甚至刘建成还嬉皮笑脸地说他们的六个月协议可以延期个十天八天的，因为要照顾李磊。

刘建成这个样子，让李菊花心里舒服了些。

刘建成说不管怎样，李磊也做了他 18 年的小舅子，就算普通朋友，他也是要帮的，何况还有这层关系。李菊花心里不高兴，你帮就帮吧，还这样说话，想把所有的关系都撇清。能撇得清吗？她想是撇不清的，他们还有个共同的女儿呢。

这几天李菊花忙大姑姐、忙弟弟，又忙上课，她觉得自己身体有点透支，可女儿回来，她仍要去采购最好的食材给女儿做好吃的。何况，她还

准备在女儿吃得开心高兴没有防备的时候，好好地审问她呢。当然，她不想用"审问"二字，那样弄得两人都别扭。她希望能和女儿好好聊聊，这么小的孩子，你可得好好上学，可得离爱情先远着点。过早涉入爱河，多累呀，李菊花想。

第四章：免谈爱情课

1

女儿吃完饭，小嘴还不闲着，坐在电视前手里还举着薯片。电视节目精彩，看得刘花香咯咯直笑。李菊花想，机会来了。她说的机会来了，是老公不在家，弟弟李磊饭后也回房睡觉去了，眼下只有她们娘俩儿，这个时候沟通最惬意。

"花香，闺女，给妈一片薯片，就知道自己吃。你小时候可不这样啊，每次手里有好吃的，都要先递到我面前说：妈妈先吃。"

李花香被电视吸引着，冷不丁李菊花说了这么一堆话，她脸上的表情僵了一下。这话里话外可是在数落自己呀，她是这么想的，一边想一边就把袋子递过去。

"给我拿两片就行，不要一袋。"

"我也没说给一袋啊，自己拿。"

"一点不温柔，还让我自己拿。你直接拿出来给我就不行吗？"李菊花说完接过袋子，拿出两片又递回去，"闺女，作业多吗？"

"多，永远多。看完就写。"

"来来，坐妈边上。"李菊花拍着沙发。

"哎呀，您自己坐，我站着行。"刘花香站着的距离离坐在沙发上的李菊花显然有点远，这样沟通起来就少了促膝谈心的感觉。

　　既然刘建成工作忙，到现在还没回来吃晚饭，那教育女儿的问题自然就落在了李菊花的肩上。李菊花其实完全可以等刘建成回来，可她是急性子，她想早一点知道女儿和男生拉手的情况。

　　"闺女，"李菊花开始准备谆谆教导女儿了，"你们班有早恋的吗？"

　　这话一出口，李菊花就强烈地感觉到了女儿的抵触，敏感的女儿一下子就被问得炸了锅："人家看电视呢，这都是啥话题啊。"

　　"别急啊，妈就是问问，知道就说有呗，不知道就说没有呗。"

　　"你问的话题怎么这么稀奇古怪？问我干啥呀，我又不知道。"刘花香警惕地扫了一眼李菊花，继续看电视。

　　"功课紧张吧？你看你们学那么多课程，每门课都由一个专门的老师教，那说明不是所有的老师精通所有的课程。爱情课，可不是你们这个年龄段的孩子该上的，这堂课必须到固定的年龄才可以上。"

　　李菊花话音一落地，刘花香就炸锅了："啥意思啊，您这么试探着问来问去，是在数落我呀？我犯什么法了？您别问我，要问问别的同学去，我不知道。"说完，她索性连电视也不看了，抬腿回了自己的卧室。

　　"你站住，我还没说完呢。"李菊花准备说那天女儿和男生手拉手的事，可是话音儿卡在嗓子眼儿里没跳出去，更何况这个小丫头已经把卧室门狠狠地关上了，把所有的人和声音都关在了门外。

　　"别问我，问别人去。"刘花香的声音从门缝里挤出来，挤得调都变了。

　　"小丫头，你给我出来，话没说完就走。你说，你那天和一个男生手拉手是怎么回事？"李菊花追到门口。

　　里面没有声音，一丝声音都没有，就像女儿没有回来一样，悄无声息的。

　　想到自己正在上的找老公培训班，这要是让家人知道了不知道该怎么笑话自己呢，但她教育女儿的时候，还是一个不小心说起了爱情课："爱情课不是你这年龄上的。你给我听好了。"本来，李菊花是不想和女儿吵的，可到最后，还是以争吵收场。

　　李菊花气不打一处来，但一想到找老公培训班上讲过，女人在身上穿着衣服的情况下，在男人面前要永远保持一种淑女的模样，那么，在女儿面前也应该安静点。她赶紧静下来，保持着后天改造的淑女模样。相反，女人

在身上没一丝纱的情况下，要疯狂如婊子了。李菊花尝试着，却始终难以达到婊子的境界。只是刘建成在李菊花不披纱的时候，仍然觉出了与以往不同的变化，她已经懂得配合了，以前的李菊花在床上总是敷衍了事。而如今她才发现，越配合越舒服，所以只要刘建成和她爱爱，她都极尽配合之能事，越配合越激动，那快感仿佛不是对方给的，而是自己给自己的。

作为一个中年妇女，要照顾老公的情绪，还要时时看住孩子，以防他们跑偏，眼下又多了一个患病的弟弟，李菊花觉得有点力不从心。女儿很生气，她也很生气。应酬回来的刘建成正巧听到他们的争吵，他问清楚缘由，没有不分青红皂白地数落李菊花，也没教育女儿，或像李菊花设想的那样痛打女儿一顿，而是笑着说："我女儿长大了。"

花香本想跟刘建成撒娇，无奈李菊花正生着气，于是她就想躲在自己的卧室里不出来。

"女儿，快出来，老爸回来了，让我看看我女儿是胖了还是瘦了。"刘建成大声说。

刘花香磨磨蹭蹭地走过来，低低地叫了声："爸。"

"情绪不高啊。半个月没见老爸了，怎么不想我？"刘建成摸了下女儿的头发，"嗯，没胖也没瘦。"

"爸，我胖了，我要减肥。"女儿的情绪被调动起来。

"减什么减，我看你敢减。"这要是以前，李菊花铁定要这样说，可自从交了那笔学费后，再加上婚姻如履薄冰，李菊花转到嗓子眼儿的话，改成了，"别减，前几天我看新闻，一个大二女生减肥减成植物人了，智力跟两三岁的孩子一样。多吓人！"

李菊花刚才的冲动劲头，由于刘建成的降临而压下去不少，她暗里庆幸男人回来得及时，不然她得砸门跟女儿算账，她气得肺都要炸了，小小年纪和男生手拉手逛街，成何体统。

"姐，姐夫，你是谁？"李磊从他的卧室走出来，跟李菊花和刘建成打过招呼后，看着刘花香问。

"我是花香，刘花香。"刘花香不耐烦地说。

"闺女，"刘建成大声说，"怎么和舅舅说话呢？"

"花香，花香。"李磊拿起茶几上花瓶里的绢花放在鼻子下使劲闻着。

李菊花叹了口气："这是睡糊涂了。"

2

"爸，我回房睡觉了？"刘花香试探地跟刘建成说了句话，转身要走。

李菊花当然不愿意，结果还没有问出来："别走啊，话还没说完呢。"

"闺女，等一会儿，爸有话要说。"刘建成的话刚一出口，李菊花就看到女儿的情绪不自然起来，脸红一阵白一阵的，并且还狠狠地用眼睛剜着她。

"你别用那眼神看我，我还不是为了你好，一点也不管你就好了？"李菊花无限委屈。

刘建成在沙发上坐好才说："既然女儿长大了，恋爱了，那就结婚好了，不用上学了。闺女，你给那男孩捎个话儿，让他们来我们家提亲吧。"

李菊花和刘花香都没想到刘建成会这么说，都被吓到了，花香不高兴地说："就算我们愿意结婚，人家家里还不一定愿意呢。再说我还小呢。"

刘建成就说："那你都不知道他们家愿不愿意就和他手牵手过大街？还知道自己年纪小？这让别的同学、让老师看到怎么看你？再说你这年龄是长身体求学的年龄，不该过早地想这些不该想的问题。家庭可是一所大学校，比上大学难多了，弄不好人财两空。现在离婚率这么高，没彻底了解对方就结婚，将来离了怎么办？要是再拖个孩子，你这朵花可就不新鲜了，别说香了，那可就蔫啰。"

"爸——"刘花香拉长音儿不高兴地说。

"女儿，高二了，快冲刺了，爸相信你。将来有的是时间谈对象，我闺女还怕找不到好对象？要是你们俩真的好……"

话还没说完，刘花香就抢了过去："爸，那天我的眼镜腿折了，我又不熟悉三河哪有眼镜店，那个同学家在三河，他知道，就带我去了。没你们想的这么邪恶。"

"真没有？"刘建成问。

"真没有。"刘花香斩钉截铁地说，"爸我回房睡觉了。"

"别急，你妈现在也不上班，让她去陪读咋样？"这是刘建成临时想起来的。事后他跟李菊花说，他也担心女儿走下坡路。走上坡路难，走下坡路可快着呢。

"别介，不用，我都多大了，又不是吃奶的娃。"刘花香像想起来什么似的大声说，"爸，你不相信我，要去监督我？"

"不是，闺女你可千万不要这样想，这不是你妈在家没事吗，给她派点活儿干。"

李菊花听得一愣一愣的，想着抽屉里那6个月的协议，陪读可是将近两年的时间，难道……他不想离了？

"我去也行。"李菊花说得比较勉强，她心里明白，去了女儿也未必全听她的，搞不好还得天天吵。她不像刘建成会哄，会慢条斯理地说。现在想想，自己不仅要上爱情课，更要上培养孩子的课，自己活这么大岁数咋啥都不会呢？想到这她就懊恼，心想，再不好好学习，恐怕这辈子就白活了。

"妈，您千万别去。我还是住校吧，住校清静。"刘花香说完就赶紧回了卧室，临回卧室前对父母承诺大学之前不恋爱。

李菊花看了看刘建成，刘建成没有看她，只嘀咕了一句："女儿真是长大了。唉，老喽。"

"老公，你真想我去陪女儿？"

"那咋整，女儿是命根子，她要是不乖乖的，我哪能放心。"

"协议作废？"李菊花笑嘻嘻地说。

"顺延呗。"刘建成的脸上再也看不到笑容了。

"老公，你可几年都没叫我老婆了。"

"天天在眼皮底下晃，叫不叫能咋的，反正你知道我是在跟你说话就行了。"

李菊花背对着他撇了撇嘴。

"那我还是去陪读吧。陪读近两年的时间，你和我还是夫妻，再说女儿考上大学以后，你这不是还顺延吗？到那个时候……到那个时候，你就知道你根本不该离开我，也不该有这个念头。"

"那可不一定。"

"肯定的。"李菊花说得非常自信。

"那既然闺女不让陪读，还有几个月了？抓紧。"刘建成说完去洗澡了，李菊花一个人在卧室里发呆。

"要是我们离了，你就不照顾女儿的情绪了？你这个铁石心肠。"李菊花在心里跟刘建成吼了八百遍了，可她告诉自己要冷静，吵闹不解决问题。

课还是要去上的，李菊花把自己当成一个小学生虚心求教。

3

李磊时好时坏，换了新环境，在李菊花家没有砸东西，但精神状态仍然不太好，整天沉迷在对往事的暇想当中，一副不能自拔的模样。

想不到这天晚上李菊花、刘建成和李磊三个人看电视，听到电视里提到加拿大，李磊的情绪竟一度无法控制，拿起桌上的仿古花瓶就给摔了。那是刘建成出差买给李菊花的，往回退几年，刘建成也是很浪漫的。

这还得了？李菊花气坏了，已经忘了自己每天告诉自己要做个淑女，她大声喊道："李磊，你干什么？把这当成你自个儿家了，想摔就摔！"

眼见着李磊奔阳台去了，阳台上有一个高大的花瓶，里面插着红艳艳的干花。刘建成吓得一步抢先过去，抓住李磊的手："李磊，这不能摔，碎了可找不着一模一样的了。"

李磊却相当有劲，挣脱刘建成就向花瓶扑过去，又一阵稀里哗啦。李菊花整个傻了："李磊！"完了，这不是给自己添乱吗，本来和刘建成的婚姻就要触礁了，要是真给搁浅了，可怎么办呢？弟弟怎么就这么不争气啊？要是父母还健在，弟弟也不会在这里惹祸。

陶瓷碎片扎到了李磊的手，血流了出来，他也不知道疼。李菊花抱住李磊，大声对刘建成说："对不起，老公。对不起，都怪我把他带回家来。"以往，李菊花是说不出这样的话的，她觉得这种话太肉麻。

"都啥情况了？快别说了，看看他伤得重不重，快，我们带他去卫生所包扎伤口，别感染了。"刘建成在旁边急得不成样子。

那个花瓶是刘建成的爷爷交到他父亲手里，再由他父亲交到他手里的，也不知道这花瓶原来值不值钱，反正经过几代人的传递，它就增值了。平时刘建成特别宝贝它，花香小的时候，都不舍得摆出来，就怕被她给摔碎了。

诊所里，安静下来的李磊手上缠满了纱布，旁边坐着李菊花、刘建成。三个人回到家，李磊有点害怕地看着满地的陶瓷片，李菊花刚吼了几句，埋怨李磊不小心，刘建成就赶紧制止她了："行了，碎都碎了，你说他也碎了。他现在心情不好，别老欺负他。"

"我欺负他？我欺负他了吗？"李菊花心底不知道有什么东西轰地要坍塌了。她多想依偎在自己男人的肩膀上，她最近好累，她多希望有个人给她一个有力的臂膀让她靠一靠。可是没有，刘建成埋怨完她就去洗澡了。李菊花把地上的碎片扫干净。如果能复原，她一定不管费多大的力气也要把它恢复原样。没办法，花瓶已经支离破碎，而且弄得满地都是，她小心地扫着，生怕踩到。

李磊显然是闹累了，澡也不洗就进屋睡下了。李菊花清理完碎片，推开李磊房间的门，发现他和衣卧在床上，睡得正香。屋里温度有点低，李菊花把空调温度调高后才掩上门走出去。

刘建成已经洗完澡了，正半躺在床上翻一本杂志。"老公。"李菊花吐出这两个字，就不说话了。

刘建成半天听不到音儿，抬起脸来询问地看着李菊花，希望她把话说完。

"真对不起，这花瓶陪了你这么多年。都怪我把李磊带回家，早知道他这么不省心，我该让他去老房子那边。"李菊花故意狠狠地说。

"你把他放老房子里，没人管你不心疼？你不心疼我还心疼呢。他被情困成这样，我们不能不管他。你倒说说看，那个什么Jasmine，她魅力怎么那么大？害得小舅子茶饭不思不说，还这样蛮横地砸我家东西？"

"他不光砸咱家东西，他把他的新房也砸得乱七八糟，你不是没看到。唉，咋办呢，我都要愁死了。老公，我最近好累啊。"

"愁有啥用？想办法治病啊，找专家给他治。"刘建成把杂志合上，躺下，揉着眼睛。

"人活着，就是要一次次面对这些难题？如果我都解答不了，可如何是好？"

"你总有解答的办法。你答对了，得个高分；答错了，大不了不及格。不及格也用不着消极。上学的时候，每个班都有排第一和倒数第一的，总得有垫底的。别怕，天塌了有个高的挡着。"刘建成笑了。

李菊花一边洗澡一边想着刘建成的笑，他的笑到底是什么意思呢？是在嘲笑自己一定得不了高分？还是在微笑，觉得我一定能答得圆满？李菊花一边冲澡一边感慨，心想这比以前上学的时候答的题可要难多了。课本里的问题都有固定的公式，这生活中的难题，哪有固定的公式可以解答呢。

洗完澡，也没心思做面膜，要是李磊不在这捣乱，她或许会给自己贴个补水面膜。年龄大了，皮肤严重缺水，就算一天喝八杯以上的水，也没见细胞把皮肤撑起来，肉却越来越多。她也奇怪，那水怎么一进到身体里就如同转换成了脂肪一样。有一天，女儿花香盯着她的肚子奇怪地问道："妈，你肚子咋了？"

李菊花不用看也知道，那里鼓了个小包，肚子胖了起来。女儿让她买个跳舞毯，她嫌闹，就跟着电脑学着做起瑜伽来。最近心不是太静，也没工夫和心情做了。

所有人都睡下了，李菊花也觉得累了，听听李磊房间没有动静，刘建成也睡得正鼾。想不到关灯刚躺下，刘建成就把手伸过来，这一夜剧情颇激烈，少儿不宜。

第二天李菊花总结，可能是自己多叫了几声老公，多跟自己的男人说了几次对不起，才导致男人忘了要离婚这茬了。李菊花心想，他忘了才好，忘一辈子才好呢。

4

对于自己弟弟的毛病，李菊花没跟大姑姐说，她觉得这件事无论从哪个角度讲，都不是一件好听的事。

　　自从弟弟来了家里，李菊花就再也没有去听过课，她一天天数着日子过，她着急啊。时间不等人，六个月一到，不能让男人彻底打消离婚的念头，她就是输家。她必须得赢，不为女儿也为自己。她不想离婚再嫁。从结婚那天开始，她的婚姻字典里就没有"离婚"这两个字。

　　可就算她不说，大姑姐刘建丽还是知道了。

　　"菊花，你这就不对了。李磊出这么大的事，你怎么能不告诉我呢？人多力量大，你告诉我，我认识的人多，帮不上别的忙，帮他找个治病的医生总行吧。"

　　"姐，这也不是啥光彩事儿，建成咋啥都说呢。"

　　"你这是不把我当你亲姐啊。你要当我是你亲姐，你能不告诉我？能瞒着我？"

　　"我不是怕给您添麻烦吗。"李菊花辞穷了，低头认错一样地说着，"再说了姐，您身体也不是太好，我和建成能忙得过来。"

　　"有病就得治，可不能拖，拖时间长了可不是好事。"

　　"他不去啊姐。"李菊花一筹莫展。

　　"可不能由着他。人抑郁久了都容易出严重问题，是别说他是感情上出差错了。还得开导他，不能钻牛角尖。"

　　李菊花心想，要不是有专门的老师给自己上课，开导自己，她是不是也和弟弟一样钻牛角尖了？一想到这她禁不住打了个冷战，难道，李家的男人女人都太重情，容易在这上面受伤？她想到这对大姑姐笑了一下："姐，放心好了，一个大小伙子没事的。"

　　"你说没事就没事？要是有用得着我的地方，我就帮衬着你。要是想找偏方，我倒是认识不少人，兴许能帮得上忙。你也别小看偏方，有用着呢。"

　　"那我回去跟李磊再商量商量，看他能不能配合，他要是不配合也没办法。"

　　李菊花不敢把李磊一个人放家里，出来办事，都会找个人陪他。李菊花回到家里，发现李磊睡在沙发上。看到李菊花回来，帮她照看李磊的邻居赶紧走了。屋里一片狼藉，显然李磊刚刚大闹过一场，还好，怕摔的东西都被李菊花挪到女儿花香的房间了，并且锁上了房门。

"姐，我要回家。"李磊醒过来的第一句话。

"乖乖在家待着，这不就是你家吗？还有哪里是你家？"

"姐，我要回家。"李磊一遍遍重复着这句话。

难道，弟弟想回老屋了？李菊花想到这，问他："回新房子？"见李磊摇头，又问："老房子？"李磊使劲点头，李菊花叹了口气，简单收拾收拾，带着弟弟李磊去了老屋。她没敢开车，怕李磊在车里不老实，打了一辆出租车，李菊花坐在后座李磊的身边，贴身陪伴着他。

一进院子，李磊的兴奋劲就来了，他指着柿树说："姐，快看，这棵树越来越壮了。小时候我们总在树下跑着玩。"

李菊花看过去，那树上吊了不少青柿子。李磊回忆起小时候，一定会想到很多快乐的场景，对他养病也有好处。可是谁在这陪他是个问题。"李磊，我们在老屋里待会儿就回家吧。"

"不，我就在这待着，这就是家。"

"可是我也不能天天跑过来给你做饭啊？再说谁照顾你？"李菊花可不放心，坚决不同意。

"姐，我一个人没事，真的。我都30多岁了，我在海上漂了这么多年，去过那么多国家，你有啥不放心的？"

"这和你跑了多少国家没有关系，你最近身体不好，我不放心。"

"反正我就在家待着，哪也不去了。我等柿子熟了，好上树摘去。"

这最后一句话，又显出李磊的小孩子气来。要是以往，挺大的男人怎么会说出这样小孩子气的话呢？李菊花更加不放心起来，心里想着应该怎么办。

"李磊，你一个人真的行？"李菊花试探地问，"要不姐给你找个帮你做饭的？"见李磊同意，李菊花跑到家政公司，给李磊找了个40多岁的保姆。李磊吃住都在老屋，李菊花回家以后也能放下心来了。

李菊花是没有时间和精力去上课了，只要有时间她就要去老屋看看，见李磊安然无恙她心里才算踏实。只是李磊就是不爱出门儿，不说话，不知道在想什么。刘建丽热心，她在社区认识的人多，三搭线四搭线就把李磊带段落开始。

到了农村，又是吃香灰又是跳大神，几番折腾下来，旧病没好，新病又生，开始发烧，发烧后的李磊倒是安静了，没精神闹腾了。这可把李菊花吓傻了，心想好端端的一个小伙子，怎么被一场爱情折腾成这个样子？

李磊被送进医院，烧退以后，仍然见什么砸什么，每天身边必须有人看着。李菊花上课的时间更少了，老师打电话过来，她一推再推，再一看日历，她吓了一跳，两个月的时间就这样过去了，和老公签的六个月协议，已经过去了三分之一，时间越来越紧迫。可她只能先把弟弟治好，才顾得上自己的婚姻。虽然说刘建成开玩笑地说过时间可以适当顺延个十天八天的，可李菊花可不敢怠慢。她可不想失去到手的幸福。

5

李菊花天天开导弟弟："李磊，天下何处无芳草？"

可李磊跟中邪了一样，嘴里总是念叨着 Jasmine。李菊花很生气，好不容易修炼的淑女模样又没了，大声说："她人已经回加拿大了，你让我去哪里找她？"李磊就要去加拿大找她。

烦恼之余，李菊花和大姑姐刘建丽聊起来，大姑姐给她出主意，写一封信，以 Jasmine 的名义寄给李磊，让他彻底死心。想不到见了信，李磊大哭一场后狠狠地睡了十几个小时。这十几个小时，李菊花的心提到了嗓子眼上，就怕弟弟再出意外，想不到他醒过来的第一句话就是"我饿了"。这是李磊病了这么久，第一次主动喊饿。看样子，他终于恢复了常态。

李菊花喜极而泣，又休息了几天，李磊非闹着要出海。李菊花担心他还没有恢复好，劝他："李磊，我不同意你现在就上班。你怎么也得再休养一段才行。"她本想跟李磊说，你有时间把新房子装修好再说吧，半截了工程算怎么回事？可她没敢提，她怕提起新房让李磊旧病重犯。

"姐，我在地上待得太久了，这次时间不多了，等下次回来装修吧。要不，姐，我把钥匙给你，你帮我装修？"

听到弟弟直接提新房子，李菊花喜极而泣："美得你，你的新房子凭啥我来装修？又不让我去住，我知道你喜欢什么风格。"

　　"又不是让你干活，就时常过去照看下。就这么说定了，我找个装修公司，把我要的装修效果图给他们看，要是他们能装成我要的那样儿，就交给他们。姐你时常过去看看就行，包工包料又不用你去买东西。"

　　李菊花总算同意了，看到弟弟身体恢复了，她不知道有多高兴。这也给自己上了一课，无论什么事千万不能钻牛角尖，进去容易出来难。就像这6个月的协议，如果最后刘建成依然要离婚，她也没辙。想到这里，李菊花打了个冷战，又暗地里骂自己，怎么可以打退堂鼓呢，没有失败只有成功，那10万块钱可不是白花的。一想到这里，李菊花又骂自己冤大头，骂完又宽慰自己，说自己听了这么多重要的课，一点不冤。如果不听，自己怎么会有所改变呢？

　　李磊的生活又走上了正轨，他找好装修公司就出海了。李菊花除了当监工，又开始每周去听一次课，每次回来都受益不浅，再和老公说话，态度和语气变得自己都不认识了，再也不跟他用命令式的口吻说话了。最开始，刘建成不习惯，说浑身起鸡皮疙瘩，说掉了一地鸡皮疙瘩，还说你这人怎么还能变成这样呢，说简直是不可思议。谁也不知道，其实刘建成的心底却在偷偷适应着。

第五章：不叫老公那几年

1

新一轮广告策划书出来了，刘建成可没有时间亲自到广告公司去看创意，于是姚建华就派公司职员曹小曹把创意书给刘建成送了过去，并现场听取他的意见。

固家门业有限公司很好找，又离市区不是太远，曹小曹就坐地铁去了。在进公司之前，为了确保刘建成在公司，曹小曹还打了个电话过去："您好刘总，我就在你们公司附近了……对，您在吧……行，我马上就到。"

两人见面寒暄之后就进入正题。曹小曹说姚总对报纸广告进行了微调，电视广告又加了两秒，这两秒姚总并没有多收固家门业广告费。

"你们老总真够意思，替我多谢谢他，告诉他改天我请他喝酒。"刘建成笑着说。

曹小曹把创意书交到刘建成手里，现场听取他的意见。两个人正谈着工作上的事情，李菊花正巧下课经过刘建成公司，今天单号限行，她去听课没开车，是乘公交倒地铁，就打算看看能不能和老公一起回家。难得能和老公刘建成相约一起回家，却想不到隔着大玻璃，李菊花就看到曹小曹离刘建成很近很近，这让她心底的妒火立刻就烧了出来。虽然每次听课她都能把自己修炼到一个极致，可是"无风不起浪"这一成语不是凭白无故就有的。

她所有智慧都告诉自己，他刘建成如今有了小三，有小三的男人能不闹离婚吗。尽管这几天刘建成没再提离婚的事，可是李菊花心里明白，那是因为他们有一纸协议，无论怎么说，他们还在给对方时间给自己时间。在这短暂的时间内，她能把那颗心收回来吗？她本想冲进去问个清楚明白，但又想老总有个秘书很正常。何况自己只是看到两个人在办公室站着，又没做出格的动作表情。她要稳住自己，想到这她掉头就走。

她前脚刚走，曹小曹也离开了公司。李菊花走得慢，不巧两人在大门口相遇。李菊花记得她那套裙子，太扎眼了，红艳艳的，头发也是卷卷着，一副狐媚样。

李菊花咬了咬嘴唇走过去审问似的说："你是这个公司的？怎么以前从来没见过，是新来的吗？"

曹小曹警觉地看了看李菊花："怎么了？"

李菊花说不怎么，只是好奇问问。对方就说："我有必要告诉你吗？你是门卫？"

"我要是门卫，我还不一定让你进去呢。"李菊花也来了气。

"那你想怎么着？你不打算让我出去？"曹小曹也来劲了。

李菊花觉得无味，自己没有不让她出这个公司的打算，可自己盘问她又是为了什么？很明显，眼前这女孩先不说漂不漂亮，首先很年轻，李菊花一定是嫉妒生恨了。她不想说出自己的身份，正尴尬间，公司认识李菊花的工作人员跟她打招呼，并告诉她刘总在办公室。

李菊花就说我不找他。曹小曹看不出李菊花的身份，但听这意思好像刘总在等她，她犹豫着要不要把她来的原因说出来。

"不说就不说吧，也没什么大事。一天出入公司的人多去了，我也没必要每个人都知道来路。"李菊花说。

曹小曹实在不知道对方的身份，只怕对方是和刘建成同一级别的，那如果得罪了，老板怪罪下来可够她喝一壶的了。想到这里只好从实招来。

李菊花似信非信，心底告诉自己且信着吧，并庆幸自己没有冲进办公室。那样自己可就被动了，搞不好4个月的时间给并成4天，短短4天她岂能把老公立刻拿下？看着曹小曹一摇一扭地走了，李菊花莫名其妙地心底生厌，对眼前的女人也特别反感起来。

　　自李磊出海，李菊花的生活又走上了正轨，那找老公培训班自然是不能落下的。自从上了课，她更多时候不再围着刘建成转，而是开始收拾打扮自己，和好友逛街，美容，健身。一过四十，她就发现自己肚子上的肉肉就腻乎乎地长个没完。那天花香就说，妈，你肚子咋鼓起来了？害得李菊花怪不好意思的，好像自己又偷偷怀孕了一样。

　　刘建成看自己的眼神也不大对劲，不像年轻时那样可以放电了，说不客气点，如今他似乎根本都不正眼看她，她有一种被冷落的感觉。就是她甜蜜蜜地喊着老公，那被叫做老公的男人也不愿正眼看她，偶尔被李菊花叫得不回复不好，刘建成才轻轻嗯一声。

　　"老公，今天我去找你了。"

　　"找我？我怎么没看到你？"

　　"你哪能看得到我？"李菊花其实更想说，你眼睛看着小妞呢，哪能看到我？就是我站你身边你也未必看得到。可话到嘴边她又给咽了回去。

　　"去公司了，你路过家门都不进屋？今天我差不多都在办公室没动地方啊，你肯定没去找我。"

　　"我去是去了，但没去你办公室，我怕影响你工作。"

　　"影响啥啊，以前都说了，公司财务你去管，可你不去啊。"

　　李菊花知道，一个家，只要掌握了财政，这个家就在自己的掌握中。可是公司和家不一样，她这性格去了公司，只怕不是刘建成管她，而是她管刘建成。如果她管的太多了，那一定矛盾丛生，婚姻岂不是矛盾更多？说去公司管财务的事儿也是很久以前了，现在刘建成再没提起，如今提起，李菊花倒心生感慨，难道他真的是拿离婚吓唬吓唬她，其实根本没有离婚的想法？要是有，他怎么还提管财务的事儿？男人的心也猜不透。难道是最近不停地叫"老公"把他坚硬的心给叫软了？兴许。李菊花想到这笑了，多亏有老师给她支招。多叫几声老公怎么了？又不会掉一块肉。掉了更好，正好减肥。李菊花这样对自己说。

　　不叫老公那几年，自己和刘建成确实是太熟悉了，熟悉得如同一个人。左手右手摸着没感觉的时候，也就省了称呼。你想啊，你的左手要摸你的右手，难道还和你打招呼？当一切从简的时候，却想不到暗藏杀机。

2

李菊花反思的时候想过，不叫老公那几年，他们太熟悉彼此了，以至于根本没把对方当回事，或者说就是没把自己当回事。他刘建成想怎么着就怎么着，她李菊花想怎么着就怎么着，他们没有考虑过对方的感受，吵架也是家常便饭，也经常把外面不好的情绪带回家里。

说自己没把自己当回事，是因为他们实在没把对方当外人。两个人一起猫在家里的时候，都可以头不梳，脸不洗，牙不刷。两个人同时猫在家里不太可能，尤其刘建成工作太忙，哪有时间猫在家里享清福呢。倒是李菊花休大礼拜，每周有两天时间供自己挥霍。这两天想怎么着就怎么着，自己说了算。两个人好得跟一个人似的时，刘建成曾经求着李菊花到他公司上班，可就为了享清闲，李菊花坚决不去。

一周有两天，那一个月就有 8 天，这 8 天可就 192 个小时啊，这近 200 个小时的时间，除了夜里躺在刘建成身边属于他，其他时间可都是李菊花自己自由支配。可那个时候的李菊花哪懂得支配呀，或者说她的支配就是头不梳脸不洗，猫在沙发上，顶多打扫下卫生。头发长，在脑后轻轻一挽，也不梳，那种凌乱倒更显得自然。

李菊花觉得自己更像宅女。周末朋友和同事约她逛街，她就不爱去，除非刘建成能陪她。两人刚结婚没孩子的时候，刘建成也是舍命陪她的，说舍命一点不夸张，男人不爱逛街，逛起来累得没有办法，恨不得走哪坐哪，任身边的女人自己逛去，就是牵了别人的手走丢了，都懒得管。

男人不明白，那么多衣服，随便选两件不就得了？偏选来选去，选到最后，逛到脚酸也未必能买到。男人累了，不想逛了，女人却逛得正有劲，两个人就在卖场里吵起来了。这些还都是鸡毛蒜皮的小事，大事在后头呢，两个人做爱这是大事吧？

"你的就是我的，我可以随便拿。"这兴许是刘建成对于做爱的想法，李菊花觉得难受，更别说享受别说尽兴了，每次她都紧绷着神经，自己的心和身体还没有一点潮湿的状态，刘建成已经猴急地敲门进来了。有几次刘

建成酒后回来直接就往李菊花身上扑，从不调情。生花香之前不是这样的；生花香以后，刘建成很久都不碰她，碰她也是猴急的，很快倒掉头睡去，对李菊花不理不睬。

你还真把我当成你自己身体的一部分了，想怎么样就怎么样，连个前戏都没有？李菊花不好意思说这些，但是她抵抗，她绷紧了身体，让刘建成不能那么顺利，久而久之，两个人都对这事有了反感，干脆许久都不碰彼此了，干脆老公老婆也不叫了，不是喊"哎"就是喊"姓刘的""姓李的"。

太熟悉了，反倒相互诉病。

都说男女在年轻的时候对性的了解不全面，女人基本上在生育以后才觉醒。四十上下的李菊花觉醒好几年了，她盼着刘建成能对她温柔点。只是当她把这话传递给他的时候，他非但不反思还说，你是女人你都不温柔，你还想让我温柔？他才不管，该咋样还咋样，自己快乐是主要的。

当最初的疼涩被后来的高潮代替后，李菊花也想一边享受一边亲吻刘建成，可刘建成的嘴巴总是东躲西藏的，并告诉她自己好好享受。那意思是，你自己忙乎吧，或者我自己忙乎着，都自个儿去感受，别给对方捣乱，最好视对方不存在。于是，李菊花就把自己变成木头了，一动不动，刘建成就又挑剔说她是木头，动都不会动。

有一次两人做着爱，李菊花差点跳起来把刘建成甩到一边去，她忍着诸多不快应和着他，或者说是敷衍着他。

两个人感到越来越无趣，这是不是刘建成要离婚的理由？李菊花默默地思考着，也许是吧。外面世界那么丰富多彩，到处都是按摩院、推拿中心，异性按摩一定很舒服吧，李菊花想。刘建成在外面也总是有应酬，可他以前回来都跟李菊花交待，说每次陪别人消费他到关键时候就逃，说自己不行，说自己身体不好。按摩一定是按过的，李菊花还听刘建成跟她说过乳推。很多新鲜的词不停地往她耳朵里钻，反正都是异性之间的交易，这让李菊花一度对刘建成不放心起来。

刘建成还喊她老婆的时候就老实诚恳地跟她交待过，他绝不沾小姐，绝不偷腥。为了这句话，李菊花心里感动得不行。

那个时候，他们还是老公老婆地叫着呢，叫得还亲着呢。男女初进入婚姻状态，还是恋爱着的。恋，爱，这两个字可是出奇地美呢。那个时候，谁也不舍得伤害谁，都想哄着过。只是进入婚姻时间稍微一长，尤其有了花香以后，李菊花就发现了他们之间的变化。她一度认为是自己生了女儿没有生儿子的缘故，后来发现不是，刘建成非常喜欢女儿。到底是什么原因呢？后来李菊花看了一本杂志，才算知道了一点点，原来在他们两个人好得跟一个人似的时，在他们还亲昵地老公老婆喊着的时候，李菊花进产房胆小，非拉着刘建成进去。刘建成就进去了，但从此刘建成和李菊花的房事就少了。

李菊花从杂志上找到了答案，他看到了她生产的全过程，对她失去了兴趣，或者对性产生了恐惧，所以只要刘建成有了生理需要不得不要的时候，就强行要，根本就没有前戏，也不再温柔。

李菊花哪里知道，夜是黑的，可刘建成还是闭紧着双眼，生怕又看到产房里吓人的一幕。

3

刘建丽的小书店开了这么多年，生意说不上太好，但也不坏。自从搞了租书的活动，来往书店的读者似乎也多了起来。

刘建丽和钱向前都有退休金，书店只是他们业余生活的调味品。如今刘建丽最操心的就是女儿钱思艾的婚事了，只要女儿一回到身边，她就忍不住要提醒她："闺女，都说女孩一过三十就不好嫁了。再说，过了黄金生育年龄，将来也不好生了。

钱思艾自是不急："女孩三十怎么了，男人三十多才娶的多的是。"

"女的能和男的比吗？年轻的时候生完孩子也好恢复，年龄大了，不好生不说，生完也恢复得慢。"刘建丽打算吓唬吓唬女儿。

"不好生就不生，如今丁克家庭多了去了。"想不到钱思艾根本不在乎，"没有孩子多自在，想去哪就去哪。说好了，我结婚就不要孩子。"

"死丫头，你这是跟我顶着干啊。"刘建丽不愿意了。

"妈，有这么说自己女儿的吗？还死丫头，我活得好好的您就咒我。"

刘建丽气得没话说了，但她仍然想让女儿抓紧："你就说你舅舅的小舅子李磊吧，30多岁了还找不到对象，人家还是男的呢。唉，那会儿我还真以为他好不了了，30多才有初恋，女人回国把他甩了，他就迷瞪了。"

"感情太脆弱了，得学学我，刀枪不入。"钱思艾说。

"也是你妈我好心，你说他要长期这样下去神经分分的，上哪找对象去。你出差那段日子，我没少带李磊去看病。"

"看好了？"钱思艾好奇地问。

"好了，听说又出海了。那会儿我带他去农村看病，又是跳大神又是吃香灰的。"

"妈呀，您这不是害人吗？这都是老思想。有病去医院，咋还跳大神呢？"

"你懂啥啊，他这种精神疾病，去医院就能看好？"

"精神病就去找精神科看，吃哪门子香灰呢！"钱思艾看不上母亲的做法，"您可把他害苦了吧？"

"别瞎说，他得感激我。这不，都好利索了，出海了。"

"妈呀，不可思议。"

"女儿，妈在征婚网上给你注册了，有挺多男士给你写信呢，你赶紧找个时间去相个试试。大海里捞捞针，不信你今年找不到姑爷。"

"不急不急。妈您不知道啊，我最烦的就是这种拉郎配。有时间我宁可去逛街，买吃的和穿的，也不想去相亲，何况还是网上认识的，网上认识的最不靠谱了。"说完，钱思艾就离开了母亲刘建丽的视线。

钱思艾终于受曹小曹感染，也去找老公培训中心上课了。其实在她不是想赶这时髦，她是有点扛不住母亲的唠叨了，尽早找一个把自己嫁出去再说吧。

"既然急于嫁，找个多金的总比找个穷光蛋强。买房买车，生孩子买奶粉，哪一样不要钱？可是小曹，找了这么久，你还没找到，可见这找老公培训班也未必就有百分百的成功率吧。"

"谁说百分百了，达到百分之六十不错了。我们不过是在这里镀个金，洗个脑，让我们找对象的目标清晰点。"

又是一个星期天，钱思艾约曹小曹去王府井，先看衣服再品美食。俩人一边走一边聊。

"小曹，你真不心疼那些学费？报名那会儿我是真心疼，我担心自己成不了那百分之六十里的，那不是白花钱了，这钱又不是大风刮来的。"

"谁的钱是大风刮来的？你得这么想，你找到了另一半，你这学费就有人给你报销了。"曹小曹认真地说。

"羊毛出在羊身上？我还真没这么想，小曹，你说他们许诺这么短的时间就能找到好老公，是真的吗？我怎么觉得悬呢。"

"不管是否能找到，反正我就是把听他们的课当成自己接受爱情礼仪教育了。"

"你可真会说新词儿。到现在为止，你觉得自己的芯片被换掉了吗？"钱思艾笑嘻嘻地说。

"不管我换没换芯片，我觉得我和以前想法不一样了。既然幸福婚姻可以订制，那我就订制我的婚姻：多金，穿金戴银都能避邪呢，要是婚姻被金子包裹了，那一定是邪不入侵。"

"我没觉得听了一节课，就能增加多少'婚商'，但却更坚定了我不要孩子的决心。你说把这辈子活完就得了，要什么孩子呀？还让孩子们受苦，让他们受二茬罪。等他们长大了，也像我们一样找不到对象，来上什么劳什子找老公找老婆的课，不想让他们受累了。"

"我可是要生的，要是能生一群我就生一群，多子多孙才是女人的福气。"

"人和人可真是不一样啊，另一半还没找到呢，就想生一群了。"

"要敢想嘛。只要他很有钱，我就敢给他使劲生。"

钱思艾笑了："你真有本事，只要有钱就使劲生。我舅舅的小舅子有钱，人家是海员，去过好多国家，我把他介绍给你得了。"但她没有隐瞒，自己的母亲带着他去跳大神，说是为了驱鬼，听着都吓人，虽然自己没跟他们去农村，但想想就害怕。

"你害怕你还介绍给我？"曹小曹假装不乐意。

"你不是想嫁钱吗？海员挣得多啊。就是有点辛苦，要是和海员结婚，

那就要耐得住寂寞。"

曹小曹就笑着说："挣得多就行，如果有合适的海员就介绍个给我。"钱思艾本想说把李磊介绍给她，但一想到他病情刚稳定，还是不要招惹他的好。

"你不怕在家里守空房？"钱思艾吃惊地看着曹小曹。

"不怕。结婚以后就是两个人过日子了，要是嫁个海员，他出海，我一个人在陆地上，多自在呀。还能过婚前的生活，想怎么着就怎么着，没人管，多舒服。"

"吹吧你就，到时候看不到老公就该哭鼻子了。"

"我又不是小孩。"

"可据说新婚期间，女人和男人之间都跟小孩一样。不懂事的小孩，老想着相互依靠。找不到对方，你不哭鼻子才怪。"钱思艾讥笑曹小曹。

"不会吧，哪有你说的这么邪乎。"

"倒也是，都像我这种思想，海员就找不到老婆了。"

"我倒真是喜欢大海。"曹小曹还真的憧憬起来。

4

和姚建华喝完酒回家，刘建成也不洗漱直接就上了床，这让李菊花心里着急，可她表面上却波澜不惊："老公，忙了一天了，洗洗再睡放松，要不多累啊。"

"不洗了，真累。"刘建成闭着眼睛说话。

李菊花也不勉强，洗漱好躺在刘建成身边，打算跟他说会儿话："老公。"刘建成没吭声，"睡了？"

"没有。"

"这次李磊能重返船上，多亏了咱姐帮忙。"

"她帮什么忙了？我看她是越帮越忙！想不到姐还那么迷信，吃香灰跳大神？亏那些人想的出来。这不是坑人吗。"

"不是这个。"

"那是什么？"刘建成不明白了，"这些把李磊折腾得够呛啊，想都想得出来，虽然我没看到。"

"就是咱姐主张假装 Jasmine 写信这事儿。"

"哦，这个啊，我已经知道了。所以我说李磊根本就没病，他只是不愿意走出来。你以为一封信就把他骗过去了？还不是他自己坚定了意志。"

细一想，也是，李菊花不得不佩服刘建成，而自己还真的以为是这封信救了李磊。看来情字还真不简单，要想走出来，还真得靠自救。

沐浴过的李菊花，心里想的可是美事，只是刘建成没洗澡，她就知道他一定没有想法，于是也就只好强迫自己不往那方面想，可越控制自己不去想就越想，越想就越睡不着。

刘建成也没有睡着，但是两个人都不吭声，夜就显得极为宁静，只有远处的车声偶尔从耳边滑过。刘建成性功能也算强大，只是面对李菊花，尤其是屋子里有光亮的时候，他无法进入状况。只要一伏在她身上，他就想起血淋淋的产房。那场景太吓人了，吓了他 17 年，偶尔尽尽义务，也都是草草了事。

他受不了一点光亮，只要和李菊花爱爱，就得关灯，挡严窗帘。在生刘花香之前不是这样的。那个时候，他喜欢在灯光下欣赏李菊花的媚态，越亮就越刺激。现在只要有一丝光，只要能辨出眼前女人的眉眼，就让他兴味索然。他做爱之前，必须把屋子挡得跟黑洞一样，一丝光亮都不许有，就像洗照片的小黑屋，让他在摸索和猜测中进行，才能成功。

生花香之前，刘建成喜欢开着灯在亮亮的光线下爱爱，喜欢看着李菊花的所有表情，那些表情一会儿揪在一起，一会完全释放，一会儿想哭一会想笑，就如同一个人瞬间成冰，又瞬间成火。刘建成享受其间，有的时候李菊花会强制刘建成关灯，他就会把窗帘打开。李菊花不愿意，怕对面楼里有人看到，刘建成就说屋里黑不会看到，他要借助窗外的夜色，仔细端详李菊花的表情，那些表情刺激他的欲望，看不到这些他就兴奋不起来。

可产房那一幕，让刘建成痛苦了好多年，这些年他是愣逼着自己尽丈夫的义务。屋里光线必须要黑下来，他逼着自己想像身下的女人不是李菊花，不是产房里那个阴部血淋淋的女人。

他一度告诉自己，这辈子就这样了，可是李菊花脾气越变越坏，他不

想再凑合了。他和姚建华一起喝着小酒的时候，试探过他："你老婆生孩子的时候，你在现场吗？"

"没在。女人生孩子咱不该在边上，我一直等在产房外面，孩子是我抱到病房的。"

"你真明智。"

"不是我明智，我是怕我在她旁边她就没有了那份勇敢。你守在旁边，她就什么都怕。剩她一个人，她一样能坚持下来。怀孕是两个人的事儿，生孩子可是一个人的事。"

"可多数女人都觉得生孩子也是两个人的事，说她受罪，得让男人看到，看到了将来就懂得心疼她了。"

"这个道理我也懂，可我没惯她这毛病。别人家女人能一个人生，她怎么了？非得男人在旁边看着？我又不能替她上产床。"

"不能替，确实不能替。要是能替当初我就替了，也就没现在这档子事了。"

"怎么了？"姚建华一边问一边举起酒杯。

刘建华一饮而尽："我老婆非让我看着她生孩子，她说一个人害怕。这不，我就成了现在这样子了。"

"你进产房了？"

"进了。"

"现在咋了？"

"我要跟你跻身一个行列了，以后那个俱乐部保不准会多我这个成员了。"

"可别，老兄。离婚可不是好玩的，你以为离了她你就幸福了？还得是原配的夫妻啊。别离，听我的。"

"还让我听你的，你不是也离了？你都成我榜样了。"刘建成把杯里的酒倒进嘴里，"一个人多自由啊。"

"老兄，千万别学我，我后悔不该在外面拈花惹草。如果沾了不让老婆知道那也是本事，偏她知道了，就非离不可。我可不想离呀，肠子都悔青了，可这有用吗？"

"离婚是该慎重。"刘建成此时忽然无话了，他不知道下一句该说什么，脑子短路了一样。他心里盘算着，是不是自己跟李菊花提离婚提得不对？他知道自己不是凑别人离婚的热闹，他真觉得自己很委屈。

他不敢和姐姐刘建丽说，"长兄如父，长姐如母"，他们父母都不在了，他对姐姐尊敬有加。他都可以想像，如果和姐姐说自己要离婚，姐姐一定会骂他的。他甚至能想像得到她要说的话："刘建成，你有钱就不得了了？你有几个臭钱就要离开地球了？人家菊花多好，女儿都给你养这么大了。你咋的？你外面有人了？"

刘建成就怕被姐姐质问，自己外面根本没有人，如果被这样质问，岂不是冤枉死了。

"外面没人，你闹什么离婚？你看我，当初我外面有人，我都不闹。要不是我前妻闹，她眼里容不得沙子，那我的小日子过得才叫一个好。"姚建华说。

"家里红旗不倒，外面彩旗飘飘？"

"差不多就是这样。我那个老乡，人家包工程的，家里红旗不倒，外面都不知道几面彩旗了。老婆不是不知道，反正只要他往家里拿钱，她就不管，他在外面爱咋折腾咋折腾。可不是所有的女人都这样啊。"

"你当初是不是以为前妻也是这样的人？"

"是，我低估她了。她竟然不要我的钱，还说那是臭钱。"

"她如今能接受你买的房子，你怎么想？是不是也觉得她沾上铜臭气了？也不过如此？"

"不觉得。我倒觉得是她原谅我了。要不是她遇到了现在的丈夫，她也许会跟我复婚。唉，也许这只是我一厢情愿。"

"人这辈子啊。"刘建成感慨地说了这几个字，心里觉得闷，开始喝闷酒。

酒后回到家的刘建成，其实很想和女人温存，他有这方面的需要。一路上他的脑海里，都因为酒精作用而晃过不知道多少个女人的胴体。可当他面对李菊花，他觉得自己ED（阳痿）了。无论李菊花怎么喊老公都喊不出他的激情。

一夜无剧情。

5

找老公培训中心。李菊花去上课。没有一个男士，一色的女生，而且个个都是漂亮，打扮入时的女生。只有她们才有这么超前的意识，敢于花大笔本钱学找老公。找了若干年她们都没有找到，于是寄希望于找老公培训中心的倡导人，看她离婚以后，七八十天就找到了老公，而且还是跨国大公司老总，这些剩女都跑来跟她学经验了，恨不得用不了几十天就能网到白马王子、钻石王老五。

李菊花已经上过几堂课了，既然幸福可以订制，这份曾经拥有过的幸福就没有理由离开自己，李菊花对留住刘建成有十足的信心。前不久因为弟弟李磊的事情，自己整天累到恍惚，如今有时间了，李菊花就开始跑商场，给自己采购漂亮衣服和高档化妆品，也去健美中心练瑜伽，跳肚皮舞。她想打造原有的小蛮腰，每次大汗淋漓地运动完，李菊花都会对自己的身体多了一份自信。李菊花甚至想，就算真的和刘建成离婚了，自己仍然不会被打败，她觉得这段时间对自己的改造，让自己对生活充满了信心。

能和曹小曹在找老公培训中心相遇，这是李菊花没有想到的。两个人在大厦一层大厅相遇，相互打过招呼后，两人一起进电梯，想不到到了12层一同走出去，一起向找老公培训中心走去。电梯里，曹小曹一个劲儿地说他们有缘，还提到那天在固家门业遇见的场景。

"您也是去找老公？姐姐，您也剩着？"走出电梯的曹小曹问。

"你是找老公？"

"是啊。"

"我是去找老公培训班。不过我不是找老公，我有老公，我就是来听听课，学学方法，看怎么对付我老公。"

"啊，那花这么多钱值得吗？我以为有老公了，抓在手里了，就不用担心了，怎么还要学？"曹小曹迷茫了。

"上课的都是二三十岁的女孩，像我这样的老大妈，估计只有我一个。"李菊花自我解嘲地笑了。

"姐，您可不老，看上去也就 30 多。您多好呀，都有老公有孩子了，我 30 多了，还没嫁出去呢。都说女人 28 岁打 8 折，35 岁打 5 折，我就要甩卖了。唉……"曹小曹压低声音说。

"别气馁。这课可不是白上的，你一定能找到钻石王老五。"

"能逮到钻石王老五他哥钻石王老二也行，年龄大点都无所谓，但必须人好，还得多金。小的时候穷怕了，最怕穷了。"

"你们都还是好年纪，好好选，我是没得选了，我只有好好守了。"

"女人打折以后，就迅速贬值了，嫁得好这件事也越来越困难了。如果离婚，女人多个层面贬值。据调查，中国女人再婚率很低，所以我一定选好，不能离婚。"

"对，不能离。"李菊花坚定地说。

"老师不是说了吗，要想找到好老公，前提就是增值。同理，要想守住好老公，也得想办法让自己增值才行。只有成为女人中的奢侈品，老公才会更在乎你。"

李菊花可不敢说自己是即将离婚人士，她听不得"离婚"二字。

"姐，您说，她们几个真的嫁到发达国家去了？姐，要是您没结婚，有没有想过也把自己嫁到国外去？"曹小曹好奇地问。

"我？我可不想去国外，再说我已经成家了。"李菊花直摇头。

"其实我也不想去国外，女人一家要嫁得好，可并不一定非嫁到国外去，您说呢？我能在国内嫁个成功人士也好。对，我就把目标放在国内，我看好多姐妹是想寻找跨国婚姻的。我不行，我出国会想家的。"

李菊花看了看腕上的手表："还有两分钟就上课了，回头我们有时间一起喝个咖啡吧？"

"好的姐，那我们先听课。"曹小曹说。

主讲老师开始授课："同学们，今天我们的主题是剖析'剩女''转剩为胜'的自救心理。来，我们继续每天的口号：剩女，剩女，转剩为胜"。

"剩女，剩女，转剩为胜"。

"剩女，剩女，转剩为胜"。

声音很清脆也很整齐，绝对像经过专业训练的一支队伍，大家都翘首

企盼地望着台上。

第二天，曹小曹就给李菊花打了电话，两人相约着去了半岛咖啡。一见面，曹小曹就说头一天两个人只在电梯间相遇，话说得投机，但没有说够。李菊花也有此想法。

小勺在咖啡杯里轻轻搅动着，曹小曹好奇地问道："姐，那天，我去给固家门业送广告创意，您怎么也在呢？还那样盘问我，事后我一直在想这个问题。"

"有什么好想的，缘份呗，我咋没去盘问别人？"

"您跟固家门业是……"

"那是我亲戚家的公司，所以，看到你我就多了句嘴。"

"这样啊，我就觉得你跟固家一定有渊源，果真是这样。我们老总接了固家门业全年的广告，报纸、电视、路牌，所有的广告全由我们策划进行。固家可真信得过我们。"

"你的意思？他们是该信你们，还是不该信你们？"李菊花忽然警觉起来。

曹小曹赶紧掩饰了一下："应该。我们老总神通广大，各路媒体都有好朋友，就算不是我们甲级代理，我们也会弄到最低的价格。这个，您让您的亲戚放心好了。"

"这个我不管，公司能正常运营，又能创造大笔利润，广告怎么做，我也管不着。哎，小曹，怎么前几次我来没看到你？"

"我才来上过一堂课，算昨天才两堂。太贵了，我上不起，我打算下期再上一次就不上了，我希望下次就能找到我人生的另一半啊。我交不起这个学费。我爸妈年龄虽然不太大，但他们身体不是太好，我觉得我把钱用在这上面，有点心疼。虽然也算是投资，您想啊，要是真找到一个像咱们老师找的那个大公司老总，这点学费，肯定会给咱报了的。可我就怕找不到，闹到最后竹篮子打水一场空。我下次再上一期，就不交学费了。"

"你是上一期交一期？"

"是啊。您呢姐？"

"我是一次交齐的。"说到这，李菊花直在心底抽自己嘴巴，这有啥显摆的呢。自己又不是没结过婚的剩女，只是管不住自己的老公，来学学管理的方法，花这么多钱，人家不说她冤大头才怪。

果真，曹小曹吃惊地说："姐，您太厉害了？一次交那么多？您真有勇气，我可没有。我没那勇气，也没那么多钱往这上面花。"

"我也是为了让自己以后过得更幸福。"

那潜台词是告诉对方，自己现在也可以说是幸福的，或者说不幸福，怎么理解都可以，但归根结底最后一定是幸福的。李菊花想好了，她不想再重回到不喊老公的那些日子里去，喊老公的日子里，她觉得自己绵软，有女人味，而老公刘建成就算是不正眼看自己，那眼神也是柔和的。她就不信她扭不过他的眼神来，那眼神终归是要看向自己的。

第六章：女人和男人的对话

1

刘建成和姚建华相约周末一起去喝酒，想不到离婚俱乐部临时有节目，要姚建华速速赶过去。刘建成就这样被姚建华拉进了他们的队伍。刘建成在会客厅，等姚建华处理完事情一起再去喝酒。原来姚建华来俱乐部的原因是这里要他牵头带大家旅游，体验一下做驴友的感觉。

第一站选择的是香山，八大处也是要去的，包括植物园。能买年票的都去买了年票，买年票的主张还是那个爱摄影的小张发起的。他每年都买公园年票，北京市内所有公园随便进，春天他拍叶子拍鲜花，秋天拍黄叶。水也拍，鸟也拍。

以前有媳妇，媳妇也不跟着他拍照；如今没媳妇，他还是一个人拍。

这里所有的人都是单身，这是姚建华告诉刘建成的。刘总，劳驾您跟着我们跑，是想让你看看我们单身人的生活是怎么过的。刘建成笑着说："我和你们差不多，除了户口本上比你们多个人以外，其实平时我更追求一个人的生活。一个人无论怎么样摆姿态，没人说你啊，回家早晚也没人唠叨起个没完。有家就不一样了，人还没到家，电话跟催命似的催个没完。"

刚说到这，刘建成的电话响了起来："什么？回不去，在去香山的路上。爬山……对。……说认识我也没用，广告你又不是不知道，全年的广告计划公司不都交给华建公司了吗？……你给我挡住不就完了？……说认识我？我不认识他。挂了。"

"刘总玩的时间也在谈工作。"

"谈啥谈，广告业务都给你了，还总有人来公司找我谈，有啥谈的。"

"平时你在公司不接待他们？"姚建华心里其实也在合计，广告公司多，大家互相竞争，指不定就有业务员为了拉单子，把价格再往低了让，这样姚建华在刘建成面前就不好说话了，好像自己要的价比别人高似的。都说挣熟人的钱，可说句良心话，他姚建华还真没使太大的劲挣他刘建成的。

第二天去旅游，头一天大家聚在一起，每个人都出了份子，由俱乐部统一采购野餐的食物。大家都开车，一律不要酒，都改成了水。布置张罗完这些事情，姚建华又拉着刘建成继续喝酒去。

"兄弟，明儿个和我们一块去吧，周末大家轻松轻松。"姚建华端起酒杯和刘建成碰了一下。

"我就不去了，你们都是单身贵族，我这拖家带口的也不合适。星期天没啥事，我姐还要去甜水园进货，他们没准备车，平时只要我有时间都是我给他们上货，这周我答应我姐了。"

"姐的书店生意怎么样？"

"能怎么样，凑合吧。现在多数人愿意在网上读书，很少有去书店买书的。我买书回家基本都是装样子，哪有时间读书啊？"

"我家亲戚在报社图书馆，有机会我给咱姐介绍介绍，他们一年几万块的图书资料费，这钱给谁挣不是挣，肥水不流外人田。"

"那好啊，不过也不要勉强。我姐和姐夫年龄大了，都有退休金，开小书店也是充实生活。当然，如果你能给他们介绍肥差，他们肯定也乐意接受。"

正说着，姚建华手机响了："小曹？好，我马上回去。"挂断电话，他对刘建成说，"唉，真没办法，公司有点事。今天这个酒怕是喝不成了，改天我再请兄弟，先干为敬。"

刘建成打车回家，经过姐姐的书店，他提前下车去了书店。

"满嘴酒气，跟谁喝去了？"姐姐刘建丽皱着眉头说。

"跟发小姚建华，姐你又不是不认识他。"

"他在哪发财呢？你们俩怎么又凑一块去了？他不是去国外了吗？"

"回来好几年了。现在经营着一家广告公司，咱家的门全是他给做的广告。"

"海龟啊？现在流行海龟。"钱向前插话。

"他有个亲戚是一家大报社资料室的主管，一年几万块的图书资料费，以后说介绍给你们。"

"那好啊。"刘建丽一边整理图书一边说，"不过我和你姐夫老胳膊老腿，照顾书店就没有别的精力了。"

"思艾呢？让她有时间帮着送送货什么的。"

"她？她哪有工夫管我们的小书店，最近又报名参加了什么相亲的班。我不明白，相亲还要学？"刘建丽直摇头。

"没文化可怕啊。这年头，啥都得学，姐，我们OUT了。"

"什么？奥特？奥特曼？那不是小孩子玩的玩具吗？怎么又扯到小孩子身上了？"

"只有找对对象，才能生出优良的孩子来，说到小孩身上也没错。思艾是对的，现在什么不得学啊。擦亮眼睛找对找准另一半，这一辈子她就幸福了。"

"那菊花算不算幸福？"刘建丽追问。

"她？她当然幸福，我虽然不是海龟，可我也是顾家的男人。再说了，我也算是事业有成的男人吧？"

"建成，有句话我想说，但是一直憋着没说。我听思艾说……"钱向前刚一开口就被刘建丽给制止了。

"钱向前，别没事嚼舌头，这是男人该说的吗？"刘建丽不高兴了。

"姐夫，您说，什么事？"

"噢，没事，思艾就说现在好多家长都去做陪读，说她舅妈不上班，怎么不去陪读。"

"陪啥啊陪，孩子得锻炼她的独立性，我从来没想过要菊花去陪读，花香也没有这想法。"

这一打岔，话就岔过去了。刘建成前脚走，刘建丽就使劲埋怨钱向前："你说说，现在啥都不知道，你跟着瞎起什么哄啊？咱不知李菊花的想法，就先别枉自评判，说给建成，又影响他们的婚姻。"

"别说李菊花了，就说说咱闺女，你说找个男人还得学？还要上找老公培训课？有这样的吗？我看她就是钱多烧的了。那么多钱干啥不好！"

"闺女说得对，这些算是本钱，舍不得本钱，怎么能做大事？不舍得学费怎么能找到好男人？我听说给她们上课的老师，人家30多岁的时候离婚还带着个孩子，后来学了爱情兵法，找了一个跨国公司的老总，家里可趁钱了。我支持闺女。"

"不可理解。"钱向前直摇头。

"我支持闺女，可我不支持李菊花啊。你说她那么大岁数了，跟着凑什么热闹呢？还好，思艾说菊花没有看到她，这要是看到多尴尬啊。都老女人了，又不是没结婚，又不是没有男人。难道她有二心？"说到这，刘建丽瞪圆双眼，"她真要这样，我倒要好好调查调查她，不然建成该吃亏了。"

"不提也对，兴许建成还不知道。"

"这么大的事，我听思艾说菊花交了全部学费，这家伙，比咱闺女还前卫，咱闺女还跟我商量着说上一节交一节的钱，咱闺女也心疼那钱啊。要是真打水漂了，谁不心疼？你说李菊花是不是疯了？她难道是要易夫？"

"别瞎寻思了，咱不知道真相之前不要瞎猜。刚才没和建成说也对了，这不是制造家庭矛盾吗？"

2

曹小曹给钱思艾打电话："思艾，今天逛街行动取消。"

"怎么了？都说好了，我要买双鞋，怎么又不去了？"钱思艾一边吃着东西一边说。

"没办法，老总从山上摔下来了，受伤了，我得去护理他。唉，谁让他身边没个女人。"

"今天星期天耶，难道你星期天还要为老总服务？早晚炒了老板的

鱿鱼。"

"没办法啊，想想他一个大男人没人管，也怪可怜的。"

"不如你嫁他算了，都不用来上课了。"

"我已经不去上课了，你又不是不知道。拿不出钱了，我爸我妈身体不好，把钱寄给他们了，以后我都得省着花了。"

"我说那天上课怎么没看到你。真不去了？不去还非得鼓捣我去。"

"真不去了。你有钱你就去呗，说不定哪天真捞到一个大海龟啥的呢，像咱们老师那样嫁个跨国总裁也说不定啊。"

"我们是不是都在说梦？但愿能学有所成。那你去管你的老总吧，能收就把他收了。在国内找个老总也不是不行，没必要非跨国。"

挂断曹小曹的电话，钱思艾对着面前的镜子摆着各种姿势。

"思艾，妈说的话你就不听是不？你张姨介绍的男孩你怎么就不去看看？你还真以为上个找老公的课就真能找到好老公了？"刘建丽唠叨。

"妈，有完没完了。我说我不去相亲，说了八百遍了。能不能找到得看缘份，这也不是我说了算的。您急什么？着急把我嫁出去，您想再生个女儿睡我的床？我才不干。我嫁出去，回来也得睡我自个儿的床，不许别人碰。"

"都多大了还没正形。你妈我这岁数你看还能给你生出妹妹吗？老得要掉牙了。"

"牙掉无所谓，镶上别人又看不出来。我那天看一外国老太太六十多了还生孩子呢。"

"神经病。"

"人家一辈子没机会生，有机会生了，您就说人家神经病。妈，我告诉您啊，存在即合理。以后我无论找到什么样的对象，您都得笑脸接受，不许骂我。"

"找到了？这是在提醒我呢？哪天领回来？"

"还没影儿呢。"钱思艾伸了个懒腰。

"一点没个淑女的样子，还交钱学呢，把钱交给我，我教你。没听说找个男人要花那么多钱。"刘建丽直摇头。

"您还说我呢，我舅妈那么大岁数，她有我舅舅，她怎么还去？"

"思艾，这话你可不能跟你舅舅说，谁知道你舅妈到底是啥心思？我看她就是有钱烧的！真头疼，建成蒙在鼓里也不行啊，怎么办呢？"

"这好办，让我直接替你们问问。"

"她知道你知道了？"

"她还不知道，她应该没看到我。我在最后一排，走的时候又走得快。"

其实李菊花已经看到了钱思艾，她故意放慢速度，就怕相遇了太尴尬。她不知道怎么跟她解释自己来听课的理由，如果告诉她是她舅舅不打算要这份婚姻了，为了留住婚姻她才来上这爱情课的，多没面子。别人都是找老公，她是留老公，虽然说都和老公有关系，可又有点风马牛不相及。她不知道钱思艾是不是看到她了，这要是刘建成知道了，会怎么看她？如果知道她败了家里那么多钱，虽然是私房钱，可是于一个家庭的整体开支来说，10万块去听这样的课，大多数人都会觉得不值吧。

可李菊花觉得值。她慢条斯理地和刘建成说话，和女儿刘花香说话，她觉得自己彻底和过去做了一个告别，就这个改变就是值得的，何况她又学到了很多其他东西。她真的下定决心给自己换个芯片了。

只是，身边没人知道李菊花在听这样的课。大姑姐刘建丽几次想询问却都没张开口，这次终于忍耐不住，刘建丽开口了："菊花，你说思艾这丫头咋这么不听话呢，拿钱去听找老公培训课，这不是糟蹋钱吗？在那课堂上能找到男人？"

"姐，这事可说不准，也许真能找到呢。"李菊花想把自己也上课的事情讲出来，她从大姑姐的眼神里看出，对方肯定知道了。

"我看不一定，纯属瞎浪费钱。"

"姐，我也在上那个课。"李菊花终于没忍住，她知道对方就是在试探她，不如直接招了。

"我都知道了，思艾说上课的时候看到你了。"

"姐。"李菊花的眼睛红了，"建成要和我离婚。"

"菊花，这就是你不对了。婚还没离，就去上课准备找新老公了？你觉得这合适吗？"刘建丽不满地说。

"姐，这您可就冤枉我了。谁说我去找新老公了？谁告诉你的？"李菊花真急了。

"你不找新老公，你去那种地方？"刘建丽非常不高兴，"都这年纪了，好好过吧，不要这山看着那山高。"

"姐，你是不知道。……"李菊花停了好半天才继续说，"是你亲弟弟要跟我离婚。"

刘建丽吓了一大跳，盯着李菊花看了好半天才说："什么？这小子吃撑了？我怎么不知道？"

"姐，你最好不要跟他提这事，要是提了，他不得恨我到处宣传？我肯定不想离。现在我工作也辞了，就是想学着怎么把日子过好，让他舍不得离开我们。"

"唉，建成咋能这样呢。我怎么一点儿也不知道，他也不跟我说这个。"

"我们还有 4 个多月的时间了，我们签了婚内协议，互相履行义务，看我们能不能坚持 6 个月。已经过去一个多月了，这一个多月我使劲学东西，对他可是温柔到家了。"

"他为什么要离？"

"没有原因。我也试着想查查他是不是有小三了，结果真查的时候我才发现，他根本只和男人一起喝酒，没有单独和女人接触过。"

"你做侦探？"

"我是没有办法，我不想让这个家散了，这对花香不公平，对我也不公平，我结婚不是为了离婚的。"

3

"李菊花，离个婚你还到处宣传？直接离了就是了，还跟你签什么 6 个月协议？你这不是加快我离婚的脚步吗？"刘建成一回家就对李菊花鼻子不是鼻子脸不是脸。

李菊花心想，完了，大姑姐这是什么都跟她弟弟说了。这可怎么办呢？这不是自己说出去的初衷啊？她只是想在大姑姐面前澄清一个事实，却想不到把自己的男人说了出去。

"老公，老公你别生气。"李菊花一肚子委屈，特别想哭，喊出"老公"二字，眼泪果真就冲了出来，"我是没办法不得不跟咱姐说了。我在上一个培训班，是教怎么把婚姻过得更幸福的，是告诉我们怎么留住婚姻的。姐问的多了点，我就告诉她了。"

"学那些东西？这个你也信？有钱没地方花了。"刘建成说完就去洗漱了。

李菊花心想幸好他没再继续盘问，如果他知道了学费多少钱，损不死她。她要是真留不住刘建成，闹个人财两空，那才让刘建成笑话呢。所以她没跟刘建成详细说所学内容，以免他空闲时间百度出来耻笑她。

洗漱完毕的刘建成一个人坐在沙发上看电视，李菊花一边洗漱一边想，今天肯定又是一夜无剧情，却想不到刘建成主动要了她，这让她有一种被皇帝宠幸的快感。李菊花心里感慨，皇帝三千佳丽在后宫，有的招进宫来一辈子都没有见过皇帝。还是现在好，一夫一妻制，总强过民国时一夫多妻，几个女人为一个男人争风吃醋，打得头破血流。当然，现代女人也有难处，有句话说的好，说防火防盗防闺蜜防小三，不防不行啊，就怕情感走私。

李菊花有一种感觉，她发现他们闹离婚以后，他反而要她要得勤了。如果把每天都当生命中的最后一天过，是不是什么都得抓紧？不管怎样，4个多月，时间不多了。李菊花不停地修炼自己，可她觉得刘建成并没有正眼看过她，她就是穿上一套新衣服，在他眼前转一圈，让他评判是否好看，刘建成都嫌烦。

李菊花明白了，不是单纯地自己要换芯片，刘建成也该换了，他审美疲劳了，不愿意看眼前的妻子，这是他病了，不是她的问题，她还是她。当然，她知道自己有诸多缺点，可这些缺点以前相恋的时候并不算缺点。但她告诉自己一定要改，只是刘建成也得改，否则她改得再好，又有什么用？怎么改他，这成了一个难题。

"今天你生气了？"李菊花问。

"生什么气？"刘建成一时没反应过来。

"就是我跟咱姐提那个事儿。我真不是故意的。去上课的都是小年轻，她们都是为了找老公去的。钱思艾也去了，她看到我了，我不交待都不行了。姐说我是为了找新老公去的。"

"真的？你真的是为了找新老公？"刘建成一下子精神了。

"所以我跟她解释，不是这么回事。我是想把家守好，守住这份婚姻，我结婚又不是为了要离。"李菊花轻声说，"我不解释不行，姐非得以为我是为了找新老公，那我冤枉死了。"

"提前找也对，你可真是与时俱进啊。"

"老公，我冤枉啊，我真不是。"李菊花急了。

"你要能3个月找到，我们的协议就提前中止。你找到我们再离，这对你也公平。女士优先嘛。"

"老公，我不得不服你，你真是太会说话了。可我告诉你，我不是。如果你这么说，我再也不去上那课了。"

"去，不上白不上，学费交了干吗不去？在家闲着也是闲着，真有合适的，我们就早点离，这样我对你就有个更好的交待了。"

李菊花恨得直想掐刘建成，可她如今做不出这样的举动，不知道是真的老了，还是在刘建成面前没有了年轻时的冲动。她只知道她不能离开刘建成，刘建成是她生命里的一部分。

"这么说，你也开始主动出击了？"李菊花决定试探试探刘建成。

"没，我可没有，我等离婚以后再说。我可不着急找，好不容易从围城里跳出去，傻子才急着再往回跳。"

"我看，为了省事，还是别往外跳了。"李菊花装作漫不经心地说。

"这可是我自己的事，我想跳就跳。"

"这不是你自己的事，你带着闺女一起跳？还是带着老婆一起跳？"

"带老婆跳怎么能叫离婚呢？带女儿？你要愿意我就带着女儿跳。女儿要给我，我绝不给她找后妈。"

"我不愿意，我不想她缺爹少娘。你不给她找后妈？刚刚还说带着女儿往婚姻的围城里跳，刚说完就忘了？"李菊花心想，谁信呢？鬼才信。

"不说了不说了，睡觉。"刘建成不想谈这个话题。

李菊花心想，就为了女儿我也不能让你想跳就跳想离就离，走着瞧。虽说时间不等人，可在李菊花眼里，他们夫妻是有亲情的，不可能说离就离。得赶紧想辙。

4

生日这天是周末，姚建华参加了离婚俱乐部男士们的旅游活动——进军门头沟。临出发前，女儿还给他打了电话，祝他生日快乐，他觉得很开心。那个本以为能相濡以沫的妻子，如今成了别人的妻子；那个有着自己骨血的女儿，虽然还姓着自己的姓，却去管外姓男人叫父亲，他心里别提是什么滋味了。如今，他对女色没有感觉，可他又不能停留在原地，只能往前看。

前一夜，姚建华还和刘建成在酒吧一边喝酒一边聊天。两个人喝得很嗨，甚至在乐队演奏、歌手演唱《童年》这首歌的时候也想上台去唱一嗓子，却被工作人员给撵下来了。他们喝醉了，他们真想回到幼时，抛却现在的所有烦恼。一个已离婚男士和一个即将离婚的男人抱团了。

去爬山，刘建成自然不能成行，他还不能加入到离婚俱乐部当中去。

"哥们儿，为了尽早和你真正组团行动，我打算让这几个月快点过。到我摆脱婚姻的时候，也就离你更近了。咱们一起去爬山。"刘建成笑着说。

"兄弟，拉倒吧，你可不要瞎凑热闹。你不知道我有多后悔？早知道我老婆这么有血性，竟然跟我闹离婚，我说啥也不养小三啊。难道，你有小三了？这世上，什么人都能惹，就是不能惹小三。"

"没有，我亏就亏在只有一个老婆，我面对所有的女人，其实都感觉像是对着自己的老婆，都能想到血淋淋的产房。"

"兄弟，去看看心理医生吧。"

"埋汰我！我还用看心理医生？我都能给心理医生上课了。"

"在国外看心理医生不丢人，每个人都应该有心理医生，因为每个人在成长的过程中或多或少都会有心理上的疾病，你不要觉得丢人。你要是

想去，东四十条街那就有一家，就在路口拐角处，不瞒你说，离婚后我去过。我在那边治好了心理，才来的离婚俱乐部。你问问，来离婚俱乐部的男人有几个不哭的？也就是我，因为我早在心理医生那哭过了。"

"我不去。"虽说不去，可刘建成的心里已经记下了路标。

"我们明天去门头沟，肯定不带你。你现在的任务只有一个，和老婆好好过，和女儿好好过。别像我，现在就是满脑子都是前妻也毫无办法，人家是别人的老婆了；想女儿也只能偶尔看一眼，不能时时刻刻守在身边。多遗憾啊！"

"好好好，我不跟你们去，我单独活动。"刘建成摇头笑了。

谁也没有想到门头沟这趟旅行对于姚建华来说就是噩梦。喜欢搞摄影的小张不走人工路，非要走野路，尤其是大家休息的时候，他非要走野路去拍照片。姚建华是领队的，就陪着他一起拍照片，不想一脚踩空，掉到一条深沟里，大伤没有，手腕疼得不能动，脚也扭伤了。送到医院，说是手腕骨折了，脚腕也上了些药。

"好嘛，难道我平时缺钙？"姚建华苦笑着。

一个人苦啊，没人给做饭，电话就打给员工曹小曹了。曹小曹在这个城市一个人吃饱全家不饿，于是责无旁贷地前来照顾他。

"姚总，怎么样，遭报应了吧？礼拜天也不带我们员工一块去玩，一个人跑去爬山。快交待，和谁去的？"曹小曹一副不饶人的模样。

"能和谁啊，一大帮老爷们，都是老光棍，就是带你去也没戏。没有能入你法眼的，都太老。"

"我不嫌老，要是有可以和姚总才华相比拼的，不妨介绍给我一个。"

"没有，真没有。一个个都刚从围城里跳出来，我看没有一个想再重新跳回去的。"

"姚总不想重跳回去？"

"不想。婚姻太累，还是一个人自在。"

"一个人哪里好？受伤了还得给员工打电话，您要发双份工资给我才行。"曹小曹笑。

"给我做顿吃的就要敲竹杠啊？好吧，我接受你的勒索。"姚建华一副苦恼的模样。

"小曹，你真想找个离婚的？"不知为什么，吃着曹小曹做的饭菜，姚建华感到一阵温暖，禁不住试探地询问。

"不不，不行，我可不想要二婚头，就算他多金也不行。我家就我一个闺女，我得找个初婚的。初婚的肯定和我一心一意，没有心眼；二婚头的，经历过了，心眼太多，我妈说我斗不过他。我想也是。"曹小曹直言不讳。

姚建华为自己刚才的想法在心里狠狠抽了自己一下："你妈说得对，好好找，不着急，结婚不是着急的事，缘份迟早会降临到你面前的。80后急啥啊，我60后还单着呢。"

"80后咋了，80后也30多了，再不抓紧，也得打折了，我可不想打折。"

"只要你坚定信心不打折，你就不会打折。世上单身男人可多了去了，就怕你挑花眼。去相亲，去征婚网站，渠道多着呢。你得主动出击，不能干等着。"

"靠谱吗？我觉得网站都不靠谱，还是得熟人介绍，以后这任务就交给您了，您今年得想办法把我给嫁出去。唉，要不我那两节课就白上了，老师说了六七十天就能找到理想的另一半，可别说跨国总裁了，就是普通的海龟我也网不到一个。"

"方法不对，我建议你去征婚网站注册，大量发信求偶。怕啥，反正谁也不认识你。"

"女人要矜持，这表现在各个方面。我就算注册了，我也得等待。我相信会有人看见我，不需要我去找他。"

"结婚干啥呀，结婚有啥意思？保不准还得离婚，一个人多好。"姚建华说。

"您还给我当领导呢？就把这种错误的思想灌输给我？我可还没结过婚呢，您这不是让我恐婚吗？您结过婚了，就有理由谈论婚姻了？我看啊，爱情这堂课您学得也不咋地。"

"也是，怕黑就不走夜路了？小孩怕尿床还不睡觉了？话糙点，但是有点道理。小曹同学，勇敢地追求你的幸福吧。"

5

刘建丽病了，子宫肌瘤，住进了医院，开刀手术，割了子宫。钱向前关了书店在医院照顾她。刘建丽每天都在唠叨医院费用太高，来苏水又不好闻，总吵着要出院，可医生没发话，钱向前可不敢给她办出院手续。他不停地安慰她，刘建丽情绪不好："幸好我年龄大了，不然我生不了孩子可咋办？"

钱向前直摇头。刘建丽不死心，继续追问："钱向前，要是我们没生女儿，要是我们现在还年轻，这手术做了，子宫摘了，生不了了，你是不是要跟我闹离婚？"

"不离。坚决不离，孩子的事好办。"

"没有孩子，你不得跟我离？这生了个闺女还惹得婆婆不高兴呢。要不是他们去世了，还不得跟着我屁股后面数落我？我不信你不跟我离。不孝有三，无后为大，活了这么大岁数，生孩子的东西竟然给摘了，我这是得罪哪路神仙了？"

"别唠叨了，女儿要是听了该不高兴了。"

"她有啥不高兴？生她的时候可没少遭罪，要不是我上了环，你还不得一个一个没完没了地让我生？"

"生那么多啥用？生多了我们还得为他们操心，他们不结婚我们也着急。你说思艾吧，都老大不小的了，还不着急结婚，也不知道咋想的。"

"哎哟，疼。"刘建丽轻轻翻身，呻吟了一声。

"好好休息，可别乱讲话了，好好养着。今天是星期六，书店没关，思艾看着呢，她还说要做好吃的给你送过来。"

"这是她亲口说的？她会做吗？"刘建丽不相信地说。

"管他咧，做熟就行，女儿的心意嘛。她还说要给你做鸡肉呢。"

钱思艾知道母亲爱吃鸡肉，特意跑到超市买了一只新鲜的鸡，想不到在切块的时候就费尽了周折。溅得到处是碎肉。炒的时候火又太大，都炒糊了，看着焦糊的鸡肉，钱思艾一下子泄气了。当她来到医院站在父母面前的时候，她递过去的保温瓶里，装的是用速溶汤料现冲的汤和几个包子。

刘建丽看着这些吃的东西，直摇头："女儿，你不是说给妈做鸡肉吗？"

"妈，咱家没你真是不行啊，我在厨房里真玩不转，鸡肉全扔了，都炒糊了，焦在锅上，铲也铲不动。"

刘建丽听了直摇头："都怪你平时不谦虚，不学。我看你以后嫁了人可怎么办，饭都不会做。"

"妈，放心，明天你就能吃到我做的美味鸡肉了。"钱思艾把厨房弄得一塌糊涂，没辙了，就给舅妈李菊花打了电话，说要跟舅妈学做菜。李菊花爽快地答应了，钱思艾在来医院的路上想了一路，打算从医院一回去就直奔李菊花家，备好食材，让李菊花教她。她对李菊花信誓旦旦地说一定要上好这堂餐饮课。

"舅妈，您说，做饭怎么就这么难呢？"钱思艾一边在李菊花指导下切着鸡肉，一边说。

"你看你的切法吧，剁的时候下手要狠，切的时候要准，不管是鸡翅膀还是鸡腿，都有关节，你顺着关节切，很容易切断。可你偏在骨头上切，肯定切不动了。"

"反正我觉得做饭太难，难怪有钱人都找保姆，自己都不做饭。太麻烦。"

"做饭多有乐趣呀。你想，结婚后，给你的家人做一顿饭，多有成就感啊。要是每天都买外卖，吃起来也没有乐趣；再说在外面吃饭，很难避开地沟油，影响健康。还有，饭店的菜基本都过油，热量太高。"

"舅妈，要是让您重新选择，您还会选择我舅舅吗？"钱思艾睁大眼睛看着李菊花。

李菊花肯定地说："肯定还选他，**他是我女儿的爸呀**。"

"可是没有他，哪来的花香呢，是**先有老公才有女儿的**，您把顺序颠

倒了吧。"

"前世，我就是和他们在一起的，所以这辈子我只能选择他们。"

饭菜做好后，钱思艾留在李菊花家里吃饭，刘建成电话里说有应酬，晚上不回来吃了。吃着饭，钱思艾一边吃一边夸赞："舅妈，在您的英明指导下，我竟然能做出这么好吃的菜来？看来我妈明天能吃上我亲手做的饭菜了。"

"明天还在我这做吧，做完我和你一块儿去医院。"

"那我妈一看就知道是您做的，不成了您邀功请赏了，哪还有我的份呀。"

"放心，我只在旁边指导，绝不插手。你看，今天晚上的饭菜我没插手，你不是也觉得很好吃吗？一会儿就给你妈送点去吧。"

"今天晚上不用了，我妈说在医院订了。我怕她见了我送的饭菜，还以为是中午的味道，吃不下去。唉，当个家庭妇女还真不容易。"

"想没想过嫁个什么样的人？"

"想过，跨国公司总裁，我想把家安在国外。"

"中西文化差异，你能接受得了吗？"

"没关系，我接受能力强，一切来了我都可以恶补。"

6

找老公培训班不是万能的创可贴，治愈不了所有的创伤，但李菊花在这里受益匪浅，并且和曹小曹成了非常好的朋友。虽然曹小曹只上了两节课，早已不来培训班，但她们两人始终有联系。

他们这批同时上课的学员，已经有百分之六十找到了男友，并且全在国外，只有曹小曹还要着单儿。

"小曹，你到底想找个什么样的？"

"年龄无所谓，大点小点我都能接受，心地必须善良，最好在国内。以前我还想去国外，现在不了，我爸妈都在老家，身体不好，他们也不能跟我去，所以我不能走太远。"

"你还是蛮孝顺的哩。"李菊花笑着说，"其实嫁到哪里都无所谓，将来可以把父母都带着嘛。"

"不好，我们家嫁的是我一个，全家都跟着过去不好。如果我嫁得不太远，我就可以经常回家看他们，照顾他们。其实我要是早点有这想法，也不一定花那钱去上什么劳什子的找老公的课。那会儿我是想嫁到国外去的，看人家一个个都嫁出国了，也眼馋过。"

"我现在不是找老公，但我能明白你的想法，如果有一大家子等着照顾，确实不好走得太远，近点照顾起来也方便。"

"姐姐，等有合适的一定给我介绍啊。"曹小曹笑着说。

这次李磊从海上回来，李菊花一下子就想到了曹小曹，如果他们能成一对，也不失为一件好事。只是一想到李磊一年有大半年在海上，不禁又摇了摇头，心想曹小曹一定不愿意。找丈夫是为了依靠的，如果一年有大半年的时间无法依靠，她怎么会愿意呢?

李磊这一趟回来，似乎黑了，但更结实了。

"李磊，房子装修完了，你有时间过去看看。"李菊花说完这句话就后悔了，这个弟弟，不会去了新房又念起旧情，旧病复发吧，都怪自己多嘴，"那个，其实也没啥好看的。装修完，我找了保洁工把整栋房子里外全都打扫了一遍，以后再去看也不迟。"

"姐，我这就过去看看。"

"我和你一块去吧?"李菊花试探地问道，其实她没有时间去，她下午有一堂课要去上。

"不用，我一个人去。"

"早点回来吃饭。"李菊花看着李磊推门出去，补上一句。

李磊来到新房小区门口，他没打算匆匆走进去，就在小区外面遛达起来。他远远地看着自己那幢房子，脑海里全是 Jasmine。这一次出海，去的就是加拿大。他知道自己和 Jasmine 早已擦肩而过，所以他并没有去加国找她的想法。

他走累了，索性坐在石凳子上。这时他看到一个年轻女子骑着自行车一闪而过，一辆没有牌照的白色本田从她身旁开过，刮倒了她，本田车放慢速度，但转瞬又加速离开了现场。李磊跑过去，原来被刮倒的就是曹小曹。当然，他并不认识。

"伤到没有？我本打算把车牌号记下来，可这辆车是新车，还没上牌。"李磊去扶曹小曹，"你家远吗？要不我送你去医院吧？"

曹小曹站起来，发现膝盖磕破了，有血珠渗出来。"不用了，没事，就擦破点皮。"

"旁边就有卫生所，我带你去吧。"李磊把曹小曹的自行车推到旁边停好，锁上，扶着曹小曹去卫生所。

"谢谢你。"曹小曹不知道说什么，她还在气愤刚才刮她的汽车。

从卫生所处理完伤口出来，李磊说："我家就在这个小区，我姐刚帮我装修完，要不去坐会儿吧。"说完，又觉得不妥，忙说，"不好意思，我没别的意思，我看你走路有点费劲。要不你告诉我你家在哪，我骑车送你。"

曹小曹似乎还惊魂未定，答应让李磊送她回家。李磊骑着曹小曹的自行车，把她送回两公里以外的家里。曹小曹没有邀请李磊上楼，但是他们互相交换了电话，曹小曹道了声谢，就一瘸一拐地上楼了。

李磊在新房子里转了几圈，他企图找到当初 Jasmine 留下的痕迹，可是一点也看不到了。姐姐李菊花听从了他的安排，把整个房间重新设计成中式风格，以前的影子一点都找不到了。李磊刚叹了一口气，就发现阳台角落里扔着一张折叠床，旁边还有一个纸箱子，里面扔着一些水瓶子等废品。那张被收起来的折叠床显得如此娇小，又是如此颓废。

李磊把折叠床拖出来打开，坐下休息的工夫，他看到床上挂着一根黄色的卷发，很长。他细心地拈起来，对着阳光看着，这也许是 Jasmine 留给他的唯一的物件了。他把它丢进废纸箱里，又把铁床拖到门口，到外面找了一个收废品的来，把所有废品都拿走了。看着收废品的背影，李磊不禁叹了口气。他知道，那根卷发在那堆废品里被带走了。

以往李菊花上完课记录下来的笔记，总是等着曹小曹来她家抄走。或者不抄，两人简单地聊上一会儿。曹小曹曾经笑着说自己省了学费了，李菊花则说等哪天她上完所有的课程以后，真的也可以开个培训班了。

这天，曹小曹又来李菊花家抄爱情笔记，想不到李磊也在。李磊高高大大，和那天骑车送她回家的样子有所不同。也许那天只顾着伤痛了，没有仔细看眼前的男人。今天不一样，是在屋里，多了一种亲切甚至熟悉的感觉。于是曹小曹就多看了李磊几眼，这一看不得了，她觉得自己对李磊有一种一见钟情的感觉。

她也感觉到李磊的目光很灼人，她都不敢再看他了，她觉得他的眼神里有她。

"这么巧，我们见过。"李磊一看到曹小曹进屋就立刻说。

"你们认识？"李菊花拿水果。

"也算认识了。那天我被一辆汽车刮了，是他送我去包扎的。"

"你还不知道他是我弟弟吧？我介绍下，李磊，我弟弟。"李菊花大方地说。

"我知道他叫李磊了。"曹小曹有点不好意思地说。

"原来你们都交换过名片了？"李菊花笑着说。

"姐，我们常年在海上跑，哪来的名片？"李磊很实在。

"瞧我弟弟多实在，我说交换名片，他就以为真是那种印出来的名片？谁要是嫁了我弟弟，那才有福呢。实在啊，这是李磊最大的优点了。"李菊花有点推销弟弟的意思，曹小曹听了一阵脸红。

7

"今天就在这吃！我去做饭，你抄你的笔记，抄完你们继续聊。"李菊花有意让两人好好接触。

"姐，今天我不抄了，有时间您给我讲吧。"曹小曹有点不好意思。

"不抄好，腾出时间你们好聊天。"

"姐，我不是这个意思。"曹小曹的脸更红了。

"我不管你们了，我去做饭，说好了今天在这吃。"

"你是做什么工作的？"李磊问曹小曹。

"我在广告公司做文案。你呢？"

"我是海员。"

曹小曹这时才想起来李菊花以前似乎跟她提过，只是自己没太在意。但她知道海员赚得多，只是很辛苦。"很累吧，总是在海上漂。"

"习惯了，我很喜欢这样的生活。每天在海上看日出日落是一种享受。"

"你去过很多国家吗？"

"是啊，去过很多国家，但都没有时间停留。给你看看我拍的照片。"李磊拿出手机，调出照片给曹小曹看。曹小曹看到巨大的鱿鱼时竟然惊讶地叫出了声。曹小曹还看到了李磊的同事，还有大胡子船长，看到了日出和日落，看到了湛蓝的大海。她心生无限向往。

"从小我就喜欢大海，可我一坐船就晕。"

"多坐几次就好了，这跟坐车一样，有好多人晕车，坐久了就习惯了。船和车一样，都是交通工具，只是一个在陆地一个在海上而已。做我们这行很苦的，找不到媳妇。"

"怎么找不到了？"曹小曹一阵脸红。

李磊看着曹小曹的眼睛说："一年大半年在海上漂，谁愿意嫁啊，和守寡没啥区别。钱挣得再多有啥用？我也在考虑以后回陆地上工作。"

曹小曹没吭声，心想你回不回陆地和我有啥关系，怎么像说给我听的呢？想到这里她又自嘲地笑了，觉得自己有点自作多情。

晚饭大家吃得还算热闹。只是曹小曹显得有点拘谨，李菊花笑她是不是因为桌上多了一个男人才腼腆，还笑说这世界就是男人和女人的组合。

李菊花也觉出了弟弟和曹小曹的不正常，单独和他们相处的时候，才知道李磊看上曹小曹了。"那就追啊？这个还要人教啊？"李菊花恨铁不成钢地说。

"我哪知道人家愿不愿意，再说只见了两面又不了解。"

"我跟她一起上过课，经常在一起聊天喝咖啡，是个不错的姑娘。不过也虚荣过，有过崇洋媚外的历史，但我反倒觉得她真实，不做作。她还一直没找到男友，趁着这机会你赶紧追吧，不赶紧追不定哪天成别人的媳妇了。"

"姐，我能行吗？"

"怎么不行？你们才差两岁，年龄正合适。要不这样，你要是愿意，我就给你们搭个桥，我做次红娘。"

"行，姐，我同意。"

就这样，李菊花平生第一次当了红娘，想不到的是曹小曹竟然也爽快地答应了。

后来李磊问曹小曹："你不怕一年有大半年见不到我呀？"

"不怕，我们有手机能联系，再说，你不在家的时候，我一个人更自由啊。"

李磊愣愣地看着对方，不解。曹小曹赶紧解释："就是你不在我身边的时候，我还能享受单身的生活，不用给你做饭，不用给你洗衣。"

"可女人结了婚，不就是为了守住一份婚姻，然后给老公做饭洗衣带孩子吗。"那潜台词就是既然你想享受自由，何必结婚。

"结婚是每个女人必须经历的过程，就像将来女人还要做妈妈一样，既然我们被赋予了诸多神圣使命，我们就得一样样地去完成。嫁人，生子，老去。"

"你能保证一辈子不离开我吗？"李磊有些担心，他怕重蹈覆辙。

"只要你一辈子不离开我。结婚又不是为了离婚。"曹小曹说。

"可有的人结了，却又离了。"

"我想他们结的时候也没想过会离。谁也不知道后来的生活，我们只有努力过好现在。哎，李磊，你似乎对我们没有信心啊？"

"我是怕你中途离开我，那等于杀了我，如果我们又有了孩子，你让我情何以堪？"

"那害怕就不要结了。"

"可我想结。"

"那就什么也别想。明天的日子就交给明天去吧，过好今天。"曹小曹一副大义凛然的模样，自己这是怎么了？男人在迟疑的时候，为什么自己这么坚定？难道自己真的看上他了？明白了，80后这一拨的我也开始老了，我害怕再这么拨拉来拨拉去，也拨拉不出来一个比李磊更好的男人了。他可是大副了。曹小曹这样想。

第七章：结婚

1

可钱思艾坚决反对曹小曹嫁给李磊。她觉得曹小曹太不可思议了，交往才一个月就要闪婚，这对两个人都不负责任。

"你闪婚，一个月是闪婚，你知道吗？"钱思艾着急地说。

"咱们老师和她的跨国总裁认识还不到一个月就结婚了，这个你知道吧？"

"课我是上了，可她没有完全给我洗脑。从陌生到相知，需要一个过程，你这么草草地就嫁给李磊，你不怕后悔？要知道你这么喜欢海员，我早给你俩搭桥了。再说我跟你说过他受过伤，被加国一个女人给甩了，我妈带着他到处治病，又是吃香灰又是跳大神，这样的男人你也敢嫁？"

"钱思艾，你不怕我把这些话说给你舅妈听？你这是在阻挠我们。我就打算嫁给他了，谁说什么都没有用了。"

"噢，你们，你们那个了？你是不是有了？"

"你少管。怎么跟我妈似的，我妈都没说挡着我，你说你这是干什么呢？咸吃萝卜淡操心。"

"好好，我不管你，我犯得着管你？你没听说嫁给海员相当于守活寡？你别拿眼睛瞪我，你嫁给他我巴不得呢，他李磊也算我们家亲戚呢。"

"就是，以后我在你面前辈份都大了。"

"好，你结婚那天我改口，别忘了给我包个大红包啊。舅妈。"

曹小曹被钱思艾逗乐了，用拳头砸着对方："我需要你的祝福，大家的祝福越多，我就会越幸福。"

"迷信。那我写一千个一万个祝福纸条给你，或者再让它们乘以百万千万一个亿。每一张纸条代表一个人的祝福，你这下子可收到海了去的祝福了。那你就一定幸福了？"

"我会幸福的。真的。"曹小曹非常认真地说。

李磊和曹小曹一旦见面，就会畅想如果能买一艘大轮船，一家三口能在海上生活多好。大海对他来说，就是家。他给曹小曹讲了一个电影，男主角是在船上出生的，一辈子都在船上。可船上没有他的女人，于是他来到陆地上寻找。他非常非常想找个属于自己的女人，可陆地生活不适合他，每次他去卫生间都必须左右摇晃着才能尿出来，因为他患了海上综合症。

"后来呢？"曹小曹追问。

"后来他还是回到了船上，从此再也没有离开过大海。"

"可惜。一个人终了一生。"

"我也喜欢大海，但是如果陆地上有个女人和我的孩子等我，我也会急切地回来的。"李磊深情地看着曹小曹，把小曹看得直脸红。

他们决定结婚，在李磊再一次出海之前，李菊花为他们举行了婚礼，刘建成的姐姐一家也都来了。

没有请外人，刘建成主持了婚礼。他的主持词把他自己先给感动了，尤其当新郎和新娘相互戴戒指的时候，他的眼睛也闪烁着。他想起了当初和李菊花结婚的场面，那个时候没有现在这么讲究，哪有交换戒指啊，两个人到商场买了一枚戒指，刘建成当场就给李菊花戴上了，也没有求婚场面，更没有专业人士给他们主持婚礼。两个人是旅行结婚的，回来后娘家婆家就请了些亲人在酒店办了几桌，所有的礼仪全都省了。

本来他不想给小舅子主持婚礼，无奈李菊花缠着他说："老公，你的口才是咱家一级棒，你不主持都埋没人才了。咱不用请外人，那还得花钱，自己家人主持，多好，又显得亲切。"

"爸，您就去吧，您去给我舅他们主持婚礼，也能现场感受感受那种

浓浓的气氛，还能想起你和我妈当年的婚礼，多好呀。"刘花香搂着刘建成的胳膊说。

架不住两个女人的支持，刘建成接受了"任务"。第一次主持婚礼，还是有点紧张，但是婚礼结束后，他确实还挺兴奋，他的兴奋体现晚上和李菊花在床上唠唠叨叨说了半天。他竟然提起了他们当年的婚礼，这让李菊花也来了精神，要知道，刘建成是不爱提以前的，尤其是他们寒酸的婚礼以及他们简陋的婚房。可如今刘建成兴奋了，兴奋的刘建成一提起当年的婚事，李菊花心下就释然了，这说明刘建成没有忘记当年对她的亏欠，他说过以后有钱了会补给她。

多年以后，他们挣了钱，一起去金店买了两枚戒指，一人一枚。那是他们结婚七周年纪念日。都说婚姻有七年之痒，可他们没痒起来。那时花香五岁，他们都喜欢这个淘气的小丫头，那天晚上两个人没少喝酒，小丫头出奇的乖，早早地就睡了。

两人收拾完毕也早早睡下了，谁能想到早就准备好的刘建成那天晚上却怎么也做不成他要做的事情，急得他满头大汗。一躺下就想要，一伏到李菊花的身上就一下子变得软沓沓的了，跟被抽了筋骨一样。从那以后，刘建成就越来越不行，于是就懈怠了。渐渐地，李菊花似乎忘了夫妻之间该有的这些功课。如果能静心倒也好，偏时间久了，两个人都烦燥起来，免不了要争吵。

李磊的婚礼让刘建成兴奋了，可能他喝多了，这一夜剧情波澜起伏。刘建成从李菊花的身上翻下来，在睡着之前，他狠狠地骂着自己，是不是把李菊花想像成别人才这样尽兴？如果只把李菊花当成李菊花，他还会这么成功吗？他自己也不知道。

2

李磊很快又出海了，他不在家的日子曹小曹就绣十字绣，她变得更加安静了。

她怀孕后，各种反应让她生不如死。她多希望男人能在身边照顾自己，和她一起听胎动，和她一起感受孕期的各种不适，可李磊不在身边。她看着家里存折上的那些个零，一度觉得自己上的找老公培训课白上了，如今选择了这个老公，确实有一种守活寡的感觉。

只好一有时间她就骚扰钱思艾。

"怎么样？一个人没劲吧？结婚了不找老公遛弯聊天，还找我？"

"思艾，你就别损我了，我一个人怪没劲的，你来我家玩吧。"

"我哪有时间去，我忙着找我另一半呢。你一个月闪婚了，我也给自己定了时间，必须短时间内嫁出去。"

没人陪自己，她只好给李菊花打电话："姐，我一个人好闷啊，我去找您玩吧。"

李菊花很爽快地答应了，曹小曹赶紧洗漱打扮，开车直奔李菊花家。

"小曹，你来得正好，我正要去店里，你跟我一块去吧？"

"店里？哪个店？"曹小曹一头雾水。

"我在新华大街租了个门面，开了一家爱婴用品商店，还没有正式营业，已经装修完了，货还没完全上架，你跟我一起去忙乎忙乎吧。"

"好啊，我正愁周末不知怎么打发呢，我跟您一起卖货。"

"行，以后小宝宝出生就有漂亮衣服穿了，尽管从店里拿。"

曹小曹笑着说："那太好了，有这样的姑姑，我的宝宝太幸福了。"

"对，衣服管够。爱婴用品，不光是衣服，还有奶粉啊奶嘴啊，东西一应俱全。"

"真好，姐，您真能干。姐，您辞职就为了单干吗？"

李菊花迟疑了一下说："对，就为了单干，不能总给人家打工不是。"

"姐夫那么大企业，您咋就不去帮忙呢？"

"他用不着我，我这脾气，又不爱被别人使唤，万一意见不统一打起来，多让外人笑话。"

"做学问还允许百家争鸣呢，话语权每个人都有，各抒己见，有不同意见正常啊。"

"不行，我性子急，要是别人不采纳我的意见，我急起来，让你姐夫下不来台，大家都没面子。所以我们还是各干各的，互不掺合。"

"姐，您这个店是不是还得招人？您一个人能行吗？"

"没啥不行的。不过看情况吧，如果生意特别好我就招个小姑娘给我看店。走，去我的小店看看。"

花成爱婴店座落在新华大街上，附近有东关广场，也有大商场。"花成爱婴店？"曹小曹看着被红绸遮挡着的店名，"姐，定好哪天开业了吗？"

"还没有，等你姐夫忙过这阵子吧，我还没跟他说呢，等他不忙了，让他跟我一起开业。"

"对，这么大的事，最好让姐夫参与进来。不如你现在就告诉他吧。"

"不用，等开业的时候再说，现在说了他也帮不上忙。你这几天怎么样？反应还厉害吗？多吃水果，多走路。我妈说的，多运动，将来好生。难为你了，李磊不在身边。"

"还早着呢，他还不会动呢。"

李菊花心里止不住地乐，这刚结了婚就怀上了孩子，只可惜他一生下来就没有爷爷奶奶了，不过好在还有她这个大姑能疼他。"小曹，没事就多出来走走，周末就来我店里玩，我陪你聊天，反正我一个人也寂寞。"

"你再寂寞也有姐夫天天陪着啊。"

李菊花到嘴边的话咽了回去，她哪敢跟自己的弟妹说婚内协议的事呢。6个月时间一到，如果刘建成仍然保留离婚的想法，那只有离了。她李菊花能否挽留住这个男人的心，她自己也不知道。虽然女人把婚姻当事业经营，可现实生活中，女人还真该有一份属于自己的事业，否则婚姻一旦失败，就鸡飞蛋打，啥都没有了，一点寄托都没有了。有事业的女人最美，李菊花想。

"自从忙这个店开始，我还真是充实得很，那个劳什子培训班都不爱去。我觉得我也学得差不多了，我又不是真去找老公，非学得特别精才行，我觉得能守好自己这份婚姻就行了。"

"姐，我觉得你特别时尚，连那种培训班都上，姐夫支持你吗？"

"他还以为我上这种培训班是为了找个新老公回来呢。我倒是想找个新的，那不是犯了重婚罪了吗？再说，我可舍不得给我们花香换爸爸，还是亲爸亲妈好。"

晚上刘建成回来得比较晚，但他有个习惯，午夜12之前必然到家的，从来不在外面过夜。李菊花看看时间，十一点一刻。刘建成说应酬去了，陪别人唱歌、洗桑拿，自己又不会唱、不爱洗，不陪又没有办法，花钱找罪受。

"老公，我想跟你说个事儿。"刘建成洗漱完毕上床后，李菊花才说。

"什么事？"

"我开了个小店。"

"你辞职不是要在家当家庭妇女吗，怎么又开上店了？"

"我不想在家里吃你的穿你的，我想自己挣钱。"

"我知道，你不想再吃我的穿我的，你打算吃别人穿别人去。"

李菊花在黑暗里瞪了一下刘建成："我想吃别人穿别人，别人得愿意给我机会啊？我也得给别人机会。我没想吃别人穿别人，我要自己挣。"

"才闲了没几天就闲不住了？"

"我想努力好好生活，让自己活得更充实。老公，你不愿意啊？"

"我有啥愿意不愿意的，你都先斩后奏了，都说开了个小店了，你要是还没开，你说来问我愿意不愿意倒也行。你都开了，我愿意不愿意能咋样？我还能不让你开？"

李菊花听不出来刘建成到底是高兴还是不高兴，反正她自己高兴。

3

李菊花的花成爱婴小店开业了，刘建成说好要到场的，怎奈临时公司有事没去成，这让李菊花心里很不是滋味。可很快她就被来店里买东西的顾客拉走了思绪，只要进来顾客，不管人家买不买，李菊花都会仔细介绍店里的产品。

开业这天是星期天，曹小曹自然来帮忙。

"不在家绣十字绣了？"李菊花没话找话。

"我要在家绣，谁来陪你？"

"是啊，你姐夫大公司，人家忙，哪顾得过来我？"

"姐你不会真生姐夫的气吧？有我陪你，别气了。他公司兴许真的是事多呢。"

"我不气，我从来不生气，人要生气还不得气死了？他忙他的，我忙我的，谁也不干涉谁。"李菊花话里话外不免有点悲凉。

"姐，你要不嫌弃，以后每个周末我都来陪你。

又是一个阳光灿烂的周末，一大早曹小曹就收拾停当奔爱婴店去了，这次她还带了十字绣——清明上河图。

"小曹你还真行，还有这爱好。"

"没办法啊，李磊又不在家，我一个人没意思。"

"绣的什么呀？"

"清明上河图，北宋画家张择端的画，它可是我国十大传世名画之一。就是不知道我要用多久才能绣出来。"

"这一针一针的，得需要多大的耐心，我可没这耐心。"

"耐心都是练出来的。"

"李磊走了快一个月了吧？"

"26天了。"

见曹小曹把日子记得这么清楚，李菊花一阵心酸："以后李磊可以在陆地上找份工作。"

"他总想多赚点钱。"

"可钱是赚不完的，一个人活在世上，要多享受家庭生活，多享受爱，苦了你了。"

"不苦，姐。我这一天绣这东西，觉得可充实了。再说我又不是家庭妇女，我还得天天上班呢，公司那些文案折磨得我头疼，我哪有时间苦自己啊。我不苦。过几天我打算周末回家看看，想爸妈了。"

"行，回去看看吧，要是李磊最近回来，让他和你一块回去。"

谁也没想到，Jasmine回到加拿大并没有复婚，前夫也没有把孩子给她，她一怒之下又回到了国内。

李磊的手机号没变，他接到Jasmine电话的时候，正从船上下来往陆地上走。这是他新婚后第一次出海，他急地要回到他那个有新婚妻子的家里。

可当他接到 Jasmine 的电话时，心有点颤抖，一度不知道该说什么。他什么也没说，就挂断了电话。他把这事在电话里讲给李菊花听以后，李菊花让他坚决不能再和她联系了。

"你忘了自己是怎么熬过来的吗？你也别忘了，你现在娶了曹小曹，你是有家的人了。"

"姐，我当然知道我是有家的人，可她在电话里哭了，她说她离开我就是为了要回孩子的抚养权，可前夫不给她。"

"她哭怎么了？她哭你就心疼了？你别忘了你现在的身份，你是有家的人了。再说，她把你害得还不够吗？你都忘了？你不要犯错误。"李菊花见曹小曹绣得认真，就跑到室外接的电话，并压低声音，生怕被曹小曹听到。

"姐，我都知道。"李磊说。

"你在哪儿？在船上？"李菊花继续压低声音追问。

"我已经回来了，正在回家的路上。"李磊说完，拦了一辆出租车。

"噢，你回来了？这太好了。我开了个店，等你到家跟你细说。"李菊花开心地走进屋，"小曹，李磊回来了，你快回家吧。"

"真的？他回来了？他咋不先给我打电话？"曹小曹一阵失落。

"快别计较了，我是你们的姐，他当然要先跟我汇报了。再说，估计他是想给你个惊喜。别绣了，快回去吧，他一会儿可能就到家了。"

曹小曹高兴地回家了。

Jasmine 给他装修过房子，自然知道李磊的住处。她打李磊的电话李磊没说话就挂断，她就直接来到李磊家。李磊打电话给李菊花，只是想诉诉苦；他不给曹小曹打电话，是因为刚回到陆地上，他想给老婆一个惊喜。

Jasmine 先他一步来到他家门前等着，李磊惊讶地看着眼前的女人，在他打开门的瞬间，Jasmine 跟了进去。他们在 Jasmine 装修过的房子里，在李磊的新房里对望着。屋里的布置和格局与原来相比都有所改变，看着窗上的喜字，Jasmine 吃惊地问："你结婚了？"

李磊回答是。

Jasmine 一阵冷笑，说："男人果真是下半身动物，这么快就又另寻新

欢了。"

李磊没回答，只说当初你去哪了？我要找你的时候你在哪？你知道我是怎么过来的？

Jasmine 国内国外都找不到属于自己的家，她认真地看着李磊，希望李磊能做她的情人。李磊坚决不同意，Jasmine 就强行拥抱他，在这个熟女的怀抱里，李磊就要沉沦了，但最后的理智告诉他自己是有妻子的人了，他急忙推开 Jasmine，不想却被 Jasmine 抱得更紧。

这一切正巧被回家的曹小曹看到，她没有进屋，哭着跑了。

4

曹小曹本打算回娘家，可一想回娘家不好交代，她在父母面前又不会装笑脸，就干脆去了钱思艾的住处。钱思艾在南三环自己租的房子。

照钱思艾的说法就是，到一定年龄了，就算没钱买自己的房子，也要租个房子。这样谈个恋爱也方便，总不能总把另一半请到父母面前吧？诸事不方便。

曹小曹其实也担心自己的到来给钱思艾添麻烦："思艾，如果妨碍你，你就直接告诉我，我另换地儿。唉，真是没地方去，又不敢回家惹麻烦。"

"怎么了？"钱思艾不解。

"没什么，心里堵得慌。"

"失恋了？不对啊，你结婚了，谈不上失恋，李磊在海上漂着，谁惹你了，自己有家不待？"

"他回来了？"

"那你们不好好亲热，跑我这来干嘛？没有理由啊。"

"还是会妨碍你的吧？那我还是走吧，别耽误你约会。"

"不是，我没约会。说说到底怎么了。"

曹小曹一五一十地说了。

"真想不到李磊是这种人，平时看他蛮老实的啊。我舅妈也说她弟弟老实，连恋爱都不会谈，这婚都结了，怎么还会偷腥？别是你看错了呀。"

"两人就在我家屋里，我会看错？"曹小曹气得要哭。

"行了，你就在我这住下，让他找你。"

李磊打电话曹小曹不接，李菊花打给她也被她挂断，她不想和任何人说话。她觉得是自己闪婚闪出了问题，一心想找个多金男人，认为为海员赚的多，又是一见钟情，这爱情就真的来了，白马王子就在眼前，不嫁他又嫁谁呢？可她对他了解有多少？

李磊原来这么花心，他们刚结婚的时候，曹小曹和他互换恋爱史，恋爱过几次的曹小曹，想不到李磊只处过一次对象，就是35岁和Jasmine那次，那是他人生中的初恋，这初恋还折磨得他够呛。他看似单纯，没想到骨子里这么花哨，竟然敢把女人领到家里来。这个家是回不去了。曹小曹一想到这就哭。

李磊拒绝了给Jasmine当情人，并坚决把她送走了。找不到曹小曹让他很着急，这次出海是短途，回来得比较早，这也是公司考虑他是新婚，没给他安排长途，即便这样，他离开家也将近一个月了。想老婆这事他不好意思说给别人听，可他怎么可能不想呢，他迫切地跑回家，却找不到老婆的人影。

电话打到李菊花那里，李菊花也奇怪："她今天一整天都在我的店里帮忙，我跟她说你回来了，她就回家了呀。"

李磊一听说曹小曹回家了，一下子懵了，他明白了，一定是曹小曹回来看到Jasmine了。这可如何是好？

"姐，我跟曹小曹说不清了。"

李磊把Jasmine追到家里来的事情说了一遍，说曹小曹肯定是看到他们了。

"你做对不起小曹的事了？"李菊花恨铁不成钢。

李磊大呼冤枉。

"稳住神，好好跟曹小曹解释。"

"我都抓不着她的影儿，我上哪解释去。"李磊一副愁眉苦脸的模样。

"急有什么用？想辙。"看到弟弟这样，李菊花忽然觉得他似乎还未长大，遇到点事就不知道怎么解决。给他点时间吧，她想。

不出几日，曹小曹来到李菊花的爱婴店："姐，我不是告李磊的状，但我实在没法相信他，这么久他都没回来，一回来就带了个女人，我要跟他离婚。"

李菊花心里"咯噔"一下："小曹，婚不是说结就结，说离就离的，出一家进一家不容易，你能确定你以后能找到一个比李磊强的男人？"

"对，我会找到比他强的，至少对我一心一意。"曹小曹非常气愤，"姐，我不想听他解释。"曹小曹心伤了，看过李磊那些短信，她也无法原谅他。

"小曹，你听我说，李磊到处找你，他很着急，说打你电话你也不接，你甚至还关了机。他是你丈夫，他有多着急，你想过吗？李磊和Jasmine的事我最了解了，这是他的初恋，对他伤害很深。Jasmine当初扔下李磊一个人就回国了。可她竟然又回来了，听说李磊结婚了，还说不在乎他结婚，要做他的情人。小曹，你听我说，李磊他没有答应。你看到的都不是真的，李磊拒绝了她。"

"这段感情李磊跟我讲过。她既然回来找他，说明他立场不坚定，他坚定点，人家会有机可乘吗？姐，你说的这些，李磊在短信里也和我讲了，可我心里就是烦。"

"我能理解，本来平淡的生活，闹这么一出，谁也不高兴。你要相信李磊，他现在心只在你一个人身上。这次回来他没通知你，是想给你一个惊喜。你想，他真想出轨，能带到家里这么明目张胆的？Jasmine给他装修过，知道你们的住处是她自己找上门来的，真不是李磊带回来的。"

"好大的惊喜。"曹小曹自嘲地苦笑。

曹小曹和李磊最终还是和好了，她原谅了李磊。可李磊出海的日子，他心里难免因寂寞而生出万般滋味，只有用刺绣打发时间。

5

两周没见到女儿了，刘建成和李菊花都很想女儿。这个周末，刘花香回家了，李菊花早早关了店大采购，买水果买女儿爱吃的菜。

爱情课依然在听，李菊花觉得自己变得不认识自己了，跟老公和女儿说话，再也不像以前那样大声，不再带着吼的味道。

"妈，您变了。"刘花香一回到家，刚和李菊花对上话，就像看外星人一样看着李菊花说，"妈，您是不是去水星了才回来？"

"怎么了？为什么是水星而不是火星？"

"去火星回来的人说话都冲，以前您一定去过火星，一回家不用火柴都能点燃。水星不一样，您没听说某个女子柔情似水？柔情才似水，妈你太柔情了。爸，您说是不是？"

刘建成笑着，眼神却躲避着。他当然觉出自己女人的变化，从每天张口闭口"老公"开始，刘建成就发现了李菊花的变化。

"就你这个丫头话多，你妈我没变化，我还是原来的我，我还是你妈。"

"妈，这话您说对了。您无论怎么千变万化都是我妈，都是我爸的老婆。是吧，爸？"

"是是是，闺女说的是。"

"那你发没发现你爸有什么变化？"李菊花问女儿。

"这个嘛，让我好好想想。爸也变了，爸变得像个小女生，有点不好意思的模样。"刘花香说完抓起果盘里的苹果就吃。

"我个大男人，我有什么不好意思的，我又没做错事。"刘建成狡辩。

"错没错，以后你就知道了。"李菊花话里带话地说，"有些字啊，兴许你就不该写呢。"

"什么字？爸写什么字了？爸您学写书法了？"花香好奇地问。

"你爸开公司，总要跟人家签合同，签错了会很麻烦的。"

"我知道，合同要谨慎地签。"刘建成撇了下嘴，也学女儿拿起一个苹果啃了起来。

"马上要吃饭了，你们都吃水果，还能吃得下去饭吗？小的不听话，大的也不听话。"李菊花一副把眼前的父女俩都当成孩子的架势，娇嗔地说着他们。

"我是小的，爸爸是大的。"刘花香手舞足蹈地笑着。

"别乱说，没个正形，多大了还这么淘。"刘建成作出生气的样子。

　　睡觉的时候，刘建成说话了："李菊花，当着女儿的面提啥签合同的事啊？我这辈子就没签过出问题的合同。"

　　"话可别说得这么绝对噢。"

　　"啥意思，你诅咒我公司合同出问题？"

　　"咱抽屉里现在就有一份协议，协议就是合同。"

　　"怎么了？哪儿签错了？这不是还没到6个月吗？"

　　"6个月你就能肯定和我离了？"

　　"是的。"

　　"那你何苦还给我6个月，直接离了利索。"李菊花火气上来了。

　　"你别逼我，我想我还是会遵守这份合约的，我这不是给你找新老公创造点时间吗，给你个缓冲期。"

　　"照你的意思，我还得感谢你了？"李菊花的气还是收不回去，想亲切地称"老公"都称呼不出来。她一再告诉自己压住气，可就是压不住。她心想完蛋了，那课是白上了。这段日子就算自己装也装得很温柔，怎么今天一下子就毁了自己重新塑造的形象？是大姨妈要来了，是要更年期了？

　　"你不用感谢我，我没啥可感谢的。课上的咋样了，新老公找到没？"

　　"别跟我阴阳怪气的，我不是去找新老公，你不要冤枉我，我还不是为了这个家好。"李菊花说着哭了起来。

　　"深更半夜你哭什么？让闺女听到还以为我欺负你。"

　　"你没欺负我吗？你跟我签协议不是欺负我吗？我嫁给你快二十年了，说离婚就离婚。你给我6个月的时间让我去找老公？你看我现在像是去找老公的样儿吗？我一天天守着那个店，我容易吗？"

　　"打住，我可没指着你开店挣钱养家，我挣的钱够了。别弄得好像我欠你十万八千吊似的。"

　　"你就欠我十万八千吊。都说女人遇上自己的另一半，就像天使折断了翅膀，她再也飞不回去了，你让我离开你往哪飞？"

　　"这好办，还有几个月时间吧？你先找，等你找到合适的，你就告诉我，咱可以提前解约，早点成全你入洞房。"

　　"姓刘的，你真狠，你说这话你不觉得自己狠吗？"李菊花完全没有了淑女的模样，"我看是你着急要入洞房吧？"

"我？我可不想再入洞房了，结这一次婚都结伤了，不想再结了，以后就一个人过了。一个人自由，谁也不管，也不被别人管着多好。"

李菊花不吭声了，她傻了，她告诉过自己，不要管刘建成，少管他，多给他空间，可今天她又磨叽到那份协议上去了。她心里是觉得不平衡，凭什么嫁给他，要被他逼着6个月以后就离婚？结婚，离婚，他说什么是什么，李菊花把后背对着刘建成，控制着没让眼泪流出来。

"我要看着你先结婚，你结了我再结。"李菊花稳定情绪，镇静地说。

刘建成先是没吭声，过了一会儿才说："我不结。"

"你不结我就不结，我就永远在你后边。老公，不气了啊，我今天心情好，女儿回来，一高兴就说起合同和协议来了，我不是故意的。放心，我不会当女儿面说的。"

"说呗，我不怕。"

李菊花恨得牙根痒痒，但她还表现出很轻松的样子："我才不跟她说，我肯定不说。"

"睡觉。"刘建成说完就不说一个字了，李菊花也安静下来。

刚安静下来，女儿刘花香的卧室就传来一声尖叫，李菊花和刘建成迅速跳下床，朝刘花香房间跑过去，边跑两人边问怎么了，刘花香带着哭腔喊："妈，妈，你快来。"李菊花推开女儿卧室冲进去，顺着花香手指看到床上有一只张牙舞爪的壁虎，李菊花不禁也大声尖叫。刘建成冲进来，扑过去抓住壁虎，那壁虎在他手里不听话地扭动。

"妈，我要和你们睡。"

这个晚上，女儿花香睡在了刘建成和李菊花中间："爸，就是我出嫁了，我也要回来和你们睡。还有，我就睡你们中间，给你们捣乱。"

"老公，谢谢你给了我这么可爱又烦人的女儿。"李菊花感慨地说。

"哎呀，妈，咋这么肉麻啊，掉一地鸡皮疙瘩。"刘花香环抱着自己的肩膀说。

"你妈最近脱胎换骨了，我们得对她另眼相看。"刘建成说完又补了一句，"她快成仙儿了。"

"你们是我最亲的人，我要学会感恩，感谢我的女儿，感谢我的老公。以后我做错了事，我也会跟你们说对不起。"

李菊花其实只想扭转乾坤，扭转那份协议，让它变成废纸最好。

6

姚建华的前妻结婚了，还送了请柬给他，他控制着自己没有在婚礼上喝醉，想不到婚礼结束后和刘建成在一起倒喝醉了。

"兄弟，她结婚了，我们再也不可能了。我闺女从此要管别人叫爸了。"那语气，简直就是世界末日，女儿管别人叫爸爸，就跟和他没啥关系了一样。

"放心，骨血亲，你还是她最亲的爹。"刘建成安慰他。

"不会了，谁离得近谁疼得多跟谁亲。我咋疼？我想疼也疼不着啊。"姚建华一副沮丧的模样，拿过酒瓶还要倒酒，摇摇晃晃酒都洒到杯子外面了。

"你赶紧也谈份新感情，把前一段忘掉，重新开始，别老拿酒精麻醉自己。"刘建成不赞成他继续喝了，搂着他，以防他跌到椅子底下。

"哥们儿，我姚建华，绝不是为了娶小三才离的婚。我没打算娶她，真的，我就是玩玩。他奶奶的，偏是她的出现让我离了婚。你不知道，她听说我离婚了，立刻又来找我了。她拿着我的钱、住着我的房、开着我买的车，我以为补偿完就完了。可她还是来找我了，要我娶她，你说我能娶她吗？"姚建华打了个酒嗝。

"你怎么想？"

"我谁也不想娶。我宁肯躲在离婚俱乐部里和一帮老爷们儿互相倾诉，也不想和这个女人在一起。她太狠毒了，要不是她想尽办法让我前妻知道我们的事，我们怎么可能离婚呢？"

"她是想转正。"

"算了，这责任也不能全推给她，可是她对我们的婚姻触礁起了推波助澜的作用。算了，不提了，都过去了。"

"对，过去就让它过去吧。"

最后刘建成没劝住姚建华，自己反倒喝醉了："建华，你知道，我也想过离婚。"

"你在外面一定有小三了。小三是中看不中娶，娶回家也是个败家子。"

"不是，我没有小三，可我就是过够了。我不知道跟你说过没有，老婆进产房生女儿的时候我全程陪她，以后我对那事儿就没兴趣了。就是生理有想法，我也都是闭着眼睛把她想成 A 片里的女优才能成功。每次做完我都后悔，都骂自己。"

"这就是你的不对了，老婆给我们生了娃，你既然看到她那么痛苦那么不容易，要珍惜才对，怎么还有障碍了？"

"我觉得越过越没有意思，我只想从头来过。老婆以前整天跟河东狮一样，一点都不温柔。不过，现在不一样了，她最近变化太大，变得我都不认识了。"

"咋了？咋变的？"姚建华大着舌头举着酒杯。

"她变了，她变得陌生了，但我喜欢。她变得温柔了，简直就是脱胎换骨。建华，你知道我是怎么想的吗？"

"你咋想的我哪知道，我又不是你肚里的蛔虫。"

"我倒想试试，看自己能不能和这个变化了的老婆死磕到底。"刘建成把杯里的酒全倒进嘴里。

"兄弟，我赞成你跟她死磕下去，好歹人家还给你生了个女儿呢，不看别人面也得看看女儿面。"

刘建成扶着姚建华："建华，咱这车是开不了，我让代驾先送你，再送我。你先等我一会儿。"

刘建成到前台找服务员要了代驾电话，和代驾联系好后回来找姚建华，却发现人去桌空。刘建成趔趔趄趄地沿走廊找姚建华，问了几个人都说没看到他。刘建成去了卫生间，想不到姚建华竟然坐在卫生间门口睡着了。刘建成半搀半抱地把姚建华弄到雅间等代驾。

代驾还没到，刘建成就看到曹小曹冲进雅间，两人都觉得很吃惊。曹小曹惊讶地问道："姐夫？你怎么和姚总在一起？"

"小曹？你怎么会来？"

"姚总刚才给我打电话，让我接他回家，他说他醉了，开不了车。"

"你？我糊涂了。"刘建成使劲晃了下头。

"姐夫，这有什么糊涂的，李磊不在家，我一个人除了十字绣没有别的事干，周末陪姐姐开店卖爱婴产品，平时我就做代驾。姚总知道我业余干这个，电话打给我，我就来了。"

刘建成半信半疑地问姚建华要车钥匙，姚建华糊里糊涂地摸向腰间，把车钥匙拿下来交到曹小曹手里。

"姐夫，我先送你吧？"

"不用，我叫了代驾，你先送他吧。你知道他家吗？"问完以后，刘建成就觉得自己简直蠢到家了，看眼前的形式，这个曹小曹说不定就是姚建华那个小三。这个女人如今可是自己小舅子的媳妇啊。乱了，全乱了，刘建成一阵头疼。当然，刘建成也知道，曹小曹是姚建华公司的文案。

一回到家，李菊花就闻到了刘建成扑面而来的酒气："老公，你又喝酒了？喝多了伤身，酒该少喝，少喝活血才保健呢。"她说着伸手帮刘建成脱外套，"下次少喝点吧，喝多了还不是自己难受，喝点酸奶醒酒。"

李菊花把酸奶递给刘建成，刘建成接过去几口喝光，盯着李菊花，似乎有话要说，李菊花纳闷道："怎么了？这么晚了，洗漱睡觉啊，我脸上有花？"

"你脸上是没花，你早过了十八了。"

李菊花一阵不高兴，但她忍着："快去洗个澡，洗完早点休息。我都困了，要不是等你我早睡了。"接着又低声说，"我是不是十八了，那你也不是二十啊。"

"我变回二十，你就十八了？"

"对，你二十，我就十八。"

"那我今天就二一回，你可别说我八卦。"

"咋了，有啥秘密要讲给我听？"李菊花来了兴趣。

"现在啊，保不准曹小曹就待在他们姚总家呢。"

"小曹去他们姚总家干嘛，都这么晚了！李磊也去了吗？"

"李磊去我还能八卦吗？就因为李磊没去我才八卦的。"

"这就怪了，李磊好不容易回来一次，小曹不在家陪他，到处乱跑什么？"

"姚建华的前妻是因为姚建华有小三才离的婚。"

"你的意思是曹小曹是那个小三？你不知道的事别乱说。"

"你不让我回到二十吗？我就二一次。好了，我睡了。酸奶还真好喝，还有没？"

"没了，一天只能喝一个。"

"我要喝两个不行啊？"刘建成假装可怜巴巴地看着李菊花。

"行。"看刘建成难得像个孩子一样，李菊花又从冰箱里取出一杯酸奶插上吸管递到刘建成手里。

第二天一大早，李菊花就把店门打开。不是周末，曹小曹自然不会来。她一定是去广告公司上班了，而李磊肯定在家里无所事事。于是李菊花给李磊打了个电话让他到店里来一趟。

当着李磊的面，李菊花问了头一天曹小曹做代驾的事情。

"姐，你可真能操心，小曹她喜欢就让她做呗。"

"一个女人，大半夜出去给别人开车，车上拉的还是醉鬼，你放心？"

"我是不放心，可我跟她沟通过，我说咱家不缺钱，你这样多没有安全感。可她说她喜欢，她说绣十字绣绣得手都疼了，她去兼职做代驾，也是为了丰富自己的业余生活，我觉得挺好啊。"

李菊花还想说什么，想了想咽了回去："我觉得不妥，一个女人夜里还出去抛头露面，这太危险了，尤其是你不常在家，真有个啥事，可咋办？"

"姐你想的太多了。我们俩现在好不容易和好了，我可不想再挡着她做事。姐，爱她就信任她。"

第八章：手术

1

　　爱婴用品店开业没几天，工商局以自愿为原则，组织个体户去某医院体检。李菊花率先报名，上班的时候每年做体检，今年还没体检自己就辞了职。已过四篇的女人，格外注意保养自己的身体，刘建成她不用管，公司每年都会组织员工体检。如今自己像个没娘的孩子一样，幸好工商局还做这样的好事。

　　李菊花听说女人差不多多多少少都有点妇科病，所以这半年月经量过多、经期过长等问题并没有引起她的注意。想不到这次体检竟查出她有子宫肌瘤，已经长到了一个拳头大小，压迫了骨盆中的其他器官。考虑到李菊花已经有了孩子，医生建议她手术摘除子宫。

　　"那我再也不能生孩子了？那我是不是就不是女人了？"

　　"你不是都有孩子了吗？没有子宫，就没有了月经，自然不能再生了。"

　　医生说的"不能再生"这句话很刺激李菊花，虽然李菊花也没真打算要二胎，可是她可以不要，但她不能不会生，一个不会生孩子的女人，还算女人吗？尽管生过孩子，但要是以后和卫生巾绝缘了，李菊花还是不愿意。这次体检过后，她犹豫了好多天都没拿定主意去做这个手术。

　　晚上躺在刘建成身边，李菊花漫不经心地说："老公，我们再生个二胎吧？"

"都多大岁数了，要生找别人生去。"

什么话？这要是在以前，刘建成话一出口李菊花就得吵起来，可她那学费不是白花的，既然不白花，日常生活中就要学有所用。只见李菊花慢悠悠地说："我找别人生，别人得跟我生才行啊。"

"找啊，你不是在找吗？怎么？还没找到？找到了就生啊。"

"我怎么听着一股醋味儿呢。"

"打住，我最烦醋，你又不是不知道。"刘建成翻过身，背对着李菊花。

"口味也是可以改变的，万一你如今喜欢吃醋呢。谁知道你今天晚上在外面吃的什么，也许是饺子蘸醋呢。"

"是，我这有醋，你借我饺子？真是没话找话。"

"你说准了我们不要二胎了，是不？"

"还有几个月了？时间越来越短了吧，就是想要，这两个月你也生不出来吧。"

李菊花狠狠地瞪了一眼刘建成，"老公。"

刘建成不答应，李菊花就不闭嘴。"老公。"

刘建成还是不答应。"老公。"

"有话就说，现在你怎么变得越来越烦人。"听不出刘建成的话是真是假。

"你要是真不要二胎，那我明天就把子宫摘了去。"

"你还真是闲着没事干了，那东西不装孩子，闲着不行啊？走路嫌沉了是不？没事摘子宫玩。"刘建成显然不愿意李菊花做这个手术。

"可是，老公。"李菊花说完，也觉得自己一个劲儿地喊老公有点肉麻，"不摘不行了。"

"你要是摘了，找到新老公，拿啥给人家生孩子？"

"这你就甭管了，你反正不要了，我就不怕了。明天就摘了，就这么定了。"

刘建成这才反应过来，转过身，平躺着："怎么回事，说吧。"

"里面长东西了，拳头大了，不摘不行了。老公，你要是真想要个二胎，我们这个婚还真得离了。"

"那得手术啊，让小曹跟你去吧，这两天公司事太多。"

"知道，我让她去，知道你晕血，生花香那次把你吓坏了，这么多年我都内疚。"其实李菊花心里也难过了多年，当初就是因为自己胆小不敢进产房，硬拉着刘建成进去。孩子满月以后很长时间刘建成不敢碰她，差不多把她当成了玻璃制品，怕碰碎了。

"你没啥内疚的，你给我生了这么漂亮的女儿，我应该感谢你才对。行了，睡吧，明天早点去手术。"刘建成前半句柔情蜜意，后半句急转弯，有点硬，似乎在掩饰什么。

李菊花呆住了，刘建成可从来没跟她说过一次感激的话，他就是滚水烫鸭子，嘴硬，这还真是蝎子粑粑头一次。她有点激动，也就不再心疼自己那即将摘除的子宫了。

第二天一大早就要去做手术了，刘建成出发前对李菊花说："今天有个客户约好了要来，要不我就跟你去了。"

"老公，有你这话我就满足了，你去忙吧。我没事，有小曹陪我呢。"

关门的刹那，刘建成犹豫了一下没吭声就走了。

曹小曹挺着微微隆起的肚子陪着李菊花去医院："姐，李磊又走了，他不让我去做代驾了。"

"不让就对了，你都怀孕了，还到处乱跑什么？有点差错，谁负得了这个责？"

"我就是觉得一个人闲不住，闲得难受。"

"等你生了孩子你就不觉得闲了，一天到晚吵得你吃不好饭，睡不好觉，有时间就想补个觉。"

挂了号，两个人在走廊的长椅上等待。

"小曹，我有点害怕。"李菊花没有刚进医院的精气神儿了。

"姐，有我呢，别怕，打了麻药就不疼了。"

"可我还是害怕，以后我就不是女人了。"李菊花有点悲凄，一想到自己将来就不是女人了，她说啥也不肯进手术室了，拉着曹小曹就往医院外面走。

曹小曹只好跟着李菊花逛街。突然曹小曹的手机响了，接通以后得知是刘建成。"姐说她不做这个手术了。"刘建成说了句胡闹,把电话挂断了。

2

晚上回到家的刘建成,把李菊花说了一顿:"你说你这不是找事吗,医生让手术那是对你负责,你这跑回来算怎么回事? 耽误了算谁的?"

"耽误了? 耽误了算我的呀。以后不是女人了,我可不愿意,我打算保守治疗。"

"保守治疗?"刘建成不继续追问了。

"我跟咱姐联系了,她说以前她有个朋友也长过肌瘤,吃中药就吃好了。我也打算服中药。"

从此,李菊花的厨房就成了中药飘香的地方,每天从爱婴用品店一回家,她就把中药泡上,泡一个小时再煮,沸腾后再煮十五分钟,每天她都是一边做饭一边熬药。只可惜吃了半个月仍不见好,去医院一检查,说是肌瘤没小,反而见长,而且速度还很快。医生开口就建议立刻手术,这让李菊花急了。

"我真的不能再生二胎了?"虽然李菊花未必生二胎,可不能生和不愿生是两个概念,这让她很痛苦。如果摘除子宫,她将不再有那曾经很反感的没完没了的月经。她不能没有这个好朋友,这个时候她想起了人们对月经的称呼,除了"大姨妈",还有"好朋友"。它真的是女性的好朋友,是密友,没有它,女人将不再是女人。可她以前那么烦它。

她没有听医生的话,继续熬着中药汤,捏着鼻子喝。刘建丽说中药来得慢,得多吃几个疗程才行。这话她信,因为不止一个人这样说,中药就是来得慢,但它能根除病灶。如果能把肌瘤化小,直到化没,那多好啊。李菊花盼望着,祈祷着。

"这药天天喝着,有效果没?"刘建成回到家,闻着中药味吸着鼻子问道。

"会有效果的,我再喝几天,再去查。"李菊花没敢把医院检查的结

果说出来，不知道为什么，她特别害怕刘建成知道她的病加重了。好像他一知道，那六个月的协议就会提前结束，她就会提前失去他。

"喝好几天了吧？明天去查查，有效果继续喝，没效果再想别的办法。"

"不用，中药慢，我多喝几天再去查，我店里天天也不能离人。"

"还真想指着你的店挣大钱啊？"

"咋了？别看店小，干好了一天收入也不少。我的价格又不高，那天我在燕莎看到一套婴儿服装，和我卖的是一个牌子，一模一样，颜色都一样，你知道他们卖多少？"

"多少？"刘建成一边洗手一边回头问。

"198。我卖多少？我才卖50。"

"进价呢？"

"30。"

"差这么多呢？那你也标198。"

"我卖给你啊？"李菊花撇了撇嘴。

"那我买也行，就是麻烦了，我还得抓紧生一个。"说到这，刘建成愣了一下，赶紧说，"你吃了吗？"

"还没吃，等你。把你等回来，我也饱了。"

"看见我就饱了？那以后只管看我别吃饭了，还省粮。"刘建成笑，"走走走，吃饭。"

最近李菊花发现刘建成回来得都挺早，有好几次都是在家吃的晚饭。可李菊花还是忽视了这些，她发现自己自从吃上中药以后，月经就没有停下来的意思。直搞得她脸色煞白。心想再这样下去，不流尽了才怪。

晚上睡觉前，刘建成说洗个小澡去。然后就走进了卫生间。李菊花明白他这话的意思，洗小澡就是想要她了。可她不行啊，她这血流不止的怎么要呢？

"你洗吧，我今儿个不洗了？"

"你不洗？你不洗我也不洗了。有情况？"

"天天都有情况。"李菊花赌气地说。

"怎么了，不行明天去医院看看吧，老吃这中药，能行吗？我姐给你介绍的不是庸医吧？"刘建成警觉地说。

"咱姐介绍的还能是庸医？她说别人有治好的，不可能是庸医。"

"还是去医院查查，我跟你去。"

李菊花犹豫了一下："你那么忙。不用。"说到这，李菊花简直要哭了，"老公，要是真治不好，真给摘掉了，我就不是女人了，你就把我离了吧，也不用等六个月了。反正也快了，你不用担心，是我身体的问题，协议作废。东西该咋分咋分，孩子归你归我都行，我们都好商量。"

"你别瞎说了，做了手术也不怕。你还是女人啊，你又没变性。咋看也不是男的。"

"以前都嫌我，以后你更嫌我。"

"不过也是，你要是真摘了，你新老公愿不愿意我就不知道了。他要是想跟你再生一个，难度就大了。反正你自己考虑吧。我跟你生是来不及了，就剩两个多月了。"

李菊花有点恼，不知道刘建成哪句话真哪句话假，于是就哭了起来，越哭越伤心。

"别哭啊，你去做手术吧，我不生了。我不生行了吧。怎么连点笑话都不能提了呢。"刘建成急了。

"新老公要生。"李菊花还来劲了。

"那你就留着，真是不能跟女人对话。"刘建成翻个身背冲李菊花。

李菊花也觉出了自己的任性，这是自己既想又怕的。有的时候，女人的任性其实在男人眼里是一种变相的固执和不讲理。

"我再吃几天药看看吧，也许咱姐介绍的这个医生真能治好我这病呢。"

想不到李菊花发现经血量越来越大，更加无力，第二天她只好给曹小曹打电话，想不到曹小曹工作脱不开身。李菊花又把电话打给刘建丽："姐，我真得去手术了，不行啊，那药对我不起作用。再这么下去，我非得流尽最后一滴血不可。"刘建丽赶紧打车把李菊花送到医院。

手术过后，李菊花哭个不止。刘建丽不解其意："怎么了菊花？手术很疼？"

"不是。"说完还是一个劲地哭。

"不疼你哭啥啊。刚手术完，可别哭坏了身子，这跟坐月子差不多，千万不要伤了身体。快别哭了。"

"姐，建成肯定要跟我离婚的，以前就闹着跟我离，现在我连女人都不是了，他更得和我离了。"

"你净说傻话，不就摘了个子宫吗，他要敢离看我怎么收拾他。"

"姐，你别说他，他要离就离吧，我也不努力了，我都这样了。"李菊花擦干眼泪。

3

遵医嘱要卧床一个月，医生给她开了些补品。子宫再也不用抽疯似的流血了，因为它已经不存在了，可李菊花却一阵阵惆怅。

"爱婴就这样关门歇业？"李菊花愁眉苦脸地对曹小曹说。

"那怎么办，养病要紧，身外之物都不重要，别人也都不重要，只有自己的身体最重要。"

"这个我知道，可是我每天都要交税交房租，一想到这些我就头疼。"

"周六日我去看店，姐你放心好了，要不我就找个服务员？不行，不可靠，别再卷款跑了。要他们留下身份证，倒也不至于。这样吧姐，我打个招聘广告？"

"不好找，时间就在眼前，马上就用人，上哪找去？"

"舅妈，我去给你看店吧，我辞职了。"钱思艾听曹小曹唠叨李菊花的店，自告奋勇打电话过来。

"思艾，你怎么辞职了？"李菊花特别惊讶。

"这个嘛，过段时间你就知道我为什么辞了，现在我还不能透露。虽然我时间也不多，但每天给你看上大半天的店是绰绰有余。"

"那太好了，那我怎么付你工钱？你自己定工资。"李菊花开心极了，多开点工资也没关系，至少每天都能开门，都能营业。如果一个店刚开业就关门，这影响多少生意啊。

"舅妈，咱们是实在亲戚，不用给太多，看咱生意状况吧。"

"生意要是不好呢？"

"不好我就少要点；要是特别好，舅妈，您可亏了，就得多给我工钱了。"钱思艾电话里笑着。

还和往常一样，周六日曹小曹都去爱婴用品店里绣那个清明上河图。自从不再做代驾，她的业余时间更多了，没处打发，就全用来绣十字绣了。

"思艾，你最近没去上课吗？"曹小曹一边绣一边问。

"不去了。"钱思艾打扫着店里的卫生。

"这么说，你找到了？啥时候结？"曹小曹激动地看着钱思艾。

"哪有你这么快，还在考验阶段。"

"真的，那太好了，那你加油啊。"

"加什么油啊，再加上天了，神六神七啊，还要速度。急什么，我要好好享受这份感情，我跟你说过，我宁肯坐在宝马里哭，也不想坐在自行车上笑。这次应该快如愿了。"

"也不能这么说，人生总应该多点笑容。"

"笑？你跟我说实话，你天天笑得起来吗？李磊一天天地不在家，在海上漂，你不仅孤独寂寞，你还得担心他的安危。都说"宁上山勿下海"，我不信你不担心他。"

"担心肯定是有的，但我知道李磊福大命大，再说我和宝宝在家里等他，他当然要平安回来了。我们也想好了，再挣点钱以后就在陆地上发展，他就能天天陪着我了。"曹小曹美美的说。

"看把你美得。有家真的这么好？"钱思艾畅想着，"我和你不一样，我要嫁到国外去。不然，我觉得对不起我交的那些学费。"

"你说你在外企干得好好的，怎么就辞职了？"曹小曹不解。

"我这不是有目标了吗，你都让我加油了，我天天上班哪有时间和他接触？话说回来，你赶紧让李磊不要再出海了，你这结婚跟结婚没啥区别，一天天地独守空房，这哪是嫁人啊。"

"哎呀，磨叽，我都说了，我们以后是要在陆地上厮守的。你倒说说你的他，他是哪的？"

"多伦多。"

"多伦多？加拿大最大的城市？你没说错吧？这么好的地方？你出嫁我要去，我要做娘家人。"

"少不了让你去。你当然是娘家人，李磊可是我舅妈的亲弟弟。"

"嘿嘿，那你得管我叫什么？快叫舅妈。"曹小曹笑着看钱思艾。

"你占我便宜？咱俩先前可是姐儿俩。"钱思艾假装恼怒用拳头敲打着曹小曹。

"你管李磊叫舅舅，不管我叫舅妈？"曹小曹双手护着肚子，生怕被钱思艾碰到。

"好了，舅妈，叫舅妈有没有红包呀？"

"有，等你结婚就有。快结吧，他等的花要谢了。"

"胡说，你看我这朵花像要谢了的模样吗？不过我一定尽快结。"钱思艾把脸伸到曹小曹面前，眼珠叽哩骨碌地转着，做着淘气的模样。

"你不要学我噢。"

"学你什么？"

"学我闪婚啊，当初谁说我不应该闪婚的？"

"这可说不定。你没见我现在都辞职了吗，也许不久的将来我就跟大山去多伦多了。"

"他叫大山？怎么和以前在电视里见到的那个加拿大人一个名字？"

"谁知道，也许他们加国人喜欢大山这个中文名吧。"

"大山，靠山。祝贺你思艾，你终于也要嫁出去了，我们都脱离了剩女的队伍，看来还是要感谢那个找老公培训中心。"

"是啊，要不是他们提倡短平快，我怎么会这么快就遇到大山呢，你也不会这么快就和李磊闪婚吧？"

"是的，那两堂爱情课没白听，改变了我很多想法。"

"我是完全被他们给洗脑了，这一辈子要是不嫁到国外去，心都不甘。"

见有顾客来，两个人中止了谈话，钱思艾介绍着店内的产品。曹小曹又开始绣她的清明上河图，偶尔微笑着摸一下肚子。

钱思艾没能给李菊花看足一个月店铺就走了，离开了中国，去了加国多伦多。

　　李菊花这一个月简直是无聊透顶，她觉得自己如同又坐了一场月子，同样是因为子宫，待遇却不一样。身边不像当年那样躺着个哇哇啼哭的婴儿，当然也没人伺候她坐月子，饭还要自己做，偶尔刘建成晚上回来得早，会给她做碗面。

　　"老公，你做的面真有当年的感觉。"

　　"当年什么感觉？"

　　"当年就这感觉。"

　　"哪种感觉。"

　　"就这种感觉。"

　　"哪种？"

　　"就是一种能吃上老公煮的面的感觉，幸福的感觉。"

　　"吃碗面也堵不住你的嘴。"

　　李菊花真觉得有了当年的感觉。再也没有月经了，再也不用买卫生巾了，李菊花有理由悲哀，可她这个月不想悲哀，出了这个月再说。

4

　　两个星期还没到，李菊花就跑到爱婴用品店卖货去了。钱思艾已经跟着大山去了多伦多。她走之前，和家人朋友聚了聚，吃了个饭喝了场酒，由于身体的原因，李菊花没有到场。事后她只看到了些照片。当时钱思艾也穿了婚纱，尽管国内没有新房，就算有也设在酒店，待两个人离开，去异国他乡以后，酒店这个临时设的新房也是要向别人开放的。

　　刘建成听说李菊花白天去开店了，脸黑了下来："不是说要当月子坐吗？这才几天？"

　　"老公也变得婆婆妈妈了。"

　　"我还不是听姐跟我说的，姐把我训了一顿，说我不懂得疼你。你让我咋疼？"

　　李菊花当然不知道，大姑姐刘建丽从来没有当着李菊花的面贬损过自己的弟弟。她懂得男人更要面子，可当她知道自己的弟弟要离婚后，急得火

上房。她给刘建成打过不止一次电话，三番五次地叮嘱，让他好好过日子，别好日子不当好日子过，家和万事兴，刚挣点钱就想换老婆？刘建成一再阐明自己不是想换老婆。可刘建丽不管，不换老婆是吧，不换老婆你离什么婚，你要打光棍？她非说刘建成又找了个小三，说没有小三就不可能张罗离婚。离婚是什么光彩的事儿吗？面对姐姐一番训导，刘建成本来就有点悔意的心就更加后悔了，可六个月马上就到了，自己是离还是不离呢？不离，当初大话已经说了；离吧，姐姐说的也不无道理。再加上接触姚建华以后，他似乎参透了什么，可自己又说不清。

"你能给我煮面，我觉得就挺疼的了。"李菊花说的不假，"我们刚开始没有钱，不是总吃面吗。我找到当初的感觉了。"

"看来我们得经常忆苦思甜啊。"

"差不多，这样容易找到以前的感觉。那个时候，我可没现在温柔吧，你也能接受。可几个月前你偏偏又说讨厌我这样的不温柔。"

"正常，审美疲劳。"

"还疲劳吗？"

"还有点疲劳。白天跑工地累了，新来的业务员手里有个活，谈了半截拿不下来了，是我跑去谈下来的。这一天累得，能不疲劳吗。"

"别转移话题。你不说审美疲劳吗？我现在子宫也没了，你更有理由跟我离了。其实你现在跟我离，我一点怨言都没有，我是真不能再给你生孩子了。你现在跟我离，那6个月的协议就作废。"

"咱能不能不磨叽这点事？我说了，你要生你就给新老公生去，我不生了，我生也不要你生。"

李菊花又来气了："你还是想生吧？你想生你就找别人生。"可这话她没说出来，她知道刘建成是煮熟的鸭子，嘴巴还死硬死硬的。她虽然心里气，可她嘴上还是放缓节奏，慢悠悠地说："我和你这6个月协议内，我只想把我们的婚姻经营得稳定点，绝没有一丝想找新老公的想法。你知道，我不想离开你。从当初和你结婚起，我绝没想过有一天会离开你。"这话说得有点悲壮。

"早点休息吧，这一天累得。"

"建成，你要真的想生二胎，我真的给你让地方。"李菊花真诚地说，"我知道我再也没这能力了。

刘建成忽然没有了主张，现在看来，两个人6个月的协议还有一大截的时间，可李菊花就要退出了。自己是进好还是退好，刘建成确实没有了主意。

和姚建华喝酒，刘建成忍不住就把自己惆怅的心思说了出来，姚建华一听乐了："兄弟，你可真够逗的，以前想离，现在不想离了？说个理由。"

"老婆变得温柔了，懂事了，你说她温柔懂事了，我还舍得离吗？以前她动不动就大吼大叫，对我吆三喝四的，我受不了这样的女人，难道你受得了？"

"我也受不了。她是为了你改变的吗？"

"她是为了这6个月的协议改变的，当初她就说，她一定会让我改变初衷，她说6个月过去了我如果还想离，她痛痛快快地离。"

"到6个月了？"

"没有，还有一大截呢。"

"你啊，还公司老总呢，自己的老婆都对付不了。"

"别说我了，你会对付你老婆还走？"

"你能不能不揭别人的伤疤？你揭吧，你揭我还不帮你了，真是的。"

"好好，我不揭了不揭了，快帮我出出主意。"

"我跟你说说我吧，那个小三回来找我，非让我娶她。"

"找你了？"刘建成脑子里一下闪过曹小曹。

"找我了，可我对她根本没有兴趣，玩玩行，我不能娶她，她做妻子不合格。"

"你这种人，人家不合格，你招人家？得了，我自己的事还是我自己解决吧，谅你也出不了什么好主意。"

"这你就不对了，老婆是用来疼的，是守家的。情人是什么？情人就是你给她大把砸钱，她才肯对你微笑的。等你没钱了，她们就作鸟兽散了，老婆不一样，你就是病了残了，她也会对你不离不弃。明白了吗？"

"没明白。"刘建成眨着无辜的眼睛。

"真是够笨，还公司老总呢，回去好好想想我说的话，这都是经验啊。"

"这个小三，你彻底打发她了？她死心了？"

"死心了，我跟她说我所有家产全给前妻了，公司还有前妻大半的股份，我还欠着银行大笔贷款，她一听就撤了。"

"建华，我明白了，我终于明白你刚才说的话的意思了。听君一席话，胜读十年书啊。"

5

李菊花自从做了摘除子宫的手术，再加上刘建成说还想要二胎，她的心就彻底凉了，算了，离就离吧。还没到 6 个月，可她忽然就不想坚持了，只是苦了自己的女儿花香。以后亲爹亲妈不能同时守在她身边，她会不会很难过？

李菊花周末买了些吃的去看女儿花香。如果刘建成不在身边，女儿花香就会搂着李菊花的胳膊，一旦刘建成在身边，女儿的热情就转移到刘建成身上去了。父女俩亲热得让李菊花眼热。

李菊花是中午去看的女儿，时间非常紧张，女儿和她只打了个照面，说了几句话就去食堂吃饭了，吃完饭回宿舍，12 点半统一睡觉。一想到如果自己提出离婚，女儿将永远在刘建成身边，一想到这她心就灰了。

谁先退出，这孩子就不归谁。这是当初李菊花想的点子，为的是控制刘建成，一旦刘建成 6 个月内执意离婚，那只有他净身出户了，孩子房子他一样也捞不着。

"既然你还想要和别的女人生二胎，那咱离吧。女儿花香归我，这套房子归你，后买那套房归我。"李菊花晚饭后心平气和地和刘建成说，她本来还想和刘建成说说中午见到女儿的事，可是不知道为什么，她提不起兴趣。这是一个不爱老婆和女儿的人，他如果爱，怎么可能提离婚呢？李菊花的心本来软了几个月，现在忽然因为自己生病变得又硬了。

"急啥啊，六个月不是还有段日子吗？"

"早晚都得走这一步，早几天就早几天吧。也为了让你早点抱上二胎，我也别耽误你了。"李菊花说得很诚恳。

"男人不急。我不急，50我都能生出来。"

"恭喜你，你七八十都能生才好。"李菊花恶狠狠地说。

刘建成一下子呆住了，他的本意不是这样的，可是他说出来的话足以伤透人心。"快别闹了，刚手术完好好在家休息，你说一天天地往店里跑累不累？"

"不累，我中午还去看闺女了。"李菊花终于开始汇报了，"闺女说她想她爹了。"

"我就说嘛，我这么想闺女，她哪能不想我？你没告诉她我也想她？"

"我没说，我差点说你提出离婚，不要她了。"

"你可别说的这么邪乎，我可没说不要她。就是离了，她永远都是我女儿。"

"离了还是你女儿？不是缺爹就是少妈，又不能在一起生活，还说永远是你女儿，你想啥呢？"

"快别胡思乱想了，好好静养几天，店里就先别去了。"

"思艾这丫头嫁到国外去了，没人给我看店了，我不去，难道你给我看着？"李菊花又恢复了以前说话的硬气劲，反正离都要离了，她也不在乎了。

"我看就我看，明天我要没时间我就找人给你看店，反正你别去了。就这么说定了。"

既然这样，李菊花乐得清闲。手术以后，身体还真是有些虚，动不动就一身汗。本来天就有点热，刘建成不敢开空调，看他热得难受，李菊花就说："老公你开空调吧，我上闺女屋里睡去。"

"不开了，闺女在学校都没有空调呢，我没这么奢侈。再说你虚成这样也不能开，凭什么我一个人享受。"

"你是正常人啊，我现在不是正常人，我想享受也享受不了呢。你开吧。"刘建成胖，一热就呼呼出汗。

李菊花去了刘花香的房间。别看刘花香才十几岁，可她特别羡慕父母的大床，总缠着李菊花想睡大床，这不，刘建成就给她买了张大床。房子

是南北通透的，刘花香的房间又靠北侧，所以屋里也不怎么热。可李菊花还是觉得热，又不能开窗通风，又不能开空调，这把她折磨得不轻。好不容易才睡着，就听到门轻轻地打开了，有蹑手蹑脚的声音传过来，李菊花睁开双眼，月光下，是刘建成走了进来。

刘建成躺在了李菊花身边。李菊花心里一软，但她装作睡着了，没吭声。刘建成从身后抱住李菊花，李菊花的小心脏被撩拨得砰砰跳起来，有一种欲望正呼之欲出。她转过身，正面搂住刘建成。

"没睡啊？我还以为你睡了。"刘建成轻声说。

"睡了也被你搂醒了。这屋没开空调，你来干什么。"

"我那屋开空调冷了，睡到半夜打哆嗦，跑你这来取个暖。"刘建成说得轻描淡写。

李菊花直撇嘴，搞了半天不是想她了，而是被冻醒了找温暖来了。于是，手下搂抱的力度就轻了很多，但转瞬一想，他即使真的被冻醒了，也不必非跨过客厅跑到北屋来跟她取暖，又不是没有空调被。他多半是对她忽然产生了恋爱的情愫。也许她同意了离婚，他忽然就很想珍惜她了也说不定。李菊花认定，刘建成开始舍不得她了。这让她心里既高兴又悲哀，要是子宫没有被摘除多好啊，刘建成那么喜欢孩子，她完全可以再给他生个二胎。可现在仿佛是她逼着他找别人去生二胎，不管真假，反正刘建成嘴上也是这么说的。一想到这里，李菊花干脆不搂了。

"咋了？搂着好好的不搂了？"刘建成拉过李菊花的胳膊搭在自己的腰上，可那胳膊无力地搭着，就跟断了一样。"搂着啊，别耽误我取暖。"

李菊花鼻子一酸，想着如果两个人真的离婚了，就再也没有机会这样近距离相处了，一切就跟梦一样。"你应该找给你生二胎的取暖去。"李菊花狠狠地说。

"别任性了，你现在病着，老提这个做什么？好好养病，以后我和闺女还指着你给我们做饭呢。"

"我又不是你们的保姆。"李菊花鼻塞了一样。

"你冷？盖上点肚子。"刘建成拽过毛巾被搭在李菊花肚子上，"刚做完手术的肚子不能凉着。"

刘建成这样，李菊花还一时有点接受不了，那只被他拉过去搭在他腰上的手臂开始活了，有力地搂着刘建成。她想要，她忽然很想要她的男人蹂躏她，把她揉碎。

"快别闹，刚手术完不能。过些天，啊。"

第二天一大早，刘建成做的早餐，李菊花吃过早餐，背着包准备出门，刘建成拦住她："不能出去，在家养病，医生让你休多少天就休多少天。今天我派人去守店。不都是明码标价吗，放心，我派的女孩绝对聪明，肯定给你看好店。"

"行吗？"李菊花抱着怀疑的态度看着刘建成。

"要充分相信你老公。"

李菊花这是多少年没听刘建成主动说他是她老公了，心下一哽。

6

周六日，只要曹小曹没什么事，还照样去李菊花的店里看店。曹小曹怀孕以后，还不怎么显怀，同事没谁能看出她怀孕；坐地铁挤公交车，别人也看不出她怀孕，鲜有让座的。导致她每次站得很累，于是干脆出去都开车。李磊的车砸坏以后修好了，看不出一点当初的痕迹。

曹小曹的清明上河图依然在业余时间绣着，在爱婴店里，曹小曹早给自己还未出生的孩子选了好多衣服，甚至将来孩子吃哪种奶粉她都琢磨了很久，还上网查看到底哪一种口碑最好。清明上河图绣得很慢，毕竟她每天要去上班。业余时间她又开始做代驾了，李磊不在家，做代驾其实就是开着车出去玩，她这样认为。但她一直没有跟李磊说，也没跟李菊花说。她觉得要是说出去，他们肯定又都挡着她了，觉得她怀孕了，是重点保护对象，不能总开着车到处跑，何况拉的差不多个个都是酒鬼。

躲在家里，她觉得自己了无生气，只有出去了，她才活泛起来。

这一天姚建华又在外面喝酒了，酒店提供代驾服务，但是姚建华偏给曹小曹打了电话。曹小曹刚好吃过晚饭，便乐颠颠地往外跑去。姚建华虽然没有醉到一塌糊涂，但也是东倒西歪了。曹小曹就笑着说："姚总，我

这白天给您打工，业余时间还给您开车当司机，您是不是工资底薪得给我涨点？"

"拉倒吧，你上个月刚涨的工资，你还让我涨？要我老命啊你。你这不是搞创收吗，你还想挣多少？我要是让酒店给我提供代驾，还轮不着你呢。"姚建华可不听她这一套。

"吝啬鬼。对员工一点都不大方。您找我做代驾多安全啊，这要是陌生人，把您拉跑了你都不知道。"

"谁稀罕要我啊，卖也不值钱。要是你曹小曹能把我卖了，你就卖，看我帮你数钱。你狮子大开口，价码要得高点，不然你亏了。"姚建华歪在后座位上，困得抬不起头了。

没多大会儿工夫，曹小曹就只顾一个人说了，姚建华竟然睡着了，还发出了鼾声，曹小曹无奈地摇了摇头。

到了姚建华家楼下，曹小曹喊了半天姚建华也不起来，翻个身继续睡。

"姚总，到家了，上楼睡吧。姚总。"

"别吵，我睡会儿。"姚建华没有起来的意思，看来酒劲上来了。

这么干耗着不行啊，曹小曹还得回自己家呢，再熬下去，她可受不了，索性连拖带拽地把姚建华弄醒搀出车子。好在他住的是高层，有电梯，不然怎么把他弄上去，对于曹小曹这小身板来说，绝对是道难题。

姚建华一进小区大门，就被风吹醒了，他对曹小曹说："好了，我到家了，你快回去吧。谢谢你啊。"

曹小曹不放心，坚持要把他送到家："走吧，都到家门口了，您也不邀请我上去喝杯水。"

一听这话，姚建华就不好拒绝了。倒霉催的是，住在21层的姚建华将面临新的挑战：电梯坏了。一共两部电梯，你要坏一部也好说，两部都坏了。这下可难住姚建华了："爬楼梯我可不干，去物业问问。"他走路都不稳呢，怎么去物业？曹小曹想到这安顿他在门口坐好，一个人跑到物业去，物业只有一个看门老头，告诉她说电梯坏了几个小时了，正在修，什么时候修好可说不准。

爬吧。曹小曹对姚建华说爬楼，可把姚建华愁坏了："不行，我爬不动。"

"咱这样行不，爬三五层就歇一回。你以前没住过三五层的房子？就是，我们都住过。歇几次就到了。"曹小曹实在不想把姚建华一个人扔在楼下，她觉得她前脚走，后脚姚建华就得躺石凳上睡大觉。倒没人劫他色，可他在外面睡一宿，凳子和地上都那么凉，指不定会睡出毛病来。

坐在石凳上确实也不舒服，一想到回到家里就有软床睡，姚建华答应了曹小曹。曹小曹挽着姚建华一点点往楼上爬。喝酒加上年龄的原因，姚建华走得直喘，曹小曹由于挽着姚建华走，觉得更累。两个人走个一两层就得歇一歇。才走到15层，姚建华一屁股就坐在地上，说啥也不走了。曹小曹好说歹说才劝他继续前行："您坚持会儿吧，也不怕我把您这形象拍出来放微博上，真那样，您可真成名人了。"

"别别。别一天总想着微博，吃个饭上个厕所恨不得都拍了照片发上去，有意思吗？你们这些80后啊，和我们的代沟太深，这辈子都跃不过去了。"

"您跃过来干嘛？老老实实在你们阵地待着吧，难不成你真想娶个80后？我可听咱们公司有人说了，说有个漂亮妞找过您。"

"哪天？哪天找我？我怎么不知道。"

"就前几天啊，穿着绿裙子，烫着卷发的那个。"

"噢她啊，就是她把我老婆给整跑了。我现在恨她还来不及，还敢娶她？拉倒吧，饶了我吧。"

"她要再来找您，我才不信您不接受她。您的员工，我们可都觉得她有戏呢。"

"那是你们不懂我们是怎么回事。不行不行，别提她，提她火大上不去楼了。他奶奶的，20多层，没电梯叫我怎么活？"说完继续往上爬，"不能再说话了，保持体力。"

"别说的跟二万五千里长征似的。"其实曹小曹也累得呼哧带喘了。

两个人暂时静默下来，只有沉重的爬楼梯的脚步声，一点点地往上挪着。

"老板，这代驾是不是得加钱啊？这比干苦力还累啊。"曹小曹站下直喘，看看楼层号码19层，"终于见亮了。"

刚说完，曹小曹就发现楼道的灯也不亮了，再怎么跺脚，那感应灯也

不亮了。

"物业真遭天谴，这电梯坏了，又停电，要不要人活了？"

"怎么又停电了？"曹小曹也很郁闷，掏出手机，打开手电筒功能。"兴许是为了修电梯才断的电吧，也许过一会儿电梯就修好了。真要是一进屋电就来了，得气死我。"

"你啊，你就惦记送我上楼，这真要不来电，你怎么办？"

曹小曹这时才愣住了，真要是不来电，自己怎么下来？"那我也不能不送你啊，赶紧给物业打电话吧，让他们快点修，不然我可惨了。"

"我家房间多，不行就住下呗。"

"那可不行，我老公要是打电话回家，家里没人，他不急死。"

终于爬到 21 层，两个人都累得散了架子，尤其姚建华，经过这么一通折腾，酒劲儿似乎散了不少，精神了些。停电，进屋里也一样黑，在进屋之前，也就是说在两部麻木没知觉的电梯前，姚建华给物业打了电话，命令他们尽快修好。物业说工人正在抢修。

姚建华打开屋门，曹小曹忘记他家门口有几级台阶，在进屋的瞬间叽哩骨碌摔到玄关处，脚脖子生疼不说，还觉得有什么东西热哄哄地从下体流出。掏出手机，她看到有血从短裙处流出。

"我流产了。"曹小曹带着哭腔说。

姚建华赶紧拨打 120，一想到电梯坏着，担心没人背曹小曹下楼，就自己现在这腿脚不利索劲，也难把曹小曹弄到地面上去，情急之下他给刘建成打了电话。刘建成答应很快就到。

7

刘建成赶到的时候，电梯已经修好了，120 竟然在他之后才到。电来了，一片光明，电梯能运行了，可曹小曹担心刚修好的电梯会在运行当中坏掉，比如下坠之类的。看过太多有关电梯的负面新闻，她虽然流着血，可她还是不敢坐电梯，生怕下坠身亡。

"兄弟，怎么回事？"刘建成眼神犀利地盯着姚建华，"吭"给了对方一拳，姚建华的鼻子被打出了血，他的酒彻底醒了。

"我家门口有台阶，屋里黑又没有电，小曹不小心跌倒了，就这。"姚建华抹了下鼻子上的血说，"不对啊，你打我干嘛，她跟你啥关系？"

"这是我弟媳妇，我弟媳妇你也敢碰？找死。"刘建成压低声音说。

"这就不对了，曹小曹这你就不对了，你也没跟我说过你跟刘总的关系啊。你是他弟媳妇，你跑来跑去送创意，你也没跟我提啊。"

"她是我小舅子媳妇，她是我老婆亲弟弟的媳妇，你说是不是我弟媳妇？"刘建成极为不满。

"姐夫，你怎么来了？"曹小曹并不知道刚才姚建华的电话是打给刘建成。

"他不打电话我怎么能来？这深更半夜的，你跑这来干什么？"刘建成说完就想抽自己，这不是明知故问吗，他觉得眼前这两个人一定是不清不白的。一个是老总，一个是小秘，傻子都知道他们的关系肯定是暧昧不明的。

"我代驾啊我。"曹小曹虚弱地说。

"李磊不是不让你代驾吗？他挣的钱还不够你花？你白天给姚建华打工，晚上还给他打？"刘建成刚说完，姚建华就给了他一个嘴巴。

"刘建成，你在这胡说什么。我和小曹清清白白的没你想的那么龌龊。"

"他是我小舅子媳妇，我没理由管他们吗？你够狠，深更半夜让个小女子给你代驾。你就不能不喝，喝了不能找男人代驾？"刘建成真生气了。

"我又没做什么错事。是，我不喝醉，小曹不送我，不进我家门，不摔这个跟头也就没事了。说来说去，还是怪我。"姚建华悲伤不已。

"你说，她是不是你说的那个小三。"刘建成压低声音说。

"胡扯！不说了，你再怪我，现在也得去医院吧？120也来了，你在这磨叽个啥？"姚建华推开刘建成，抱着曹小曹就往外走。刘建成这才反应过来得去医院。

曹小曹住院治疗。第二天一大早李菊花就带着熬好的小米粥和鸡汤去了医院。李菊花一进屋，还不待开口，曹小曹就带着哭腔说："姐，都怪

我，我要是不爬 20 多层楼梯可能也没事。"

"唉，你说我咋说你好呢。李磊交代过我，让我好好照顾你，那意思就是不让你去做代驾。那代驾有啥好的？基本都不是白天的活儿，都深更半夜地送些酒鬼，你说你这图什么呢。"

"姐，李磊不在家，我一个人没有意思。"

"你不绣十字绣呢吗？"

"我也不能总绣啊，我也得换换脑筋吧。姐你也知道，自从嫁给李磊，有车以后，我就迷上开车了。"

"自己家也不是没有车，白天没事就开着玩去呗，何必非干这营生。大半夜的也不安全啊，遇上坏人可怎么办呢。"

"开自己家车出去玩是行，可那费油啊。代驾就不一样了，开着别人的车，还收着钱，多好的事啊。"

"可你给谁代驾不好，怎么总给你们老总代驾呢。"李菊花话里话外开始对曹小曹有点不信任。

"姐，你不会怀疑我和我们老总有什么不正当关系吧？姐，你放一百个心，我不是那种人。我们真的什么也没有，我就跟他提过，我说他陪客户喝酒找代驾不如找自己家人。"

李菊花一听自己家人，不满地看了对方一眼："小曹，咱家不缺这点钱。以后不能再干了，今天是流产，那明天呢？你遇到的不是姚总，是别人呢，是居心不良的人呢？你没见出租车司机被劫车的？我不说你也懂，安全最重要啊。"

"姐，可我一个人真没意思啊。"曹小曹要哭了。

"当初嫁李磊的时候，你就该考虑到要有大部分时间独守空房。你不知道，我还羡慕你呢，刘建成一天到晚在我眼前晃，没有一点新鲜感，想吵架都没有精神头儿。"

"宝宝没了。"曹小曹眼泪滚了出来。

"好了，别哭了，小月子也要当大月子养，等出了院我去照顾你。你还年轻，有的是机会再怀。不像我，想要都生不了喽。"一想到自己李菊花不免神伤。

"姐，你的身体现在也虚弱着呢，不要再往医院跑了，等出院的时候我打个车就回去了。"

"那不行，李磊不在家，再说李磊跟我交代过要我关照你，这个时候你最需要照顾了，我不管你谁管你。"

"可姐你也刚做完手术，不能累着，把你累着，我这不是犯罪吗。我没法儿和李磊交待啊。"曹小曹还没有从失去孩子的悲痛中走出来。

"再听姐一句劝，不要太伤心了，孩子早晚还会有的，不要把身体搞垮了。听我的，放轻松点，别想那么多。"

由于身体不是太舒服，李菊花给曹小曹找了个护工，自己早早回了家。刘建成也在家，这让李菊花有点吃惊："今天怎么没去公司呢？"

"胃有点不舒服，就没去。"刘建成说完又歪倒在沙发上。

一向刚强很少得病的刘建成，竟然也有病倒的时候，李菊花刚才的不适没有了，赶紧给刘建成倒了杯开水，里面洒了点盐："喝了吧，对胃好。怎么好端端地胃不舒服了。"

"不晓得，谁知道呢。人不可能一辈子不得病吧，胃病是常见病，没啥。倒是你，身体没恢复，怎么就到处乱走。"刘建成责怪李菊花。

"我去看看曹小曹。唉，真是的。孩子没了，李磊不知道得多伤心。再说，小曹身边也没有个人照顾她，父母离得远，我又顾不上。"

刘建成开口想说什么，终于闭上嘴没吭声。

刘建成躺了一会儿说去公司，其实他没去公司，而是打电话把姚建华约了出来，两个人在后海的一个小酒吧见了面。一见到姚建华，刘建成上去就是一拳。姚建华躲闪不及，嘴角出了血。

不等姚建华开口，刘建成说："这是替我小舅子那个未出世的孩子打的。"

姚建华理亏，不吭声。刘建成又冲姚建华胸口打了一拳："你再色，你也不能色我的亲戚啊。你难道不晓得曹小曹是我的弟妹？兔子还不吃窝边草呢。"

"不是你想的这样。"姚建华擦着嘴角的血。

"那你的意思是你们在他和李磊结婚之前就搞在一起了？她是你那个

小三？可人家都结婚了，你就放过人家吧，怎么还纠缠不放？你性虐她了才导致流产的？我打你没打错，我是在为我小舅子伸张正义。"

姚建华一拳打到刘建成鼻梁上："我告诉你，刘建成。我和曹小曹只是公司领导和职员的关系，昨天晚上是醉客和代驾的关系，此外我们之间什么都没有，你硬要往我们身上安，我也没办法。只能说明你这个臭老爷们儿和娘们儿一样也爱八卦。"

"她不是那个小三？"

"我再说一遍，不是。"

第九章：失婚

1

曹小曹在家休息，没事就上个网，她发现邮箱里有几张钱思艾在多伦多拍的照片，那阳光看着真是耀眼。曹小曹都有点羡慕了，但无论怎么羡慕，曹小曹也不在钱思艾身上停留。她宁肯花时间到老公李磊的空间里看看他拍的海上日初和异国他乡风情照。

关了电脑，想李磊，也想钱思艾，想钱思艾程度也不弱。她心想这女子嫁到国外，果真好不风光，那穿着婚纱的照片，好不亮丽。如果不是为了在国内照顾父母方便，自己是不是也会考虑嫁到国外去？极有可能，她想，不然为什么上那种找老公培训课，还不是主讲老师有嫁到国外的先例。

当李菊花对自己的这份婚姻不存什么信心的时候，刘建成天天喊胃疼，这让李菊花不禁警惕起来："胃疼一次两次没事，这怎么天天疼呢？"

"天知道，又不是我喜欢让它疼，它疼我有什么办法。"刘建成胃一疼就窝在沙发上，用垫子捂着胃部，还能看看电视，所以这个领地暂时就在他胃难受的时候被占领了。

李菊花到处翻找，时不时从电视前面走过，刘建成就说她一遍遍地走来走去，影响他看电视了。李菊花就说热水袋哪里去了。刘建成就说大热天的你找热水袋干什么。李菊花就说你不要管，你告诉我在哪就行。刘建成说我哪知道。

终于功夫不负有心人，李菊花找到了热水袋，她赶紧去烧了壶开水。把开水灌到热水袋里，又包了一个厚毛巾，这才抱到刘建成眼前："躺好，平躺着。"刘建成听话地平躺着，李菊花把包好的热水袋放到刘建成的肚子上："暖暖胃兴许会好。别忘了一会儿把药吃了。双管齐下，肯定好得快。你不去公司，那公司还不成了一盘散沙了。"

"那是，我不去公司，光电话遥控指挥也不行，有些东西得我亲自签字才行。"

"要不我替你去签吧。"李菊花龇牙笑着。

"不是不行。可你现在身体也没完全复原，我也不忍心。"

"是怕我签了他们不认吧。"

"怎么能不认呢，他们敢不认。怎么说你都是老板娘，不认才怪，不认他们这是想下岗啊。"刘建成挤着笑说。

李菊花心里美滋滋的："好好在家养病，要不我真替你去公司算了。"

"不行。"刘建成一下子跳起来，瞬间觉得不对劲，赶紧又卧回沙发。

"怎么？至于吓成这样吗？咱不是一家人？我看你这胃也不疼吧。"

"间歇性，间歇性的。我是不放心你的身体，你这还没休几天，身体虚弱，哪能让你去插手。我用暖水袋暖一会儿兴许能好。好了我就去公司，你歇着吧。你的身体也要紧。"

"算了，你不让我去公司，我还是去我的店里看看，不放心。"

"有什么不放心的，我刚才接到小崔电话了，说还真有人去买东西。你就放心在家养身体吧。"

"那好吧，你也放心养身体，多喝点热水，一会儿我再给你弄点盐水喝。"

刘建成休息一阵说好些了，要回公司上班去，回到公司处理完一些事务后，他接到姚建华电话，说办事路过公司，看刘总是否有时间见上一面。刘建成答应对方在对面的茶楼见面。

"刘总，和你一日不见如隔三秋啊。"

"说话没水平。"

"我说的是真的，这几天我一直在核计一个问题。"

"什么？"

"你说你和李菊花都要离了，怎么小舅子的事、小舅子媳妇的事你还插手？"

"我插手不对吗？人家为兄弟还两肋插刀呢，何况那是我弟媳妇，我能容忍你欺负她？你欺负她，就相当于欺负我。"

"我们俩真没啥事，就是真有，和你也没多大关系。你说你小舅子和小舅子媳妇，哪一个和你有血缘关系，再说李菊花都要成你前妻了。"

"我是提过，要是我不把她变成前妻呢？"

"怎么，开窍了？不离了？不离就对了。"姚建华似乎这才放下心来。

"是你教我的，我现在天天闹胃疼呢，哪天我就直接告诉她我胃癌了。"

"你可别说我教你的，我没这么教你。"姚建华想撇清。

"你撇不清了，你那天告诉我的，我觉得这也是一招。我将来把这大病一公布，估计李菊花可能真吓一跳，真舍不得和我离了。唉，现在不是我要离，是她要离了。"

"女人也是一时一个变化。"

"她做了子宫摘除术，我嘴硬，总喊着要二胎，她就觉得没法和我过了。"

"你没病吧你？你这不是刺激她吗？"

"以后我再也不说了。"刘建成觉得自己像犯了天大的错误一样。

"听说有个找老公培训中心，我一直好奇想去看看。我还真不明白了，找老公也能培训？那我想问问主办人，找老婆要不要培训？"

"这种地方你也信？我老婆也去了，最近身体不好在家休息没去。"

"她去这种地方？她，她是打算找老公？"姚建华眼睛瞪得溜圆。

"就是啊，我也问她，这是在为自己找新老公创造机会呢吧。她说她是为了维护经营好这份婚姻才去的。搞不懂这些女人，真是一个个都疯了。你不了解她，原本她是坚决不离婚的。现在，唉，变了。"

"是上这个课上的吧？估计人家给她灌输了新思想，她才变了。"

"不是，我怀疑是她做了子宫摘除术以后变的，是我嘴硬，她诱导我说生二胎，我就说我想生二胎啊，要找别人生二胎这样的话。"

"挺精明的人，现在咋变成这样了？"

"说生就生啊？我不就说说嘛，不就痛快痛快嘴吗。"

"也是，你爱说就说吧，反正当初要离婚的是你，这下还不是成全你了。"

"你说的对，是我要离。"刘建成说这话的时候显然没有底气。

"别硬撑着了，不想离就好好过，好好哄哄老婆，老婆是用来哄的。"

眼下刘建成是觉得自已下不来台了，就算不想离，可话在几个月前已经说了出去，泼出去的水难收回啊。刘建成一阵颓废。两个人由茶楼又转到小酒馆，打算喝点小酒，排解一下心里的郁闷。姚建华最近活得还算开心，周末和离婚俱乐部的男人们打成一片，游北京市郊山山水水，照片没少拍，爬山的装备也没少买。

"你们下次再去爬山，也带上我吧。"

"不带。不是我不带，是我们俱乐部都是一群光棍男，你跟着凑热闹大家不会接受的。"

"要求真多。"

"谁有家有婚姻，跟一帮老光棍们出去玩啊？如果有家了，也可以去游山玩水，也可以做驴友，那估计就男男女女都有了。我们现在是一群和尚，清一色不婚男子，不能带你们世俗中人。"姚建华喝了一口酒。

"你不结婚了？"

"难结。没有合适的，心里也没太多想法，累了。"

"累才该找个女人的肩膀靠一靠呢。"

"靠。她们靠我们吧，难道还我们靠她们？"

"现在男人不是一整片天了，女人也是大半边天，她们都是职业女性，我们还不得靠一靠她们？连我们家菊花都辞职又开了店，原先我还以为她要破罐子破摔呢，哪想到现在她的爱婴妇幼用品店开得有滋有味。"

"姐夫，姚总？你们也在？"曹小曹走到他们身边说。

曹小曹的身边是无精打采的钱思艾。

2

"不行，我胃疼，我得走了。"刘建成一看曹小曹和钱思艾来了，哈下腰。

"刚才还喝得好好的。"姚建华从刘建成眼里看出了什么，赶紧说，"那不喝了，改喝水。"

"不喝了，胃不行。我得回去了，公司还有点事要处理呢。再说我跟菊花说晚饭我做。"

"模范丈夫啊。"姚建华笑，一边笑一边邀请钱思艾和曹小曹坐。

"哎，思艾，你什么时候回国的？"先前刘建成是担心李菊花从曹小曹或者钱思艾嘴里得知他在喝酒，揭穿他每天胃疼的假象，这时才反应过来，钱思艾不是早嫁到多伦多去了吗。

"我离了。"钱思艾说完推了一下曹小曹，"走，去里边喝。我喝不过我舅。"

"别，你可别跟你舅妈说我在这喝酒。"刘建成赶紧跟钱思艾说。

"舅你戒酒了？放心我不说，你继续喝吧。我们女士到里面喝去，就不打扰你们了。"钱思艾拉着曹小曹往里边走。

"散了散了，建华，你陪她们喝，我先走一步。"刘建成说完抬腿就往外面走。

"我去俱乐部，散吧散吧。你们女士喝酒，我们大老爷们就不凑热闹了。小曹，喝醉了找代驾，找我。"姚建华说。

"姚总，拉倒吧，您刚喝了，脸都喝红了，我还敢让您开车？"曹小曹直摇头。

"你找我，我再派别人。"说完姚建华和刘建成离去。

临出去之前，刘建成还嘱咐曹小曹和钱思艾，不要她们把他喝酒的事情讲给李菊花听。

"现在的男人，都完了，当着老婆一套，背着老婆又一套。要不是我们遇上他们，你说他们还不得喝个酩酊大醉？喝完了还有什么活动，谁知道？"

钱思艾摇着头。

"你不了解姐和姐夫之间的事儿。"曹小曹说。

"能有什么原因？还不是舅妈怕舅舅在外面喝多了误事。男人喝多了就是误事。大山这个王八蛋，不喝酒的时候就是个好人，跟我一起拍婚纱，陪我游玩；喝了酒就不是他了，整个就是个混蛋王八蛋。"

"再怎么混蛋也不至于离婚吧？你说你嫁到国外容易吗，这么跋山涉水的。"曹小曹捧着菜谱说。

服务员去下菜单了，两个人继续聊。"涉外婚姻是很麻烦，要是离的近我早回家了。你看大山外表光鲜，内里却糟糕透顶。对女人实施家暴的男人，就该判极刑。"一说到这里，钱思艾满脸怨愁。

"我看大山挺好的，他给我留下的印象真的很好，谁能想到他会这样对你。还是时间短，了解得不够多。"

"现在我竟然羡慕起你和李磊的婚姻来。两个人不常见面，见一面待不了几天他又回海上，你说你多自在啊，如同单身一样。"

"看你怎么想了。我已经结婚了，还如同单身一样过着一个人的生活，你觉得我幸福吗？"曹小曹叹了口气，"家家都有本难念的经，我一个人的日子也不好过。"

"那也强过我和大山。"

"自己选择的路，就得坚定地走下去。你看我，一天除了上班，回家就绣十字绣，再不就是做代驾，生活丰富起来也就不枯燥了，想他的时候也就少了。"

"我们除了做爱的时候不打，只要离开床就打。小打小闹也就罢了，可他喝酒以后真动手，你不知道我身上有多少暗伤。"钱思艾说到这里眼泪掉了出来，"多伦多是我的伤心地，我这辈子是再也不会去了。"

"你们婚是怎么离的？"曹小曹小心地询问。

"我没有办法，只好去找大使馆求助。小曹，我真不想再提那段日子了，简直生活在地狱甚至比地狱还凄惨。东西方文化差异太大，你老老实实嫁给中国人就对了。"

"好，我们换个话题，说点高兴的。"

曹小曹在回家的公交车上，接到李菊花的电话。她立刻赶到爱婴店，急火火地问"姐，你怎么了？"

"小曹，没什么，就是感觉肚子难受，直不起腰。"李菊花疼得满脸是汗。

"那赶紧去医院啊，是不是手术以后没休息好？"

"可能是抻着了。你开车了吗？你送我回家吧。"李菊花说。

"我没开车，喝酒去了。"曹小曹刚想说刘建成也去喝酒了，但话到嘴边赶紧咽了回去，"姐，我打车送你回去，要不咱们就去医院吧。"

"不用，送我回家就行。我以为你上班呢，正好回来路过。早知道你绕这么远过来我就不给你打电话了。"两人坐上出租车以后，李菊花说。

"姐，咱俩还谁跟谁啊。回家好好休息，注意保暖。"

"小曹，李磊不在家，可苦了你了。"

"姐你说哪里话呢，当初嫁给他我就知道有这一天，我等他。"

"等他从海上回来，钱挣差不多了，你就别让他回海上了，在陆地上找个事做，自己开公司也行。"

"我也有这想法，不能总往外跑，太辛苦了。"

"将来有孩子了，父母在一起的孩子才幸福。"说到这里，李菊花心底叹了一声，想自己有可能马上要离开这个家庭了，她不禁万分难过。可她真不想做那个主动提出离婚的人，主动离婚就表示放弃女儿的抚养权，净身出户。可她又不想逼着刘建成主动说离婚。当初是刘建成要离婚，自己不想离；到末了竟然还是要自己提出来，想想有点悲哀。

"姐，你心情不好？是肚子疼得吗？咱去医院查查吧。"

"不用，我了解自己，就是睡觉的时候凉了肚子，回家好好暖暖就好了。"

回到家，李菊花发现饭菜摆在桌上，屋里却没有人。有一张纸条上写着："我去姐家，在那边吃饭，饭菜要是凉了，你就微一下。我做的可能不好吃，凑合吃吧。"

李菊花立刻给刘建成发了个短信："胃不好，别喝酒。"

"姐，暖水袋在哪？我给你烧点水暖暖肚子。"曹小曹到处找暖水袋。

先前李菊花给刘建成暖过胃，暖水袋就在卧室里放着，李菊花把里边凉水放掉，曹小曹去烧开水。"姐，明天就不要开店了，又不是没钱花，你做专职主妇也不是不行，何必这么受累呢。"

"你姐夫都累出胃病了，我不努力哪行呢。"

"那你就去公司帮忙啊，开这小店又操心又赚不了多少钱，太辛苦了。现在天长还好，过段时间天黑得早了，早早晚晚的多辛苦啊。"

"小曹，你怎么看待离婚？"

曹小曹吓了一跳，钱思艾离婚的事情还谁都没有告诉，钱思艾说了，除了家里人就只有曹小曹知道，李菊花应该还不知道。她问这样的问题是什么意思呢？"姐，你怎么这么问？"

"我上网查了，现在离婚率很高，我也看了我周围，我的同学有好多都离婚了，我是怕自己步他们后尘。"李菊花卧在沙发上，接过曹小曹递过来的热水袋。曹小曹问李菊花哪有干毛巾，找到以后包住热水袋。

"我有个同学，刚结没几天就离了，就因为两个人生活习惯不一样。一个爱吃馒头，一个爱吃切面；一个爱熬夜，一个爱早睡。我也搞不懂他们，这些都构不成离婚的理由。可他们还是离了。"

"幸好他们才刚结婚，还没有孩子。那有孩子的家庭，离起婚来多愁人，孩子又不是财产可以平分。"

"有孩子的家庭离婚是有点麻烦，孩子跟谁都会受伤害。姐，你怎么提这个话题了。"

"没事。我就是想到这个话题了。你饿了先吃吧，我歇会暖暖肚子再吃。"

"我刚才和钱思艾吃过了。"

"钱思艾？她不是在多伦多吗？"李菊花吓一跳。

"噢，那个，她回来了。"曹小曹不想多嘴，还是让他们自己来说吧。

"这丫头，回来都不向我汇报。"一想到刘建成在姐姐家，李菊花心里就明白了，这一定是钱思艾回来，大姑姐请客呢，怎么没请自己呢？她心下一叹，反正自己快和他们没有瓜葛了，也就无所谓了。

3

刘建成回来的很晚，李菊花已经洗漱躺下了。

"睡了？"

"睡了。"李菊花答道。

"我去姐家了。"

"我知道。"

"你怎么不问我为什么去姐家。"

"你去你姐家，我还要问为什么？想去就去了呗。"李菊花已经把自己当成外人了，他们刘家的事根本不必要知道，她现在也不想知道。其实她已经知道了，不就是刘建丽唯一的女儿嫁到了多伦多，想家了回家看看爹妈吗。

"思艾回来了。"

"哦。"

"你怎么一点都不觉得惊奇？"

"钱思艾回来有啥惊奇的，她是你姐的女儿，从国外回来自然回你姐家。她回来，你做为舅舅过去和他们一起吃饭庆祝，这也正常。"

"哪是这么回事？"

"那是怎么回事？"

"思艾离了。"

"什么？"李菊花终于没忍住，跳了起来，"她离了？这才结几天？"

"就是离了，开始我也不相信。"

"多伦多，多美的地名，我还想着要是钱思艾将来生孩子，我还能带着花香去旅游呢。这下泡汤了。"

"你？"

李菊花这才想到自己有点自私了，赶紧由旅游又回到了离婚的话题上："说说，她怎么就离了？是人家嫌她？还是她嫌人家？她没理由嫌人家啊，她可是蹦着跳着说要嫁到国外去的。"

"那男人有家庭暴力倾向，搁谁也不愿意啊。现在这社会男女平等，谁也不愿意对方碰自己一指头，你说呢？"

"说的是，要真是这样，离了也不可惜。你说呢？"

"我就是这样劝咱姐的，没用啊，姐一个劲地哭，说就这么一个闺女。千挑万选地嫁到国外去，没几天就离婚了，她说她没脸见人。"

"离都离了，除了接受，没别的办法。你胃不疼了？"

刘建成这才想起来这几天自己的胃一直是疼着的，遂赶紧说："疼啊，咋不疼，为了这个外甥女，疼也不能说疼了。你说，我们怎么劝劝姐呢？过两天姐生日，我们得给她过生日去吧。"

"过，咋不过呢？就是我和你离婚了，我也得给她过，我们亲戚这么多年了，不能说不见面就不见面，怎么说她也是我闺女的大姑。"

刘建成脸上有点挂不住："钱思艾离了，咱能不能不跟着凑热闹？"其实刘建成去他姐姐家，除了听他姐唠叨钱思艾的事就是唠叨他了，说他没事闹什么离婚。这婚是想结就结想离就离的吗？民政局是给你们家开的吗？这是刘建丽的原话。当然，他刘建成不能把姐姐训斥自己的话讲给媳妇听，那太没面子了。

"我要睡觉了，明天还去开店呢。"李菊花说完，侧过身睡去。

刘建成有一种被冷落的感觉，他洗洗也睡下了，他想整点剧情，可是又要在李菊花面前装着胃疼的样子，被拆穿既然痛苦还寻欢作乐？可他还是没忍住，把手伸过去，他闭上眼睛，希望自己不要看到产房的那一幕。每次他都豁出去了有一种提枪上战场的感觉。自己有性冲动，总得解决，去外面拈花惹草他不赞成，担心染病，倒没担心对老婆忠不忠诚，实在是怕染上病对自己不利；再要传染给老婆，那就更说不清了。

"睡吧，困了。"李菊花不理，身子也不转过来配合。

刘建成锲而不舍，嘴里叨咕着热，一边继续把手从李菊花身下伸过去，企图把身边的女人掀过来。如果对方配合，那是轻而易举的事情，偏对方像块石头一样，他用尽力气也掀不起来。

"咋了这是？来个节目。"刘建成刚和李菊花刚结婚的时候，只要两个人要做爱，他就会说来个节目。有的时候，一宿要演好几场，甚至通宵，

两个人也不嫌累。

"将来，你和花香怎么过呢？"李菊花叹了口气。

"能说点开心的不？你最近不一直都积极向上吗，这几天咋了？"

"有人要生二胎了，我没这个本事，我得提前让位。"

"40好几了，你还真以为我要生二胎啊，那不是说着玩的吗。"

"有你这么说着玩的吗？"李菊花差点要哭了，"不过没关系，反正6个月一到，不是你张罗离，就得我张罗离。我承认自己没啥本事留住你了，我以为六个月能保住这份婚姻，看来没戏了。"

刘建成干着急，不知道该怎么说。自从两个人签了这份6个月的协议以后，李菊花翻天覆地的变化他可是看在眼里的。他怎么能舍得放这个女人走呢。可当初离婚是自己提出来的，现在虽然自己没主动说离，既然对方提离了，按当初的逻辑不正中他下怀吗，他要是挡着不离，倒显得他不是有一说一了，是出尔反尔了。这可不是一个男人的德性。现在他不想离，可当初他怎么就中了邪了？

"那个，你要离我也没有办法。睡吧，到日子再说。"刘建成没辙了。睡又睡不着，第二天早晨去上班之前，他装作胃痛很久在沙发上躺了才换了衣服出发，故意把药瓶遗落到脏衣服兜里。

去店里之前，李菊花把脏衣服收拾收拾准备扔进整理箱里，刘建成的外套里竟然掏出两瓶药来。看了说明书吓了她一跳，上面明显有胃病、肿瘤等字样。一想到刘建成每天都在喊胃疼，李菊花呆住了："难道……"她不敢再想下去。

4

在店里守了一天，李菊花都心不在焉的，想给刘建成打电话，好不容易才控制住自己，她想当面问他。晚上两个人一前一后回了家，李菊花装作漫不经心地问他大姑姐的生日，他们送点啥。刘建成完全听李菊花的，买什么都行，不买也行，说自己的亲姐无所谓，她又不会挑这个弟弟的理。

"这就不对了，不挑你，也会挑我，你不是外人，我可是外人。不买点东西，会说我不懂事。"李菊花说话不再像前些天那么温柔，越来越硬。

"哪有你想的这么复杂，不买就不买。"

"那就扔点钱，红包谁都喜欢。"

两个人有一搭无一搭地聊着，李菊花终于没忍住："我今天打算晚上回来洗衣服，发现你兜里有两瓶药。那药是你的？"

"药？什么药？噢，我说我今天吃药找不着了呢。在哪呢？"

"在哪开的药？"

"医院。"

"检查了？拍片了？"

"是，不检查不拍片，医生怎么敢给乱开药。"

李菊花的眼泪就冲了出来："怎么不早说？"

"不怕啊，我先吃着药，看看效果。你这是？"刘建成也许没有料到李菊花会哭。

"都病成这样了，还瞒着。吃药有什么用，这种病，我听说要化疗，要切除。你没问问医生，把那小块坏的切掉，是不是就没事了？赶紧切了吧，别再把好的带坏了。"

"还是保守治疗，先吃着药吧，动刀我这个大老爷们也怕。"

"老公，你咋不告诉我呢？"

"你总跟我吵着离婚，我要是告诉你，你不是离得更痛快了。我怕你跑了，就没敢说。"

李菊花哇的一声哭了："老公，我不离，我不想离。都是当初你要离婚。你不闹着离婚，我也不会辞职，也不会去上什么找老公的课。"

"找老公好啊，找个好老公，把我离了，也许你就找到幸福了。"

"都说了，去上那个课不是为了找老公，就是想保住咱们的婚姻不破裂。我学了那么多，学有所用，你不知道啊？"

"我知道，我怎么不知道。你做了那么大的努力，我怎么会一点不知道。可现在我病成这样，你要离就离吧，我不想拖累你。"说完一席话，刘建成倒觉得释然了。

"我不离。我不离。"李菊花控制不住地哭，把自己这几个月的憋屈

全哭了出来。

"好了，别人听了该以为我欺负你了。有啥哭的，有病治病，我都不在乎，你哭什么。"

"嗯，我不哭了。我就是觉得这几个月我过得太小心了。那些天，天天我都数着日子过，就怕一到6个月你就走了，家也不要了，孩子也不要了。"

"我是想走啊，我没说我不走。我病成这样，我还是走吧，我不想拖累你和闺女。"

"你胡说什么啊，这怎么叫拖累呢。"

"夫妻本是同林鸟，大难来时各自飞。"

"我不飞。"

"你不飞？"

"不飞。"

"确定不飞？"

"我往哪飞啊，这个家是我和你一手创建的，我们在这里生了闺女，家里的每一块瓷砖，每一寸窗帘，每一只盘子，每一个碗，哪个不是我们从外面采购回来的。包括这张双人床，当初还是我和你一起抬上来的。我们说过，这一辈子都不换床了。"

"是说过这话。可我病了，一个病入膏肓的人，你要他有啥用？只能给你带来累赘。"

"我不想听你说这样的话。你看二单元那两口子，从咱们搬过来，那男的就坐轮椅，都是那个女人一天天地推着他出去晒太阳，她照顾他可有年头了。你看人家不离不弃的。明天我就和你去大医院看病，好好检查检查，对症找专家好好给治治，我就不信治不好，现代科技这么发达。"

一听说要去医院，刘建成急了："再说吧，最近公司事太多，忙不过来。今天有点累了，睡吧。"

李菊花哪里睡得着，这一整天她心里都不安，晚上这会儿工夫和刘建成聊了这么多，有一种虚脱的感觉。她觉得自己和刘建成已经很久没有这么深聊了，他们那么疏远，现在这么近。李菊花心里还是很轻松的，尽管刘建成得了这么重的病让她很焦急，可她忽然有了方向。他们将永远在一起，不分离。这是李菊花心里想的。

两个人这一夜谁也不敢有节目，李菊花是怕损伤了刘建成的身体，刘建成心里想，也不敢跟李菊花说。他很想像当初两个人去家具城买床那天，两个人费力的把双人床弄上七楼，累出一身臭汗，却一点都不在乎，就那样在裸床上缠绵。被子都还没有买，没有铺的没有盖的，刘建成还是投入地一次次要她，李菊花一次次高潮迭起。

床还是那张床，屋还是那间屋，人还是那个人，只是年长了些，添了皱纹，多了脾气。

刘建成不管不顾，还是要了李菊花。李菊花一声不敢吭，她怕自己一激动，累到刘建成。她不敢纵情，觉得自己压抑得像个木乃伊。

5

一大早，李菊花就做好早餐等刘建成起来吃饭。刘建成起床后看着穿戴整齐一脸严肃的李菊花吓了一跳："一大早这么严肃？"

"快吃，吃完去医院再查查。"

"不去。"

"怎么不去？我要亲自看到医生写处方。我们要找个好医生，有病尽早治，别拖。"

"我没拖。我在吃药，你没见我衣兜里都是药，我从来没忘记吃药。"

"你就是在拖，你还说你没拖。"

"我积极配合医生，医生开的药我都在吃，我怎么就拖了？我没拖啊。你别冤枉我啊。"刘建成被李菊花的一脸严肃吓到了，吃完面包喝了牛奶就往门外走。

"等等我，我也去。"

"我是去上班，我上班你也去？"

"身体都这样了，还去上班？肿瘤啊，多可怕啊，你就一点不害怕。"

"我不能害怕，我要是害怕，那肿瘤长的速度就更快，它就会欺负我，

我不能让它们觉得我害怕。我要让它们害怕，所以我每天吃药，我要把它们吓退。"

"检查完再去上班，咱俩一块去。"

"真不能去，今天上午约了客户，要为我们做东北总代理呢。我要是去了，谁接待他们？谁接待我也不放心啊。回头再说吧，啊？你身体没恢复就先别去店里了。不在乎挣那俩钱。"

"怎么不在乎，就在乎。"看刘建成走了，李菊花一阵颓废，刚才硬撑着的坚强一下子坍塌了。户主得了这么重的病，她觉得就跟山一下子塌了，泥石流来了一样。从此她更要坚强，才能给这个家遮风挡雨。这个店不仅要开，还要好好开。李菊还打算开网店，打算实体店、网店一起经营。

今天顾客不多，李菊花有时间发呆，在她发呆的过程中，远远地看到刘建丽无精打采地往她店的方向走来，她赶紧迎了出去："姐，你怎么来了？"

"菊花，都说家丑不可外扬，你也是家里人，你说我不和你说和谁说。"

"怎么了？"李菊花赶紧追问。

"思艾回来了，离婚了。这死丫头，当初就不听我的，我说你不要嫁那么远，再说认识还没几天，你了解人家有多少？我介绍的她一个都不见，现在弄成这样，你说可咋办呢。"

"姐，您也别着急，儿孙自有儿孙福。思艾经过这一番折腾，肯定也能领悟到许多。以后选择婚姻方面，她就不会这么草率了。"

"以后？那现在怎么办？现在她是个二婚头，说出去好听吗？"

"事情已经这样了，急也没用啊。"

"她就跟没心没肺一样，一点不着急，你说以后怎么找啊，谁愿意娶个二婚头啊。"

"那照姐的意思，离婚的还不能结婚了？"

"不好结，离过婚的人，多少都有点问题。谁不想找个没结过婚的？"

"姐，思艾聪明，不会因为一次失败就没有信心了。"

"是，我看她是有信心，连面都不照，也不回家，一天也抓不着个影儿，也不知道都在干什么。每次打电话都嫌我烦，早早就挂断。"

"思艾不小了，姐您就不要操心了，她会安排好自己的生活的。"

"我能不担心吗？她受了这么大的挫折，可我不知道咋安慰她，就想赶紧再给她介绍一个，不是说有了新感情，就能从旧伤里走出来吗？"

"她愿意吗？给她点时间让她疗伤吧，让她缓过劲儿来才行，您这样逼着她，她能不烦吗？本来心情就不好。"

"不是我逼，我是看她不回家，担心她承受不了。菊花，你说她会不会想不开啊？一天就躲在她自己的住处。"

"姐，你放心，思艾不是小心眼的人，她肯定能想得开，回都回来了，还有啥想不开的？要是想不开，她就不回来了。但是得给她时间，不要老追着她问，也不要忙着给她介绍对象。你想，她刚从围城里出来，能这么着急再进去吗？"

"你说的也有道理，可我就是担心出什么事儿。你有时间多开导开导她。"

"都不用我开导，我弟妹小曹和她关系好着呢，从小曹那儿我就能知道她的动静。倒是我，现在可郁闷了。"

"你怎么了？"

"我……"李菊花话到嘴边又咽了回去，"也没啥。算了，不说了。"

"是不是建成还跟您闹离婚？不应该啊，我都跟他说过多少次了，他也答应我不跟你离了。"

"不是这个。"

"唉，你说我们父辈，哪有离婚的？都没听说过'离婚'这两个字。现在可倒好，结婚十几年了还要吵着离婚，这刚结婚没几天的也说离就离。这也太不把婚姻当回事了。"

"姐，明天您生日，可千万不要当着思艾的面再提结婚离婚的事了。"

"我能忍住就行。这生日有啥过的，我都不想过了，想想心里就难受。你说她刚结婚才几天？当初风风光光地走，邻居都羡慕，现在好，回来遭人家耻笑。"

"姐，不要想那么多。生日还是要过的，我和建成都过去。我们就在家里做点吃的，我也显摆显摆我的手艺。"李菊花张了张嘴，又不知道怎

么说了，"姐。"

"菊花，怎么了，你可是和姐一样心直口快的，今天怎么吞吞吐吐的。"

"姐，建成他……他胃出问题了。我要带他去查，他又不去。我看他吃的药了，什么治肿瘤的。"

"啊？怎么可能？他打小就皮实，怎么可能得胃病？是误诊吧？"

"他现在就吃着这些药呢，还不想让我知道，我是要给他洗衣服，才在他衣兜里看到的。"

"怎么会这样？怎么会这样？不行，我得打个电话问问。"刘建丽说完，拿起电话就拨了出去，"建成，你怎么回事，你病了还瞒着你姐。你听姐说，病了不可怕，我们好好配合医生的治疗。"

"姐，我没害怕啊，我害什么怕啊？我不紧张，真的，我一点都不紧张。"刘建成在公司办公室一边接电话一边翻阅着资料。

"哎，我劝你不紧张，你还真不紧张？我这是在宽慰你，你病了还不知道休息，还在公司上班？你得积极治疗。有病得治，你知道吗。"

"姐，没什么事我就挂了，一会儿还要开个会呢。"刘建成挂断电话，想想摇了摇头。

刘建丽挂断电话，哭了。

6

刘建丽生日这天，李菊花跑过去帮着做菜。刘建丽一边嘟哝女儿不回来帮忙一边说："等这丫头回来，你帮我好好教训教训她。从多伦多回来就没怎么见到她的影儿，我看她也不把家当家了。"

"她还不是嫌您唠叨她。谁也不愿意总被唠叨，再说她本来心情就不好。姐，跟您说，一会儿思艾肯定回来给您过生日，您可千万不要再数落她了，也给她留点面子。您说呢。"

"面子！面子！我给她面子！当初让她相亲她不愿意，她这把我的面子都丢尽了，我还顾她的面子？"

她们两个女人当然不知道此时钱思艾正和曹小曹在一起："小曹，你说我可怎么办呢，我妈生日，我回去指定又要挨训了。那个家我是真不想回去了。"

"自己的家不回，你打算造反哪？"

"不是我造反，现在是我妈造反，只要在她眼前一出现，她就把我数落一通，说我不该不听她的话，不去相那知根知底的亲，不该嫁到国外去，又灰突突回来。你说，我愿意灰突突地回来，我难道不想光彩点回来？"

"谁的妈都一样吧，她唠叨你那是一种变相的关心。她不疼你她唠叨你干什么？"

"我不需要她唠叨，如果唠叨就是疼，那我不需要她疼我，那这哪是疼我，这分明是让我心里头疼。你以为我不难过？在多伦多，我疼的不止是心，我身体的疼痛，有谁知道？"

"可能妈妈们都爱管孩子的事情，你将来有了孩子，或许才能理解你妈妈的心情。"

"我无法理解她，可今天我必须得回去，我妈过生日我如果都不回去，我妈不知道得气成什么样。"

"还算你孝顺。回去吧，本来我也应该去，可公司今天加班。我先走了。"曹小曹离开以后，钱思艾就满脑子想着该怎么回那个家，她曾经跟母亲吵架，说不再回那个家。不回不行，电话都追过来了。一大早钱向前就给她打了电话，希望女儿回去给妈妈过个生日，不要耍小孩子脾气。

钱思艾不觉得自己是在耍小孩脾气，自己觉得够窝囊了，嫁到国外去，以为很风光，却想不到那男人外表光鲜内里如此糟糕。外面是伤心地，真有伤心事，还是愿意逃离回家。一回到家，又很烦母亲的唠叨。可母亲的生日如果自己不露面，确实说不过去，怎么面对他们，这着实让她头疼。转动大脑，他终于想出一个办法来。

李菊花在厨房里忙碌着，刘建丽打下手，钱向前仍在书店看店。

"菊花，建成说没说几点到？"

"快了吧，他说今天提前出来。姐，今天高兴点，别跟建成提病的事情，行吗？"

"不能不提，这么大的事，不提哪行呢。我们父母都不在了，我不管

他谁管他。"

刘建丽的话让李菊花心凉了好半天，好像只有刘建丽才管刘建成，她李菊花就是个摆设一样。

"菊花，以前建成闹着要离婚，这回你不会主动跟他提离婚的，是吗？"

"姐，我一直就没想过要离婚，可前几天我跟他提了。"

"菊花，您可不能看他病了就离开他啊。"刘建丽的脸色一下子就变了。

"姐，你放心好了，那是前几天，现在我不提了，我不会和他离的。就是他提我也不提。"

"这就对了，谢谢你菊花。建成有你这样的媳妇，我也放心了。我给你姐夫打电话，让他回来吃饭，估计建成也快到家了。"

刘建丽这边打着电话，那边门开了，站在她面前的钱思艾把她吓了一跳，女儿身边竟然站着一个男人。刘建丽电话里简短说："快回来，开饭了。"说完就挂断了。

"妈，生日快乐。这是小江，我男朋友。"钱思艾介绍着。

刘建丽尴尬无比，仿佛自己有什么不光彩的事情被女儿偷窥到了一样。不会吧？女儿刚离婚，就又有男朋友了？出于礼貌，刘建丽只好对男子笑脸相迎，邀请他进屋坐。

刘建丽也不陪他们，直接回到厨房，对李菊花压低声音说："这丫头咋又领回来个男朋友？"

"是吗？那不是挺好。要想忘记一段感情，就得重新开始另一段感情，这话说的太有道理了，看来思艾很会疗伤。"

"你得了吧，我看这丫头是疯了。"刘建丽气得不行，择菜的手就重了些，芹菜叶飘到了地上。

"姐，您歇着，我来干。"李菊花继续压低声音说，"姐，您可千万别给思艾脸色看，这样的话她男朋友该怎么看咱家，怎么看思艾呢？"

"我管他怎么看，爱怎么看怎么看。刚离就又找下家了，这也对自己太不负责了。不行，我得去问问他们。"说着刘建丽就要往厨房外面走，却被李菊花拉住了。

"姐，听我的，今天一定给思艾面子，等思艾一个人的时候再问。"

"做了这么多好吃的?"钱向前走进厨房。

"就知道吃。"刘建丽随口甩出一句。

"奇了怪了,不是你打电话让我回来吃饭吗?不想让我吃,别打电话啊,这跟谁有气呢,冲我发,我又不是出气筒。"

"去看看你惯出来的好闺女,你快去看看吧。"

"闺女回来给你过生日,好事啊,我去看什么啊?"

"你没看她旁边那个大活人?"

"思艾说了,她男朋友,怎么了,出什么问题了?"

"问题出大了。思艾才回来几天?这就又抓了一个,就她这速度,下一场婚姻她能幸福吗?"

"姐,时间也不能说明什么。时间短不代表两个人不合适,时间长也一样有分开的。这得看缘份。"李菊花说。

等刘建成到了以后,就开始就餐了。刘建丽一直拉着脸,钱思艾不去看她,倒是钱向前一直热情有加,整个就餐过程中,钱思艾一直给男朋友夹菜,这让刘建丽最终看不过去,爆发了:"钱思艾,你在我面前是故意气我是吧?"

"爸。"钱思艾看了一眼钱向前,"爸,我冤枉啊,我哪儿故意气她了。"

"她?她是谁?我不是你妈吗?"刘建丽大声说,"你说你,你从多伦多才回来几天,你的伤好得也太快了点吧。说吧,今天怎么回事?"

"什么今天怎么回事?今天我没怎么啊。今天您过生日,我带男朋友来给您过生日,这不对吗?"

"过生日对,可你带的这个人,你跟我讲明白怎么回事了吗?他知道你多伦多这件事吗?你说你,我一天天地为你操心,你咋连个心眼都不长,你这不是给自己找套子戴吗?"

"我找什么套子戴了我?本来知道您过生日,想好好开心开心,想不到还是这样。"钱思艾又夹了块鱼放到男朋友的盘子里。

"我看你就是不痛,你跑出去这趟根本一点记性都没长。还给人家夹菜,有几个女的给男的夹菜的?都是男人照顾女人,怎么到你这就颠倒了?你是要活活气死我啊!你想这样伺候人家一辈子啊?"

钱思艾腾地站了起来："妈，您有完没完。"

"我没完，你说，这男人哪来的？哪来的就让他回哪去。"

钱思艾的脸上挂不住，拉起身边的男人转身就走。

7

"这饭是没法吃了，气都要气死了。"听到砰的一声关门声，刘建丽把筷子摔到桌子上，

"姐，您说您累不累，年轻人的事您就不要管了。"刘建成劝。

"我不管？你看她现在像个什么样子？当初说结就结，说走就走，挡都挡不住。现在可好，回来两天不到就又挂上一个，这不是要活活气死我。上当上不够！"刘建丽忽然掉转矛头，"还有你，建成，你说你病了，你倒是去看病啊，还一天天地去上班，身体重要还是挣钱重要。"

"姐，我又不是小孩，就不要管我了。"

"我不管，我可以不管，明天让菊花带你去医院好好检查检查，也许以前是误诊。不把自己身体当回事，你还能把啥当回事。听姐的，好好查查。"刘建丽眼里包着泪。

一回到家，刘建成就开始埋怨李菊花，说她不该把自己有病的事告诉姐姐。姐姐年龄大了，又摊上思艾离婚这件事，不该让她为他担心。李菊花听了不高兴了："我还不是为了你吗，我要你去检查你又不去，不给你施加点压力，你根本就不在乎。"

"施加有啥用？我该不去还是不去。我去查过，自己心里有数，还有啥查的？我讨厌医院的来苏水的味道，难闻死了。"

"不是，你去一家医院你就确诊了？怎么也得再去一家，要是先前误诊了呢？那些药还吃它干什么？"

"放心，不是误诊，我自己清楚自己的身体是怎么一回事，用不着再查了，我吃药。"

"这种病，该手术就手术，单靠药怎么行。"

"要是到了只能靠药的地步，手术已经无济于事了，你还要带我去

医院吗？"

李菊花被刘建成的话吓了一跳，难道，真像他说的这样，只能保守治疗了？李菊花的心被针乱扎了一通。

"我没有别的想法，只想把余生好好过好。你要是现在想跟我离，我也没有意见，我们的协议作废。就算你提出离，孩子房子也全归你，我依然净身出户。我现在没有资格提离婚，我已经很对不起你们了，所以我不能提离婚。"

"老公，别闹了，好不好？就当我们以前都是小孩子在胡闹，以后我们都成熟点。现在当务之急就是去医院。"

"我说不去就不去。我都去过了，我不想让医生再给我判一次死刑。"

听到这，李菊花的眼泪就要冲出来了，她控制着自己的情绪。面对着如此固执的男人，她没有任何办法。

"让我们好好享受剩下的生命吧。"刘建成仰面躺在床上。

李菊花以为他会和她缠绵，享受那剩下的生命，可刘建成并没有面向她，没有任何想法，只是嘴上说说而已。"我哪天真的死了，你和闺女是不是会再嫁？"

"那肯定的，这还用说。"李菊花狠狠地说。

"真狠。夫妻本是同林鸟，大难来时各自飞，说的真没错。那你莫等那个时候了，现在就离就去嫁吧。"

"我不离，当初要离婚的是你。你不想让我和闺女改嫁，你就好好治病，你活得好好的，我还能去嫁别人？"

"保不准，前几天总去上课，现在听不到你上课的消息了，怎么的，找到新老公了？"

"我要找到我还在这躺着？你这一说还真提醒我了，我明天就去上课去，把原来的想法改一改。原来还真没想着要找新老公，现在不一样了，你要真走了，我也得找下家啊。你看思艾，这下家找得多利索。"

"女人怎么都这么狠？"

"女人的狠你还没领教过吧，我最近的目标就是找到新老公，然后用不上 6 个月我就和你离，我就在五个月二十九天和你离。虽然赚不到女儿了，

但也赚到了自信。"

"你这女人能不能不这么狠？我都病入膏肓了，你连点同情心都没有？"

"我还没有？我要你去治病，你跟我对着干，偏不去啊，偏保守治疗啊。我说过了，该手术得手术，你的胃那么大，切一个小角下去又怎么了？你有啥舍不得的？要是能移植，把我的移给你。"

"现在怎么心又这么好了？女人说变就变啊？"刘建成故意睁大双眼。

"我心一直是这么好，就像一块透明干净的玉。只是你把我这块玉给蒙上了灰，你的肉眼看不到我的光彩。"

"还玉呢？"

"那当然，你眼神不好使吧？你就是结婚以后忽然近视了。婚前你的视力多好啊，要不然怎么能选中我呢？"

刘建成没话对付了。"明天公司员工结婚，我得去，你要不要跟我一块去？"

"我建议你随个红包就得了，我不去，你也别去。你这胃到那也吃不了啥东西，看着好吃的还馋。"

"去，得去，以后这样的机会越来越少了，能跟着凑个热闹就凑个热闹吧。在人群里，我还觉得自己年轻点。一个人的时候都觉得老了。"

李菊花看向刘建成，他的两耳处有很多白发了。只是因为他总是剃成寸头，所以依然显得精神。

"老公，再不珍惜我们都老了。"李菊花叹了口气。

第十章：反省

1

"思艾，你真够可以的，为了不让老妈说你，临时找个假男友，你智商也忒高了吧。"曹小曹批判着钱思艾。

"我不也是没有办法吗，我原本以为我一个人回家要挨批，带个陌生人，我妈好赖能给我留点面子，哪想到她老人家还是一点面子都不给我留。"

"她那也是气急了，气你不争气。你也是，你妈她能信你吗，刚离婚就又找了个男朋友？打死我也不信。"

"你还别信，只要对方条件合适，我会很快投入到新的恋情当中去的。我这个年龄耗不起了。"

"你也知道着急了？"

"我怎么就不知道着急？兴你结婚怀孕，就不兴我结婚怀个宝宝？"

"还说呢，都流产了，我好不容易挺过来的。在家做小月子，李磊又不在家，你不知道我有多郁闷。那真是考验我的时刻，我天天都有哭的心，但一想到他很快就会回来了，我就释然了。"

"爱情课爱情课，我上了那么多节爱情课，换来的就是离婚？我找时间一定去培训中心说道说道，我那钱不是白花的。"

"这也不赖人家啊，你自己选的男人，你和人家四目相对，暗定终身，人家老师又没给你拉郎配。"

"算了，不跟你讲，讲你也不站在我这一边。走了，我现在就去。"

钱思艾说到做到，她来到找老公培训中心，当天学员不少，老师讲完课下课的时候，钱思艾去了她的办公室。办公室里只有她和老师，钱思艾想谈谈自己的婚姻已经终结这件事。原本是要来闹一闹的，可是离婚也不是什么光彩的事情，不好当着同学的面损老师，可直接当着老师的面，又不知道该怎么损她了。钱思艾忽然觉得自己的嘴拙了。

"老师，我是打算大闹培训中心的。"

"那怎么不闹了？"女人打扮得很精致，卷发在肩上跳着。

"我没理啊，我是想说你们误导我，误导我非要找个跨国的。我跑到国际上找了一个，结果呢？外表鲜亮，却败絮其中。那是啥坏子啊？"

"人的鲜亮程度是不一样的，我告诉你们，我们都会在短时间内认识一个人，但要深入骨髓了解，那确实需要时间。有的人他会改装，没办法。"

"关键是我这个他就装了几天，我到了他们家他就不装了。他们一大家子人，他只顾着他们的情面，根本不在乎我的感受。"

"人和人的缘分，有的几十年，有的几天，有的只不过擦肩而过。你和他属于比较短暂的那种。存在即合理。"

钱思艾摇了摇头，撇了撇嘴。她说出自己离婚家暴，已经很不容易了。本想当着所有学员的面公布这件事情，可一想，不是什么光彩的事情，就作罢了。她忽然不清楚自己来中心做什么来了，难道只是跟曾经给她上过课的老师絮叨絮叨，博得一点同情心？她忽然看不明白自己了。

"那个，没什么事我就走了，我也就心里堵得慌过来唠叨唠叨。"

"钱同学，每个人都有个开关，向上，是天使模式，向下，是魔鬼模式。如果不了解别人，可能随意就启动了对方的魔鬼模式。你这个老外老公可能就是被你启动了魔鬼模式。如果想要拥抱幸福，你想好，要拿什么去交换，而不是单方面索取。尤其你要大量研究西方文化，既然想嫁到国外去，就要多研究他们国家的风土人情，不是嫁过去就万事大吉。你要和他们家融为一体，就要了解他们家庭的每一个成员。你开动了你的天使开关，就一定能幸福。"

"说的有点道理，可融入那个大家庭并不简单。每一个人都有一大堆

的故事，需要时间，需要耐心才能读懂。"

"老公就是你的鞋子，你知道自己的尺码，就不会随便更换。男人和女人是需要彼此滋养和彼此成就的。

"出国之前，我是想把他当成我的鞋子，这辈子就穿这个尺码的，永不更换。可这尺码它也不适合我啊。不是我随便更换，关键是他本来就不是我的菜。他们家的规矩太多，我受不了，也绝不想接受。"

"在本土找个男人嫁了吧。本土男人，你应该能更快地去了解，只要他适合你的尺码，相信你很快就会收获幸福的。"

"难说。一次就伤透了。这婚结的，这脸丢的，都丢到国际上去了。如果我当着所有学员的面这样说，我告诉他们我结婚了，嫁到了多伦多，但很快就离婚了，是因为两个人都不适合这份婚姻。我想会有很多人对嫁到国外，或者对继续听您的课抱有怀疑的态度。"

"你现在的意思，是我的课讲的有问题了？"对方卷发依然在肩膀上跳，并同时轻抚了下眼镜，"我只保你们能迅速找到另一半，但不保你们这一生永远不离婚啊。能不能维持经营好你们的婚姻，那可是你们自己说了算。"

钱思艾自问，兴许真是自己出了问题，她摇着头就要往外走，想不到在她脚还没有迈出门去，就有一个男子走了进来："老师，请问，我想知道怎么样做个好男人，不会让女人离开？"

钱思艾抬头一看，认识。

2

姚建华觉得自己已经恢复得很好了，他跟刘建成说，有合适的他也要再婚。还说人是群居动物，不可能总一个人生活，一个人太孤单寂寞。一度想跳出围城的刘建成，最近装胃病想挽回妻子李菊花。他觉得自己莫名其妙，当初热切地要离婚，现在怎么会这样。

没事他就和姚建华喝酒，远远地看着男人俱乐部，最后也不远远地看了，而是鼓捣姚建华赶紧约会，找到另一半，不要总是和男人泡在一起。

"做个什么样的好男人，才不会让女人离开？"姚建华把刘建成问住了。这不，姚建华怀揣着这个问题来到了找老公培训中心，想问问明白人："你们都是专家，请悉心指导我一下吧，不然我真的只能泡在男人俱乐部里度过余生了。"

姚建华刚说完这番话，就看着钱思艾眼熟，使劲想，终于想起她是谁了："你和曹小曹是朋友？我们在酒吧见过。"

"是见过，那又怎么了？"钱思艾浑身带刺。

"怎么浑身带刺呢？"姚建华有些不高兴。

"出门忘吃药了吧？还我浑身带刺，我看你是嘴巴扎刺了。"

"我没得罪你吧？憋着气没地方撒，也别冲我呀。"

"小钱，我看就这样，你先回去我来回答先生问题。"老师说。

"来得早不如来得巧，谁让你现在来的，撞枪口上了。不要一张嘴就说我浑身带刺，我带不带刺跟你有关系吗？"

"跟我没关系，但跟男人有关系，这世界有女人存在就有男人存在，何必这么刺头，谁敢娶你？还来培训班上课呢，省省吧，把那钱省下来支援希望工程去。"

"你算哪根葱？老师，我走了，懒得和这种人理论。您别被他气岔气。"钱思艾气不打一处来。抱着和培训中心理论的心情，到了最后又改变了主意，姚建华算是撞到枪口上了。

"您说说，我怎么一到这就得罪她了？不就是跟她打声招呼吗。"姚建华对老师说。

"先生，跟女士说话很有讲究。是你说人家浑身带刺，她当然不愿意了，要是说我我也不愿意。"

"我不就那么一说吗？唉，女人真是不能惹。"姚建华其实想说，唯女人与小人难养也但怕得罪眼前这尊神，愣憋着没说。

"什么样的好男人，才不会让女人离开我说不上来，但你这样的男人，很危险。"

姚建华一头雾水，看对方没兴趣搭理他，只好佯装有事离开培训中心。

他心里也明白，这里针对的都是清一色的娘子军，他这个大男人没有相应的课程讲给他听，尤其还是免费的。

约了刘建成喝酒，刘建成见到他的第一句话就是："人家下班回家，你下班就知道喝，是时候该成个家了。"

"哪有那么合适？再说了，你能保证我再找一个她不跟我离？我是离怕了。"

"怕了就不再结了？"

"兄弟，我想干点大事，广告公司是我挣钱的机器，服务社会，回报社会才是真男人的举措。"

"你有啥想法？"

"有，但还不成熟。像你说的，个人问题始终也是我的一个心病，都说成家才能立业。我现在也不算成家了，光立个业体现不出男人的价值。"

"男人的价值体现在完成一个圆的使命。他得有家，有孩子。"

"对，我现在当务之急是先找到媳妇儿。转来转去，这男人还是离不开家离不开老婆。所以，兄弟，你千万不能离。"

"我是不打算离了。可老婆她倒要离了，这几天我闹胃病，她才消停，也不张罗离了，日子可能就这样平平淡淡地过下去吧。"

"平平淡淡才是真，我现在才真正领悟了。一个人回家对着冷锅冷灶，饿了就会煮碗面条。老婆在家，饭菜早就摆在桌上等着了。那个时候不懂得珍惜啊，就觉得一切伸手拿来稀松平常。"

晚上酒后回到家的姚建华面对的确实还是冷锅冷灶，没找代驾，打车回家的，回到家就有点饿。到处找也没找到吃的，还有一包方便面，拿出来嚼了，嚼得心碎。

洗的冷水澡，第二天早晨就爬不起来了，量了体温才发现39度。一个人去输液，一个人办一切事情，公司的事情只有让曹小曹随时汇报。曹小曹得知他病了，晚上下班以后和事先约好一起去吃饭的钱思艾来到姚建华家。

"怎么是你？"两个人都很吃惊。

3

"想不到我的幸福指数也挺高啊，病了还有人来看我。"姚建华自嘲。

"这也叫幸福指数？您的幸福指数是赶紧找到另一半，您病的时候她也能照顾你。"曹小曹放下水果说。

"要知道是您老人家，我才不和小曹来。"钱思艾撇了撇嘴。

"还浑身带刺呢？"姚建华红着脸说。

"病了？我看你是脑子病了，长脑刺了吧。"钱思艾狠狠地说。

"唉，我说你们怎么一见面就掐呢？早认识了？看来不用我介绍了。"曹小曹笑着说。

"就你健忘，上次我们去酒吧，不是看见他和我舅舅在一起吗？"

"刘建成是你舅？世界真是小得可以，那可是我的发小。"姚建华非常吃惊。

"你们还差一辈呢？"曹小曹笑起来。

"那可不，你也得跟我叫舅舅，叫叔叔也行。"

"他大爷。"钱思艾说完扭头就走，曹小曹赶紧拉她过来："别急啊，咱们一会儿就走，不是一起吃饭吗？"

"我饱了。"钱思艾赌气站在玄关处。

"还是各论各的吧，我管他叫姚总，你也随我叫吧。叫什么叔叔舅舅的？把年轻轻的姚总都给叫老了。"曹小曹说。

"叫叔叔他也得敢答应啊！"钱思艾一副蔑视的表情。

"姚总，今天小李签了一个大单，思秒化妆品全年广告他给拿下了。还有小陈，签了半年的通栏广告。"

"今天大丰收啊，太好了！说吧，你们想吃什么，我请你们。家里是不行了，啥都没有，没有女人，只有冷锅冷灶。"说完他看了一眼钱思艾，正巧钱思艾也往这边看。

钱思艾撇了撇嘴："就您家？不冷锅冷灶都对不起你。"

"我家怎么就活该冷锅冷灶？我家锅灶咋就对不起你了？我惹着你了，

我家锅灶也惹着你了？"

"你们前世绝对就是冤家，这辈子算是遇到一起了，要不产生点故事，我都觉得亏得慌。"曹小曹和钱思艾拒绝了姚建华请他们吃饭，两个人随便找了个饭店坐下吃饭，曹小曹说。

"我跟他产生故事？你拉倒吧大姐，世上男人绝种了吗？你说说，那天我去培训中心，我正要走，他就搭话，说我浑身带刺，我怎么就浑身带刺了？这种刺头男人，我一定离他远点，有多远离多远。"

"他很优秀的，真的。你是不了解他。"

"你嫁李磊嫁后悔了？"

"别胡说，我是想把姚总介绍给你。"

"拉倒吧，世上没男人了？"

"思艾，你怎么这次回来说话这么极端呢？是受刺激了？我看你真的和原来不一样了。"

"不一样就对了。人没有一成不变的，不变对得起谁？你知道我在国外那些天是怎么过的？他们家那些破规矩，我哪能弄得明白，弄不明白就对我施家暴。他以为他是谁！"钱思艾一边喝酒一边诉苦。

"东西方文化本来就有差异，谁让你跑这么远了？你要是离我近点，我带着你舅妈我姐姐，我们三个女人一台戏，不治懵他们。敢欺负我们思艾，他们瞎了眼睛。"

"谁欺负谁啊？嫌我早晨起得晚了，对我大动手脚，我就把他们家的一只祖传玉碗打碎了，说是传了几代了。离开他们家之前，我又把那几只碗也打碎了。我让他们好好心疼，我让他们肝疼胃疼。"

"打几只碗你就解气了？就算欺负人家了？你啊，有的时候还跟小孩一个样。你小我两岁，少吃多少盐，少走多少路啊。你还年轻，我老喽，你赶紧抓紧时间老吧。"

"少在我面前卖老。我倒觉得你结婚以后，越来越年轻了，不是背着李磊在外面偷偷和别的男人交往吧？要是被我知道，我可是要上报给李磊的，那可是我家实在亲戚。"

"喊，他是你实在亲戚，我就不是了？你还想挑拨离间啊？坏透了，不赶紧把你嫁出去，我可不愿意，听着，最近我要张罗你的婚事，你必须去相亲。我先从我的同学当中给你筛选，你看怎么样？"

"那就试试吧。不管咋说，你是我闺蜜，你对我好我还不知道？偶尔听你一次也成。"

"打住，我可不是女同，还我对你好，我对你也就是一般的好。"

"一般就一般吧，我也不敢奢求。我那天临时找了小学同学冒充男友，本以为我妈不会当着他的面损我，想不到我妈是一点面子都不给我留啊。"

"你妈那是真爱你，真替你着急啊。别人谁会为你操心？别不知足了，该回家回家，别总猫在自己的窝里。"

"一辈子不结婚的，有没有？要不是我妈催得急，我能这样闪婚吗？"

"你还真行，失败了就赖别人。有你这样的吗？"

"我不赖她赖谁，没事就鼓捣我相亲，我不相，就在我耳边天天吹风，都要把我刮飞了。实际上真把我刮飞了，我真打算对自己狠点，不回来了。"

"不回来，你不想我啊？"曹小曹笑着数落钱思艾，"你不想我，我可想你。你以前可说过要给我的宝宝做干妈的。"

"对啊，是这样说过。"

"唉，可惜没了。流产了。我盼着李磊回来，能给他生一对双胞胎最好，这样我在家里就不寂寞了。这几天我打算把我爸妈接过来。我结婚是不单纯为了我自己，李磊父母不在，这也是我当初选择他的原因，这样他就会尽心照顾我的父母。再说，他不在家，家里空间大，我照顾父母更方便。"

"想不到啊，曹小曹，你有这样的私心，这要是让李磊知道该多伤心。要是让我舅妈你的大姑姐知道了，那也不得了啊。"

"我就知道这话哪说哪了，你才不会瞎传话。传了又能怎样，这都是事实，我活了 33 年，我不能只为我自己活，父母养大我不容易。"

"爱情是两个人的事，婚姻是几个家庭的事，难，太难。就因为这个，我和大山打得不可开交。可我也不能以后相亲就专找那没有双亲的吧？何况我将来也是会老的，我生了孩子，我做了奶奶或者姥姥，他们若是不管我，我多伤心。"

"思艾，我刚才说的是心底话，当然了，我们都会老，其实我们心底

都藏着魔鬼，只是有的敢说，有的不敢说而已。不过，我要是有公公婆婆，我也会对他们好的。"

"这还差不多，要不然我对你的印象大打折扣啊。曹小曹怎么会是这样的一个女人呢？将来你怎么做奶奶做姥姥呢？你这不明摆着想让你的孩子将来打光棍吗？"

"乌鸦嘴。把我们这一世过好再说吧，明天趁周六回老家接父母去。"

"看把你美的。"钱思艾离家并不是太远，可她自从母亲生日以后再也没有回家。她始终不和母亲通电话，就是打电话也是打到父亲钱向前的手机上。

4

李菊花的店生意不是太好。偶尔有来逛的，也是逛逛就走，真正买东西的并不多。除去每天开销，赚不了多少钱。最近又加上刘建成闹胃病，李菊花就想关了这个店，去公司帮他忙。

刘建成一听李菊花要来公司帮忙，生怕自己的病会露馅，坚决阻止了她。李菊花不乐意了："咋的，公司我还不能去了？有什么情况啊？"

"能有什么情况，你去了也不管事啊，你是做财务还是管账还是管钱。"

"那不一回事吗？财务、管帐、管钱，我都喜欢。"

"这不合适吧，我把现在的工作人员辞退了？以前让你去，你不去，现在半当腰又想去，你这不是让我为难吗？我胃疼。"

"你胃别疼啊，药吃了吗？我这不是想近距离照顾你，把你照顾得好一点吗？你别不识好人心啊。这让你去医院你又不去，我不得监督你按时吃药、按时吃饭？不然胃病更容易加重。"

"别把它当回事，过阵子就好了。"

李菊花看过药品说明书，如果是肿瘤，怎么能说好就好呢，她已经联系好了医院，却不知道怎么把他给骗去。目前来看，她想去公司上班，这样两个人就可以一起上班一起下班，哪天被她拐到医院去，就把病给看了。她是这样打算的，可刘建成不太愿意让她去公司，说公司没有多余的位置。

看来只能暂时先放下了，再考虑自己的店，既然生意不好，也得动动脑筋。她做了个广告，贴在窗子上，凡是走过路过的都能看到，说凡是当月出生的小孩，带着出生证明，都可以免费来店里领尿布湿，直到月末。当然不可能不限量地领取。其实很多商家做广告都比较精明，李菊花以前就有过这样的感受，超市促销，鸡蛋可便宜了，几乎是进价。鸡蛋是亮点，大爷大妈小媳妇都奔超市去了，有几个是买了鸡蛋就走人的？没有，除了买鸡蛋，他们还买了很多别的东西，倒像是那鸡蛋是顺便买的一样了。

李菊花猜对了，来爱婴用品店领尿布湿的，都顺便买了几样其他东西。不是漂亮的小衣服，就是封闭奶嘴，穿的用的这小店还真是应有尽有。李菊花看到顾客多起来，觉得这个店应该继续开下去。

爱婴用品店开始忙起来，有的产品竟然卖到断货。幸好尿布湿进的多。李菊花想开网店，曹小曹帮她在网上注册了家店铺，生意忙起来，快递一次不少发货。

"姐，想不到这小店生意还真不错。以后李磊不在海上漂了，我们也开店。"

"你们开就得开大点的，不能像我这样，小打小闹。"

"嗯，等他回来。"

"苦了你了。"

"不苦啊。我爸妈现在和我一起生活，我下班一回到家就有吃的，可幸福了。"

"他们来了生活得还习惯吧？哪天我去看看二老。"

"他们还算习惯。就是我爸身体越来越差，天天吃药。我妈还好，还说想在小花园里种菜，我说等李磊回来，他让种咱再种。"

"这还不是你决定的，还用和李磊商量。"

"凡事都要和他商量的，他答应我接父母来，我才能接，我不能擅自自己做决定，这样不好。"

"你可是够礼让的。夫妻做到这个份上，相敬如宾也好，总好过打打闹闹。昨天我们隔壁又吵到半夜，吵得人睡不着觉，都成了噪音了。"

"姐，你和姐夫不吵吧？"曹小曹笑嘻嘻地问。

"不吵，都一把年纪了，有啥吵的。可是最近我想去他们公司上班，他不让我去，说没有我的位置。"

"姐你要是去了，这店谁管？现在生意刚刚好起来，你也不能两头跑啊。"

"是啊，只能顾一头，我知道哪头重哪头轻。"

为了照顾刘建成的身体，李菊花还是忍痛割爱，不出几天，她就把爱婴用品店给转让了，李菊花失业了。刘建成听说李菊花不开店了，说这样也好，进货卖货太折腾，家里也不缺这几个钱。李菊花却说，如果刘建成不用她去公司帮忙，那她就转战女儿花香的学校。

"你去学校干什么？"刘建成糊涂了。

"陪闺女啊。你又不用陪，你胃疼就自个儿照顾自个儿吧，我不管了。"

"你做甩手掌柜了？好啊，只要你舍得。"刘建成下意识地捂了下胃部。

"看看，胃又难受了吧。听我的，去医院查查好不好？"

"我知道自己怎么回事，不用查，吃药就行了。"刘建成打开药瓶，倒出几粒药吃下去。李菊花当然不知道，刘建成吃的都是维生素。吃的时候，刘建成还在为自己的奇思妙想叫好。只是，现在自己也不知道怎么收场了。既然维生素吃不坏人，那就继续吃吧，他这样想。

李菊花对刘建成拒绝看医生这件事情非常挠头，她想尽办法也不能让他去医院，只好自己想办法。她找到一些广告，按照上面的地址找过去。她手里拿着一张药单，上面写着刘建成吃的这几种药名，希望能得到医生的详细解释。这些私人诊所没有一家支持她去医院的，都说他们自己有灵丹妙药，只要开几副回去给刘建成喝，就能维持病情，不让其继续发展。肿瘤要是发展起来，速度是很快的。这些话把李菊花吓了个半死，如果这样的话，那刘建成是不是就不久于人世了？可她过完6个月以后，还想和他过余下的岁月呢。

李菊花听别人说过，说绝症病人不是病死的，都是被吓死的。可她看刘建成倒是没有想像的那么害怕，好像得这个病没什么大不了的。他不怕，她怕啊。她要和他过很多的日月，哪能就这样被个肿瘤给分开？不行，她说什么也得把他诱到医院去，再检查下，这万一要是误诊呢？如果误诊了，还吃那些药，岂不是害命？可对于刘建成的坚持，李菊花也没辙。凭着她抄下来的药名，一个郎中给她抓了两大包药，告诉她是两个疗程的。

回到家李菊花就开始泡药熬药，厨房里飘着难闻的中草药味儿。她做的菜里，似乎也渗进了中草药的味道。她吃得不香，她是怕啊，怕失去曾经天天守候着的这个男人，怕自己的闺女失去亲爸。药熬好了，倒在搪瓷缸里，一天喝三顿。

刘建成自然不能喝这种苦药汤："我不喝。"

"你病了，病了就得喝。"

"我是病了，可你开的是什么药我哪晓得？我本人又没去，别是谋害亲夫。"

"我谋害你？就你？我都懒得谋害，我都嫌累得慌。跟你说多少次了，去医院再查查，要是上次是误诊呢？误诊的几率不是没有。如果真误诊了，吃这药才是找事。"

"不可能误诊，我自己也觉得胃有问题。"

"胃有问题，并不一定是肿瘤啊。也许就是你冷一顿热一顿，饱一顿饥一顿导致的。"

李菊花看刘建成说啥也不去，真正没辙了，只好去求助大姑姐刘建丽。药是白熬了。刘建成不能喝，又不能说不喝，只说太苦喝不下去。任李菊花哄着说给糖吃也没有用。

5

"建成，我可怜的弟弟。"刘建丽一说到弟弟就抹起眼泪来。

"姐，现在不是哭的时候啊。我们得劝他配合医生的治疗，这个病要么听民间医生的偏方，要么就化疗。他天天吃着那药粒，我看没啥用。天天捂着胃。"

"我们家也没有得这个病的，不是说肿瘤都是家族式的吗？建成这是太操心了，开公司，忙里忙外，他纯粹是累的。"

"我想去帮衬他，他说不用啊。"李菊花感觉大姑姐似乎在影射自己不帮她弟弟。自己现在是进不去那公司了，以前自己太独立，不愿意和自己家人在一个公司工作。现在却不同了，想加入却加入不进去了。

"建成没有这么固执吧，要他再去医院查查，有这么难吗？等我找他。"刘建丽说完就开始拨电话，电话拨通，刚说了要刘建成去医院检查的话，电话就被给挂断了，"这小子，说不去医院，还说他在开会。"

"他显然是不想听到去医院的话，我太了解他了。他一听到这话就炸锅了，要吵一番才过瘾。"

"不行，他一会儿开完会我再打，我就不信了。不对啊，他开会怎么还开着手机？"

"怕耽误业务呗。肯定是开着静音或者震动。"

"臭小子，姐姐的话都不听了。"刘建丽不高兴地翻着书，"放心，我一定鼓捣他去医院。"

"姐，要查出真是这个病可咋整啊？"李菊花一时又有点不敢接受这个现实。

"能咋整？治啊！你不是说对症下药，再化疗吗？不行找民间医生给弄点偏方。"

"弄了，我给熬的中药，可他不吃。"

"他是不敢吃，他又没亲自让那医生检查。"

"我是拿着他吃的药给人家看的，还能错？难不成我还害自己男人？"李菊花有点不高兴。

"我说你了吗？我们都是建成的亲人，都为了他能早点好起来努力。可是病人看病，还得是他本人去看才行啊，不然，那就更容易误诊了。"

"咱们得想个办法才行。"

"你看这样行不？"刘建丽对李菊花嘀嘀咕咕，李菊花暗自点头。

当晚，刘建成没有应酬，回来得很早。两人早早吃过晚饭，吃完饭李菊花就摆弄手机，没几分钟，就听到刘建成的手机铃声响了起来。

撂下电话以后，刘建成急三火四地对李菊花说："姐夫晕倒，让我们赶紧过去陪他们上医院。"

李菊花赶紧换衣服："你也换件衣服吧，穿了一天都有汗味了。"

"换啥换啊，救人要紧，我让姐打120，她说她打了。"

两个人赶到钱家，看到钱向前正躺在沙发上，已经醒转过来。"姐，车还没来吗？走，坐我的车。"刘建成着急地说。

"不等会儿了？"李菊花试探地问。

"不等了，时间就是生命。"刘建成看向姐姐刘建丽，刘建丽表示同意。

别看钱向前个子高，可他并不胖，被刘建成抱在怀里，倒也没有多沉。两个女人一前一后，仿佛在给刘建成探路一样，楼道里的感应灯在他们的脚步和喘息声中逐层亮起，抱到一层刘建成差点累瘫在地上。

"120也太不负责了，怎么还没来？我要投诉他们。"刘建成让李菊花打开车门，一边把钱向前顺进车里一边愤恨地说，"幸好姐夫醒过来了。"

"就是醒过来了，我们也得去医院啊。"刘建丽说，"都急死我了，这要身边没有人可咋整。"

"姐你别急，我们就去最近的医院。"刘建成说。

刘建丽说："不行，最近的医院太小。你说的是卫生院吗？他们能看出什么毛病。我们去潞溪医院，通州最大的医院。这要是白天我们就去市里的大医院，可得好好查查，不然不放心。"刘建丽不同意就近。

"那就去潞溪。"刘建成打转方向盘。

挂号的时候需要实名，刘建成跟刘建丽要姐夫的身份证。"完了，我们没带呀。这可怎么办？"刘建丽着急地说完，才想起什么一样又说，"建成，你的身份证呢？先用你的身份证挂上，不管怎么说我们也不能白来呀。"

刘建成拿出自己的身份证，挂完号以后，几个人去了急诊。

"1号。"医生在屋里喊，刘建丽和刘建成搀着钱向前往诊室走去，钱向前却说要在走廊再坐一会儿。刘建丽就拉着刘建成让他先和她进去说说情况。

"大夫，我弟弟看病。"刘建丽把刘建成按坐在椅子上。

"姐，你有没有搞错？是姐夫来看病，怎么又成我看病了？"

"姐没有搞错，跟你说过多少遍了，让你来看看，我们都希望你以前说的是误诊。建成，姐不想失去你，菊花和花香也一样不想失去你。配合医生，检查完我也好和菊花心里踏实些。"

"姐，没什么检查的，我不查，我都查过了。姐夫到底有没有病？"

"他没病，是你有病。"刘建丽说。

"不是吧，你们要我？"刘建成现在才反应过来，"我被你们给涮了？"

"这也是我和姐共同想出来的办法。已经到医院了，接受检查吧。"李菊花说。

"刘建成。到底谁是刘建成，谁看病？"医生看着几个人一进来就叽哩骨碌地争论，有点不耐烦了。

"我是刘建成，可我不看病。"刘建成彻底生气了。

"不看病，挂什么号？"

"是我姐夫看病，可他没带身份证，我给他挂了号，结果我姐让我看病。"

"那你到底看不看病？"

"我不看，我姐夫看。"

"那让你姐夫进来。"

"他姐夫没病，他姐夫不看病。"刘建丽说。

"你们。你们出去商量好了再进来，商量好了到底谁看病。"医生彻底不满了，"下一位，2号。"

几个人走到走廊上，钱向前正在遛达，一边遛达一边看着墙上挂着的医疗知识。看到三个人出来，钱向前条件反射地赶紧坐在椅子上。

"行了，姐夫，别装了。你们就是觉得我有病，想让我看病吧。我现在郑重地告诉你们，我没病。"

"烧糊涂了？你检查下能咋的？少你一块肉还是缺你一根头发？"刘建丽数落刘建成。

"姐，亏你们想的出来，还用这样的办法来对付我。我差点要投诉120了，你不是说打120了吗？原来都是在骗我。骗的孩子被狼吃。"

"我们不是孩子，不存在骗你。"刘建丽反驳，"倒是你，怎么跟个孩子一样任性。让你检查一次怎么这么难？你不能让我们心里踏实点吗？有病我们治病，要勇敢地面对，不要躲避。"

"我不是挺积极地在吃药吗？我还没面对？我没躲避。"刘建成不知道说什么好了。

"药不对症等于白吃。我们得多综合几家医院的专家，看看有什么更好的办法治疗你这种病。"

"姐，我这种病，就得我自己来治。回家。"刘建成不管不顾前面走了，边走边说，"我没病。"

"建成疯了？有病说成没病。"钱向前小声嘀咕。

"闭嘴，有病没病的你管这么多。"刘建丽把气全撒向钱向前。

"我不管？不用我管好啊，不用我管，还要我跟你们唱这出戏！"

6

婚姻的失败，让钱思艾彻底改变了看法，她开始频频相亲。父母介绍的，亲戚朋友介绍的，只要有人介绍她都去看。可看下来，她才觉得疲累，竟然还是没有入她法眼的。

和曹小曹说起相亲的事情，曹小曹是这样说的："要撒大网，你这样做是对的，撒大网才能捞到鱼。"

"我连只虾米都没有捞到。"

"你知道你为什么没有捞到虾米吗？"

"因为你不想要虾米，所以虾米早都被你过滤掉了。"

"说的有道理。好男人都哪里去了呢？"

"好男人都成家了，比如我家的好男人。"

"你家男人有啥好的？娶了你就把你扔在家里守空房。我坚决不要这样的男人，我也不觉得这样的男人有多好。"

"所以他只能属于我，我懂他，他也懂我。"

"懂我的，我懂的那个人，你快出现吧。"钱思艾夸张地伸张着双臂。

"思艾，明天我们单位有个公益广告要去拍，去敬老院，你也跟我去吧。

我现在还是志愿者呢，每周去一次敬老院，为老人理发洗脸，做点力所能及的事情。"

"这样一来，李磊不在家，你就过得充实了吧？可我现在一天天地都在忙着相亲，我查查，看明天有没有安排。"钱思艾闭上眼睛，假装在想明天应该怎么安排，片刻睁开眼睛说，"好吧，明天我跟你去。红娘说明天不宜相亲，宜做好事。"

曹小曹撇着嘴说："好像红娘专管你的事情一样，她要真专管你，那你还能剩到现在啊，早嫁出去了。"

"不管红娘是不是专管我，我还不是经历过一场婚姻了？真是，也结过，也离过了。婚姻这种滋味里里外外都品尝了，就是不再嫁又如何？有的时候我也在想，如果不去相亲，只等着缘份悄然降临也不是不可以。"

"主动出击还是对的，静等要等到花儿都谢了。"

"等我变成老菜帮子之前，我一定把自己嫁出去。"

"说好了，明天公司见。"

第二天一大早，曹小曹就赶到公司，钱思艾来得不算晚，当她一走进公司的大门，就因为和姚建华相遇而诧异不已。

姚建华一愣："你和大家一起去敬老院做好事啊？我这人就喜欢做好事，你也和我一样？"

"我和你不一样，虽然去的地方兴许是一样的。你是去做好事，做好事还用挂在嘴上？我只是到应该去的地方去而已，做应该做的事情。"

找到曹小曹，钱思艾撇了撇嘴说："遇到上次见过的大仙了。"

"谁啊？"

"就那个梳板寸，双眼皮。T恤永远掖在腰带里的那位。一看就OUT了，年轻人谁把衣服掖在裤子里啊。一看他就老了，还浑身插满了刺。"

曹小曹不禁莞尔一笑："他啊，他是我们公司最老的。不过，年龄也不是太大。1970年的，才43。嗯……和你年龄正合适。"

"拉倒吧，就他？还和我合适？饶了我吧大姐。说话净倒刺，我看他就是披了一身的刺猬皮。谁会看上他啊。再说，我昨天都说了，今天不适宜相亲，就是真有合适的，你也不要给我提，留着明天。"

"老迷信。"

"迷信啥啊迷信，我是在提醒你，不要时时提醒我待字未嫁中，该忘你也得让我忘一会儿吧。"

"好，今天不提了。就是有合适的，我也忍着。"

"忍着，留着明天给我，不过可别藏你心的角落里给我忘了。"钱思艾笑。

"保不准真忘了。"

公司一行人，外加钱思艾，坐着一辆中巴车向郊区敬老院而去。员工组织起来给敬老院的老人们梳头发洗脸剪指甲，拍公益广告请来的是专业摄像，姚建华则举着相机，断断续续地拍摄着抢来的镜头。曹小曹拉着钱思艾跟老人们聊天，把他们的头发梳得一丝不乱，指甲剪得也很圆润。老年人的指甲很不好剪，尤其有的指甲很厚，要费好大的力气。老人们身上散发出来的腐朽气息，一度让钱思艾有点接受不了。这是她第一次深入老人聚居处，她一度想着自己老了，如果还没有成家，是不是也会被迫住在这样的地方？想到这里，她不禁哆嗦一下。

她哆嗦的时候才发现姚建华正举着相机拍她，她手里的指甲刀赶紧离开老人的手指，用那只举着指甲刀的手挡住脸："不许照。"

"你看你真上相。"姚建华孩子一样把相机递到钱思艾眼前。

钱思艾看也不看："赶紧删了，我不希望我的照片在别人的相机里。"

"好好的，删了干嘛？"

"赶紧删，我告诉你，我看你是曹小曹同事的份儿上，别等我翻脸。"钱思艾抓过老人的手，继续给她剪指甲。

"好好，我删。"姚建华无奈地假装删去。本来姚建华打算跟钱思艾要邮箱，回去以后把照片发给她，现在看来是没戏了。

但事实上，回去以后，姚建华还是跟曹小曹要来了钱思艾的 MSN，看到对方在线，把几张偷拍的照片发给她。钱思艾看着照片，生不起气来。她真没想到，自己被偷拍得这么好看。两个人就这样你一句我一句地搭讪起来。

开始约会见面，喝茶喝咖啡。以至于曹小曹后来对热恋中的钱思艾说，

我把你带到我们公司，你和我们头儿认识了相恋了，然后你就不跟我逛街了，哪哪儿都没我什么事了？钱思艾赶紧说，我可没有重色轻友，我净在这反省了。曹小曹说你这话里足可以看出你就是重色轻友，好在我老公也回来啦。反省？你反省什么呢？曹小曹又追问。钱思艾就说，我反省自己爱情不成功的原因，我每天都给自己上课。

　　李磊回来了，回到家的李磊，一时半会儿还不太适应家里多了两位老人的日子。但是曹小曹会来事儿，把李磊哄得团团转。以至于他真的不想回船上了，但他发现他没办法把曹小曹的父母真当成自己的父母，他们的诸多生活习惯，让李磊不适应。可纵使不适应，因为有曹小曹对他的一腔爱，他也就偶尔忽略了一些不喜欢的东西，并且时时告诉自己："李磊啊李磊，你是没有父母的人了，你爱的人的父母就在你身边，你是不是可以试着把他们当成自己的父母？"

第十一章：逝

1

"建成，你快点过来一趟，你姐夫晕倒了。"刘建丽在电话里声音都变调了。

"姐，别急，有事慢慢讲。你觉得我还会上你们的当吗？"刘建成慢条斯理地说。

"建成，你快来一趟吧，姐没有骗你。"说着刘建丽哭了起来。

刘建成也觉得这次不像是骗他，挂断电话就开车奔姐姐家而去。赶在他前面到钱家的还有姚建华和钱思艾。在这里遇到姚建华，刘建成很吃惊，但他没有时间询问，赶紧问姐姐怎么回事。

"你姐夫在书店还好好的，一回到家帮我择个菜说倒下就倒下了。我又不敢碰他。"

"120 呢？打 120 没有？"刘建成问道。

"打了，是我打的。阿姨您不要着急，车应该马上就到了。我们虽然有车，可也不敢轻易移动病人。"姚建华说。

一大家子人，这个时候都在懊恼，没有一个人懂一点医疗抢救知识，只知道这样晕倒的病人不能随时搬动。

120 医护人员到现场后，进行了就地抢救，却无回天之力，告诉他们准备后事吧。刘建丽不愿意接受眼前的事实，非让急救车送到医院去抢救。医护人员说患者已无生命体征，抢救毫无意义。120 车呼啸着远去了，刘建丽还在那里撕心裂肺地哭喊着钱向前快回来。"老钱啊，早知道你这么不扛折腾，前几天我们就不该让你假病，这不是弄假成真吗？是我害了你啊，是我诅咒了你啊。"

"妈，怎么回事？"钱思艾不解。

刘建丽没工夫回答女儿，倒是刘建成对钱思艾说不要再问了，母亲已经很伤心了。李菊花看到人已逝去的悲痛现场，心揪得疼。她不为别的，只是担心刘建成会不会也有这么一天？她忽然很害怕失去他，就像现在已经失去了丈夫的刘建丽，她的大姑姐。那花白的头发，是那么刺眼，刺得她眼睛生疼生疼的，心也生疼生疼的。

"都怨我，都怨我。我那是诅咒你啊，我那是出的什么馊主意啊。"刘建丽哭。

"姐，别太伤心了。姐夫要是知道你这么伤心，他也会很难过的，让他安心走吧。都是我的错，都是我的错。"刘建成说。

钱思艾被眼前的景象弄糊涂了，她插不上嘴，就是插上嘴，也没有人回答她。李菊花搀扶着大姑姐，生怕她瘫倒下去再也起不来了。钱向前的离世，李菊花觉得确实有她的责任，是她和大姑姐合起伙来把刘建成的姐夫给送上了不归路。她无力面对钱思艾，无力面对大姑姐，可她还得搀扶着她，以防她跌倒了再也爬不起来。

还是姚建华经得起大事，和刘建成张罗着办了钱向前的后事。这几天，书店一直关门打烊。

刘建丽遭受这样的打击，一下病倒了，李菊花里里外外地照顾着。刘建丽躺在床上，头上搭着湿毛巾，说话软弱无力。"菊花，快跟建成好好说说，有病查病别硬扛着。现在医学这么发达，让他好好治。你说平时要是我能多照顾一下向前的身体，经常去做个体检，好好防患于未然，他也不会年轻轻就走了。"

"姐，姐夫年龄是不大，可黄泉路上无老少，姐您就不要自责了。以后姐您多注意身体才是，别太伤心伤了身子。建成那边，我会努力的。"

"今天不养生，明天养医生。"刘建丽叹了口气。

　　钱思艾新应聘去了家公司，所以没有时间照顾母亲，她私下里对李菊花说："舅妈，我妈就交给您了。那天我妈说的话啥意思啊？我舅还说怨他？"

　　"没什么，你别想太多了。"

　　钱思艾将信将疑："我现在刚去新公司，也没办法请假照顾我妈，那就麻烦舅妈了。"

　　"你说你跟我客气啥呢，我现在店也兑出去了，闲也是闲着。每天和你妈在聊聊天，我心里也充实。"

　　"舅妈，那您没什么打算？就做全职太太了？"

　　"嗯。对。你说行不行？"

　　"行，我舅这么一大公司，养您和花香绰绰有余，别把自己搞得太累了。您说我爸和我妈就不听我的话，他们开的书店你看着不大，其实也挺累的，我妈看店，每次去甜水园进货，都是我爸亲自上阵。他又不会开车，每次坐车去坐车回，书都死沉死沉的。唉，我看我爸他就是累的。"

　　"是啊，书可沉了。"李菊花觉得自己不在状态。自钱向前去世以后，李菊花就觉得自己总是不在状态。刘建成已经很久不和她上演重要剧情了，每个夜晚都特别宁静，其实只有她自己心里明白，那波澜起伏的心底，是任谁也看不到的。刘建成最近也不在状态，或者说自从和李菊花签了那6个月的协议以后，尽管相互之间都有该尽的义务和责任，也在一起上演过激情剧。可是刘建成心里想什么，她看不透。她想她自己在想什么，刘建成一定也看不透。她害怕的其实是生离死别，那场面太忧伤了。幸好钱向前出殡火化等等，刘花香都在学校，否则，李菊花觉得让一个未成年的孩子接触这些凝重伤痛的东西，真不知道该怎么跟她解释。

　　可她心里害怕，害怕女儿在没有成年之前，面对刘建成的突然离去。离婚，算是放手，离了还可以见面；可如果死了，那就不同了，谁还能有本事从这个世界买了票去另一个世界看一眼，再转回来呢？如果真能那样，李菊花倒也不用忧虑了，大不了刘建成去了以后，女儿花香想父亲了，就买张票，去另一个世界看看父亲，尽享父女之情，然后再买张票转回现实。可是，这可能吗？这其实就是痴人说梦，李菊花想到这些禁不住耻笑自己，活人你都摆弄不明白，等他去另一个世界了，你还能去指挥他？他若是他在另一个世界不愿意见她们母女呢，强行去看望，兴许成多余。

李菊花胡思乱想间，钱思艾又说："舅妈，那我就把老妈交给你了，我实在是请不下来假。"

"你忙你的，我会好好照顾你妈。"

这时李菊花电话响起来，女儿刘花香在电话里着急地说："妈您快回家。"

2

李菊花赶回家，女儿刘花香正像困兽一样在单元门口走来走去，一会儿跳一下，一会儿蹲下去。

"花香，怎么上学不带钥匙。我不是说了吗，不管去哪，一定要带着家里的钥匙，以前上学不是都带着吗？"

"我嫌麻烦，反正我回来你们都在家。"

"那可不一定，我要是不把店兑出去，我现在还看着店呢。再说，你姑夫去世，姑姑身体不好，我在她家照顾她呢。"

"姑夫去世了？我怎么不知道？"

"你是小孩，告诉你干什么？再说你在学校上学，听这些容易分神。"

"那就接姑姑来我们家住啊。我们家房子这么大，这样您又能照顾我，又能照顾姑姑，多好，还能照顾我爸。"

"好嘛，都是我在照顾你们，又是照顾你，又是照顾你姑，还照顾你爸？怎么就没听你说有人照顾我？"

"姑姑老了，爸比你年龄大，我又是小孩未成年，所以只有劳烦老妈了。"两个人一边上楼一边说话。

晚饭一家三口围在桌前，李菊花说："老公，你们吃吧，我去给咱姐送点。"

"先别去了，吃完再送吧，你也累了一天了。"

"哈。爸，妈管你叫老公？"

"叫了多少次了，你才听到？不叫老公叫什么？捣乱。"李菊花说。

"爸，我妈管你叫老公，我可没听到你管她叫老婆。快叫，快叫。"刘花香一边吃饭一边起哄。

"一点没有淑女的样子，我看将来你怎么嫁得出去。"刘建成用筷子敲了敲女儿的头。

"那我就快点吃，吃完送过去。花香，快别捣乱，好好吃饭，女孩要有女孩的样子。"

"我咋没有女孩的样子了？我多有女孩的样子啊。我是在教育老爸，来而不往非礼也。老爸，快管我妈叫老婆。快叫啊。"

"吃饭，吃饭还堵不住你的嘴。"刘建成佯装生气。

李菊花对女儿说："闺女，你知道女人要嫁给什么样的男人才踏实吗？我告诉你吧，嫁个大眼睛、双眼皮的男人。这样的男人有责任心。"

"就我爸这样的？我看他对你未必好。语言上都不讲究礼尚往来，我不高兴了。妈，我可是为你好。"

"鬼丫头，我不喊老婆，就不对你妈好了？这是你的逻辑？什么逻辑呢？还有你妈这逻辑也够奇怪的，还大眼睛、双眼皮的男人，人家小眼睛男人就找不到媳妇了。"

"我说的是有道理的，就是爱情课上人家老师也是这样说的。说外表很重要，贼眉鼠眼的，小眼吧唧的，那都不行，就那外表也不配我女儿。"

"妈，我还没到婚嫁年龄呢，跟我说这个，你不是告诉我不许早恋吗？"

"我可没鼓励你早恋，但是我得告诉你将来要找什么样的人。早给你上课，让你也好提前有个爱情观，不能别人给点小恩小惠就找不着北。要不怎么说女儿要富养呢，不能因为一块糖就被抢走了。"

"说这个确实有点早。"刘建成一边吃一边说。

"行了，我吃好了，我去给姐送吃的。晚上我晚点回来，多陪她一会儿。晚上思艾也回去，等她回去我就回来。"

"辛苦你了。"刘建成发自肺腑地说。

"叫老婆，快叫老婆。"女儿花香在旁边使劲鼓励，刘建成憋了憋气快速地说："老婆辛苦了。"李菊花听得心里暖暖的。

　　这一路上，李菊花心里都格外地阳光灿烂，尽管天幕已经黑了下来。李菊花开着她的白色瑞纳车，音响开起来，王菲唱的《我愿意》格外好听。她以前也听过，但没有今天的感觉好。老公的大姐就是自己的大姐，李菊花这样想，他的事就是我的事，他的病就是我的病。一想到这里，李菊花的胃疼挛了一下，好像真把刘建成的胃病转到了自己的身上。

　　李菊花一路想着，禁不住就有点悲壮。到了大姑姐家，才发现大姑姐家没人，电话又打不通，这下李菊花可急了。她本想把这消息告诉刘建成，又考虑到他身体状况打消了这个念头。她把电话打给钱思艾，钱思艾说马上回家，已经在路上了。

　　等到钱思艾回到家，打开门，两个人里里外外找了半天也没有找到刘建丽的身影，这下可把钱思艾急坏了："我妈会去哪呢？手机怎么还关机了？她这是明摆着不让我们找到她啊。"

　　"思艾你先别着急，你想想她平时都和谁走得近，她会不会去朋友家了？"

　　"她现在病着，怎么可能去朋友家？"

　　"那她会去哪呢？"李菊花苦思冥想。

　　"书店？"钱思艾忽然说，"我妈是不是去书店了？好几天不开业，她是不是担心有人来还书？"

　　两个人驱车直奔书店而去，远远地就看到书店漆黑一片，路灯下的书店，那么肃穆。两个人把车停在书店门口，傻傻地看着关着门并未营业的书店。还是钱思艾打破沉默："我们还是回家等吧。"

　　"你觉得行吗？我们再想一想，她会去哪里呢？"

　　"我也不知道，这个时候她不可能去朋友家。本身就病着，再加上爸爸刚去世，她不会去别人家的。"

　　"是啊，我那么劝她去我们家住，她非说身上有孝，不方便住在别人家。她想的也太多了，我们是一家人啊。"

　　钱思艾不吭声，忽然打转方向盘，一路驱车驶向郊外，李菊花左盘问右盘问，她就是不说去哪里。一路上，路两边全是树，郊外没有路灯，只有车灯不时晃过，前面纵深处都是漆黑的。李菊花心里直打鼓。

他们来到了墓地，来到葬钱向前骨灰盒的地方，果真如钱思艾所料，刘建丽坐在墓碑旁边。看到眼前的两个人，刘建丽试着站起来，却显得很费劲。

"妈，您这是何苦呢？这么晚了，怎么一个人在这里？多危险啊。"钱思艾把母亲扶了起来，紧紧抱住母亲，"妈，别想太多了，还有我呢。"

"你爸走了，钱向前走了，他再也不回来了，他托梦告诉我说他在那边等着我。"

两个女人听了，不禁都打了个冷颤。"妈，晚上凉，我们回家吧。妈，您得振作，您这样爸也不放心。"

"不放心好，不放心就把我给带走。"刘建丽踉踉跄跄地随着女儿往墓园外面走。

3

一回到家，刘建丽就开始发高烧，女儿钱思艾只好跟公司请了几天假，天天守在母亲身边悉心照顾她。

看到大姑姐孤寡的模样，李菊花深有感触，再加上大姑姐一再让她叮嘱刘建成去看病治病，更让她意识到刘建成是一个病人。

"别跟我磨叽了，我自己的身体自己清楚。"

"老公，算我求你了行不？姐也是这样说的，她说算她求你了，有病就治。"

"我不是在治吗？我吃的药不是在积极治病？那你们都以为我在吃着玩？这可是药啊。"

"可我们没有看到病历啊，我们要亲自监督你去看医生。难为上次姐夫装病，可你怎么就不配合呢？"

"你们想的是骗我的招数，我当然不能配合。"

"可号都挂了，怎么看一下就不行？"

"咱能不能不说这个？"刘建成有点不高兴，"本来我就有病，心里生理都有病，还非得揪住我的病根不放，你们能饶了我不？"

李菊花白了刘建成一眼："说自己有钱的人才没钱，说自己没钱的人那都腰缠万贯。同理可证，说自己没病的人，才有病；说自己有病的人，我看才没病。"

"我倒希望自己没病。"刘建成心想，我是心病。心病得用心药治，可心药在哪？

一个人买醉没意思，两个人喝着小酒的时候，刘建成才肯把心事向姚建华倒一倒，可倒完了又能怎样？自从他知道姚建华和她姐姐的女儿恋爱以后，刘建成的心里就多了层障碍。

"兄弟，咱俩该怎么论就怎么论，不要因为思艾断送了咱俩的友情。"姚建华一边喝酒一边说。

"建华，不是我说你，以后你在我面前不能总兄弟兄弟地叫了，这要让我姐和思艾听到，像什么话？你让我姐和你平起平坐？这不可能呀。不是我愿意当长辈，是你会找女朋友！谁家姑娘不行，偏相中我们家外甥女。"

"没关系，那我以后就当你的外甥女婿，这总行了吧？大舅。"

刘建成听了直想笑："算了，我听着直起鸡皮疙瘩，你说说我们从小到大，一直兄弟相称，这以后称呼改了，还真有点不习惯。"

"慢慢就习惯了，以后我就管你叫舅舅。"姚建华嬉皮笑脸地说，"当长辈没好事儿，今儿个是不是舅舅买单？"

"你真行，说你胖你就喘上了。既然你今天改口了，那你小的更应该请我这个老的。唉，话说回来，我真的觉得自己老了，这几天经历的事情太多了。我姐夫去世以后，我觉得自己的精神头一直都不好。"

"你啊，就是自己骗自己给骗的！赶紧向老婆大人承认错误，别再说自己有病了，时间久了真怕自己都不相信自己是健康的了。"

"建华，你没和思艾说吧？"刘建成想，要是思艾知道了，那思艾的妈妈他的姐姐也一定会知道，姐姐知道了，李菊花肯定也会知道。这谎言被别人戳穿和自己坦白交待完全是两个概念啊。

"我没那么八卦，我没事嚼你舌头干什么？我现在和思艾热恋中，实在腾不出时间管你的家事。"

"没说就好，我现在也不知道我这谎话怎么解释给老婆听，你说我告诉她我根本没病，她爱离就离去？关键是我现在不想离啊。可我就这样一直装病，终有一天会穿帮，会露馅。"

"你们两个人真是可以，先是你要离，你老婆不离；等你不想离，你老婆又要离。你为了不让老婆离，自己就假装得了重病；老婆一见你重病，她又不忍离你而去。都说夫妻本是同林鸟，大难来时各自飞，你们俩个，真是各种考验啊。"

"考验是考验，可也不能考验起来没完啊，当初装病是你教我的，现在咋恢复健康，我也愁了。他们总想让我去医院检查，一查没病，我这不就露馅了吗？"

"不是我说你，聪明一世糊涂一时，检查就检查，怕个啥？查不出来病，你可以说是上次误诊，要不就说复元了。"

"没听说肿瘤说复元就复元的，要说误诊，这倒是个不错的主意。就你鬼点子多，我家思艾玩不过你的心眼吧？"

"她？她可是猴精猴精的，我在她面前甘拜下风。"

当刘建成再被姐姐刘建丽和李菊花逼着去医院的时候，他平静地说："去就去，啥时候去。"他的表现让渐渐恢复的刘建丽心情更加晴朗了："这就对了，你说说你，为了骗你去医院，搭上了你姐夫的命。"

"我的好姐姐，我被你们骗着去医院，我是受害者，怎么倒成了害人的人了？姐夫的离开倒和我有关了，那我这下半辈子不是太内疚了？"

"让你去你不去，不骗你你能去吗？号都挂了，你不还是不检查？我让你姐夫装病，我那不是咒他吗？"刘建丽说到这，眼睛又红了。

"姐，咱能不能不提这伤心往事？过去的就都过去了，我这不是答应你去医院检查了吗？检查出问题，你可别上火。我都跟你说了，我是病人，我现在在吃药，没必要再去检查，费钱劳神。关键是，凭什么让医院再赚一次我们的钱呢？"

"去吧去吧，去检查了心里踏实，该吃药吃药，该养病养病。"刘建丽恢复常态。

倒是李菊花心里特别紧张，先前只看到了刘建成吃的药，没有亲自听医生确诊，她不相信。现在马上就去医院了，她心里倒是七上八下地有点忐忑了。

说好了第二天去医院，头一天晚上，刘建成忽然改变了主意，深切地向李菊花检讨："老婆，我说的都是真的，你得相信我。我没有病，我是骗你们的。"

"骗我们？为什么骗我们？"

"我觉得夫妻之间最重要的是信任，经过这几个月的磨合，我越发觉得把每一天当最后一天的感觉，我不能离开你和花香，可我说不想离开你们，干说也没有说服力啊。我只好说自己病了，我知道我病了你就不会离开我了。你做手术以后，你一直想离开我，你知道。"

"你这不是胡闹吗？你让姐姐她心里多沉重啊，你就一句话说自己在骗我们，这就行了？我无所谓，你怎么跟姐姐解释？"

"大不了我陪姐去医院。"

"是姐陪你去医院。她现在精神状态刚刚好一点，她当然不希望你得病，可你说你这一切都是闹剧，你让她怎么想呢？"

"我不说了吗，我陪姐去医院查，大不了查不出来病，我就说复元了。"

李菊花用陌生的眼神看着刘建成，什么也没说，她觉出了他们之间的距离感。

一夜无剧情。刘建成几次想把手伸过去，可李菊花面冲墙睡去。

4

刘建成拉着李菊花，去刘建丽家把她接上，三个人直奔潞溪医院而去。挂了号，三个人去了内科，患者不少，几个人只好等在走廊，等护士叫号。

叫到 15 号，刘建成赶紧站了起来，医生问诊完以后，建议刘建成去拍片。"我还用拍吗？我就是偶尔胃难受，不是有很多病，号个脉，问个诊就知道病情了吗？"

"我这是西医。"

"没有望闻问切？"

"拍片去。下一个，16号。"医生显然没有工夫跟他费口舌。

"拍片？"刘建成一边咕哝一边往外走，"拍就拍，又不是没拍过。谁怕谁啊？"

"建成，等等我，慢点。"刘建丽赶紧跟上去，她身边跟着李菊花。此时的李菊花虽然告诉自己今天来检查就是为了确定刘建成没病，可一走进医院，她心里还是有一种莫名其妙的紧张。

"姐，你们就在这等我就行，跟着乱跑什么呀。"

"那不行，我要亲眼看着你走进去，我要看医生怎么给你拍片。"刘建丽的固执劲上来了。

"人家不让家属进去。"刘建成走到电梯处，希望这句话能挡住两个女人，可那两个固执的女人却偏要跟进电梯。三个人等电梯，出电梯，进拍片室，结果出来以后，交到医生手里，医生告诉他们，刘建成的胃部有大面积阴影，建议做胃镜检查。

刘建成不愿意了，自己没病啊，怎么就查出病了？还要做胃镜？做胃镜一定很疼啊，他这样跟医生说。医生告诉他只有做胃镜才能知道那片阴影是怎么回事。刘建成心里嘀咕，人家中医把个脉就好，这西医怎么这么费劲，还非得依靠机器？没机器你们还能当医生吗？

刘建丽说话的音儿都变了："医生，您可好好给我弟弟治啊，他还年轻啊。求求您了。"

医生让他们做好做胃镜的准备，刘建丽替刘建成答应下来，着急地问："医生，那我们有什么要注意的没有，有没有什么东西不能吃的？"

医生告诉她："检查前一天晚上8点以后不进食物及饮料，禁止吸烟。前一天晚饭吃少不易消化的食物。如果下午做胃镜，可让病人当天早8点前喝些糖水，但不能吃其他东西，中午也不能吃东西。回去准备吧。"

刘建丽一迭声地跟医生道着谢，身边站着的刘建成有点傻，心里琢磨自己的胃虽然偶尔有点小不舒服，可不至于有大面积阴影啊，这到底是咋回事呢？他有点懵。

回到家，洗漱完毕躺在床上，刘建成一个劲儿地喊渴，李菊花不让他喝水不也让他喝饮料。

"撒谎的孩子被狼吃，这下被狼叼着了吧？"李菊花说完叹了口气，"撒什么谎不好，偏撒让自己得病的谎，你害了姐夫不说还要害自己。"

"我这不是以为病重了，你才不舍得离开我吗？"

"要离婚的是你，不想离的也是你，都说女人善变，真搞不懂你们男人怎么也会这么多变。"

"女人有月经周期，你以为男人没有？男人有的时候那想法都让自己觉得奇怪。"

"水也别喝了，忍着吧，明天去做个胃镜。"

"现在这医生也不知怎么了，离了仪器就不能活。要不我去看中医吧？"刘建成用询问的眼神看着李菊花。

"就算是治病，中医也是来得慢。不行，明天去做胃镜，不彻底检查一遍，我这心里还是不踏实。"

"真恼人。我怎么这么倒霉，怎么倒霉的总是我。"

"你倒什么霉啊，从小到大，你病过几次？不都是小感冒吗？再说，如果只是单纯的胃溃疡，吃点药溃疡面就好了，你也别有太大的负担。没事，睡吧。"其实李菊花的心已经提到嗓子眼儿了，虽然刘建成跟她坦白自己在撒谎，可这番检查下来，李菊花心里彻底没底了。

"老婆，要是我真有胃病，你还离开我吗？"

"不离开。不会有事的，别瞎想了。"

"那要是我啥病没有，就是普通的胃炎，吃点药就好了，你还会不会离？"

"不会。你每天吃的不是治胃病的药吗？你以前到底检查过没有？"

"不是治胃的，是维生素。"刘建成有点不好意思，"没检查过，就是有时胃区不舒服，一吃辣的就难受。"

"没事的，睡吧。肯定没事。"李菊花安慰着刘建成，却背对着他睁着眼睛睡不着觉。她脑子里一直是医生说的那席话，说刘建成的胃里有大

面积阴影。她心里哭起来，真是祸不单行，想她自己刚做完子宫摘除术还没有几天，又摊上自己的男人身体出问题。他们这个时候被紧紧地拴在一起，谁也不舍得在这个时候远离对方。

第二天一大早，李菊花跟刘建成出门前，刘建成让李菊花吃点东西再走，李菊花说他都没吃，她也不能吃，要吃一起吃，等检查完了一块吃。于是把奶和面包装在包里。

"走吧，早去早点检查，早检查完了好早吃饭。你一做完胃镜我就把面包和牛奶递给你，绝对不耽误一秒钟的时间。"李菊花装作轻松地说，其实她心里压着块石头。近来刘建成那几瓶治肿瘤的药把她吓得不轻，她一直以为自己的男人患了癌症，已经到了无可救药的地步。现在忽然可以重新检查，也许会推翻先前的病症，这让李菊花心里有股说不出的滋味。她当然希望最后的检查结果是从此放心大胆地生活，什么事也没有。可这种事好和坏都各占百分之五十，在没有出结果之前，只能各揣一半。反正不是坏就是好，但她可坚决不希望：不是好，是坏。

5

胃镜检查的结果是胃底部溃疡面积很大，4 到 5 公分，表面病变，医生诊断有 Ca 可能。但活检未查出 Ca，血也正常。

"什么叫 Ca？"刘建成一脸迷茫。

"CT 片显示你胃壁增厚，淋巴肿大，但未查出 Ca，我开些药回去吃，过些天再回来复诊。"医生答非所问，他掩饰着当初让刘建成做胃镜的直接目的。

回家一百度，刘建成才明白胃 Ca 是胃癌的意思，Ca 是癌症 cancer 的英文缩写。这个时候刘建成才彻底呆了，那个喊狼来了的撒谎小孩，得到了报应，被狼吞下去了。他忽然觉得生活一下子就暗无天日了，可突然不知哪根神经又提醒了他：不对啊，医生说了，根本没有查出 Ca，那就是说医生只是凭着片子怀疑他患了胃癌，做了胃镜以后，怀疑被排除了，其实他健康着呢。那药还吃吗？他很想把药全倒马桶里去。

"老婆，我确实没病，这次查了，你放心了吧？虽然说 Ca 是胃癌的意思，可医生仅仅是怀疑而已，他没有查出这个坏东西的细胞。我是健康的，我没病，药我也不吃了。"

"药你得吃，那么大的溃疡，不吃怎么行，真要是哪天病变了。呸呸，好的不灵坏的灵。乖乖地吃药，老公。听话。"

李菊花的一番话让刘建成不得不服气，女人的软刀子可真是会杀人啊。不吃对得起谁呢？从这一天开始，刘建成扔掉了维生素瓶子，开始吃医院新开的药。他在心里自认倒霉，看来人活着真不能撒谎。

李菊花的店兑出去以后，一时没有事情做，找老公培训班她偶尔还是会去听听课，这让刘建成非常紧张："小李同志，怎么，今天又去听课了？找老公培训班，真能给你找到新老公啊？"

"说不定啊，我这不是寄予厚望吗。"

"说说，课都是怎么上的？是找好多男人站在 T 型台上，像女模特那样走秀，让你们选？"

"你咋知道？"李菊花跟着刘建成的思路走，"你去偷看了？"

"还用想？肯定是你们老师弄一大堆托儿，要不收你们那么多钱，不把你们个个都嫁出去，她不得天天挨骂呀。再说，思艾就是例子，听了两堂课就把自己嫁国外去了，还不是这男人在你们 T 型台上走秀了，被思艾相中了？"

"行了，你不要胡猜了，我们这里看不到一个男人，还 T 型台呢。哪来的 T 型台，在你眼里男人都成什么了。"

"我觉得正常，这不就是一个红娘机构吗？你要是真找到了，提前告诉我，咱那合同就作废。"

"急啥？这不还有两个月呢吗？怎么，你找到下家了？"

"还没有，就我这有病的躯体，谁要啊。"刘建成表现得一副可怜巴巴的模样。

李菊花还真的很少看到刘建成示弱的一面，他总是表现得很强大，唯

我独尊，谁都得听他的，他就是老大。他在外面是老大，回家更是以老大自居，偏李菊花骨子里也很强大，所以他大多数时候是领导不了她的。就比如说当初成立公司，他让她去公司做财务，做副总，她皆推脱了，宁肯自己到处去应聘，起早贪黑一个人挤公交和地铁，也不天天和他在一起工作。

"就你这强大的外形，那小姑娘都乌泱泱地往你身上贴，还谁要？男人四十一朵花，你正盛开着。"

"咱能不能不提花？你见哪个男人跟花似的？那是神经病。"刘建成一本正经地说。

李菊花听到这扑哧笑了："你爱是啥花是啥花，我反正是过季了。"

"T型台上那些男人，不会没向你搔首弄姿吧？看哪个顺眼，就顺手把他从台子上拽下来，别被人家给抢了。"

"行，我留意点。你倒是真关心我。"

"那是，十几年的夫妻，这点同情心还是有的。"

"你什么意思？你的意思是没人搭理我呗？还同情心？"

"没那意思，要是你真不听话，弃我于不顾，离我而去，那我和你不就同病相怜了吗？你要是也没人搭讪，那我们就可以说是同病相怜了。"

"我撇下你走了，我有什么好处？协议上说了，谁先张罗离婚，谁就净身出户，女儿都不让带走。我得好好想想。"

"你说你子宫摘除了，生不了娃了，不是要离开我吗？"

"我不，要走也是你走，我走了，女儿都不认我了，我不干。"

这女人忽地有了变化，这让刘建成觉得有点奇怪。自己当初骗她是胃癌，才阻挠了她要离婚的脚步，如今自己任嘛病都没有，她怎么黑不提白不提了？她又不想离了？这步棋得好好下，要是下歪了，净身出户，女儿归前妻，那自己可不愿意。

"在咱姐还没招聘到服务员的时候，我去帮姐看书店。"

"那谁去进货？这样，你让咱姐列书单子，有时间我就去给她进货。"

"不是进货这么简单的，有更多的时候是要调货的，你那公司一大摊事儿，怎么顾得上书店。行了，你甭管了，我又不是不会开车，大不了我来回跑腿。"

"利润你们咋分呢？"

"自己的姐姐你还分得这么清楚。"

"我是怕你白干。"

"谁让那是你姐。再说，都说好了，等招聘到合适的人选，我就可以不用帮她了，到时候我就撤。我现在是纯帮忙。"

"那你撤到哪去呢？"

"再定。"李菊花觉出了自己语气的冷静，赶紧换种口气说，"老公，你虽然没查出什么大毛病，可那一大片溃疡也够惊人的。你得按时吃药，千万不能忽视了。还有吃饭要按时按顿吃，不能冷了硬了辣了。"

"你最好时时监督，我自己可说不好，一个人在外面，没人管没人问，有口吃的就行，管它冷还是热的。对了，我还是爱吃辣的。"

"公司不是有专门做饭的吗？明天我专门过去交待她。"

"可别，拉倒吧，别兴师动众的。"

6

说到做到，去书店之前，李菊花开着她的瑞纳出发了。公司在团结湖附近，她用了一个小时把车开到公司院里，暗自庆幸还不算太堵。她把车停好，就直奔公司厨房而去。

厨娘是四川人，公司有大的活动李菊花也是来过的，所以也认得她。厨娘一见到李菊花，立刻笑着说："姐姐您来了？快坐，我正择菜呢。"

"今天的菜谱我看看。"李菊花没有坐下。

厨娘把菜单递给李菊花，从星期一到星期五，菜单上明白无误地写着素菜、荤菜。"怎么辣的这么多？"李菊花吃惊地问。

"姐姐，您忘了？我是成都妹子噢，我当然是做川菜拿手了。刘总也爱吃我做的菜。"厨娘一边把辣椒上的蒂掰掉，一边显摆起来。

"打住，从今以后，所有的菜，一律不许加辣。"

厨娘目瞪口呆地看着李菊花，嘴巴张了半天才说："姐姐，可刘总他说爱吃辣的，每顿菜里没有辣的他都不愿意。再说，他也没交代啊。"

"听我的还是听他的？"

"这个……"厨娘一时没了主张，"可是姐姐您也不在这吃饭啊，您不在这吃饭，您就别挡着不让刘总吃辣的啊。人活一辈子，像我，是无辣不欢啊。"厨娘还在自顾自地说着。

"听见我说的没有？以后做菜一律不许放辣，谁想吃辣的，那你就炸一碗辣椒油，这样也能满足他们吃辣椒的愿望，但是我希望你在给你们刘总装饭盒的时候，不要让他看到你这碗辣椒油，让他一点辣椒都不要吃。你帮我监督他，能做到吗？"

厨娘愣了，心想这么大的人了，人家要是想吃辣的，她能挡得住的吗？要想吃什么，怎么想办法也能吃到嘴里去。

"这件事你必须听我的，不然我让你下课。"李菊花严肃地说，其实李菊花很少严肃地和别人说话，现在板着个脸，自己心里面早就想偷着乐了。她得给对方施以威严，不然她能听自己的？到时候刘建成想吃辣的，她就用她那大勺使劲给他剜，那还了得？那胃是要还是不要了？那到时候溃疡面越来越大，直接 Ca 就彻底完了。偏在吃这方面，刘建成总是不太注意，在家里吃也总要找辣的。凉的也不在乎，饿了，什么都往嘴里塞。这也是李菊花特别担心的地方，自己子宫摘除了，刘建成想再生二胎，她生不出来，应该自动让位，可是一想到刘建成的身体，她还真是不能现在就离开他。她走了，他这身体不是更糟糕了？所以，她不能走，不能离开他。

"下课？下什么课？"厨娘一时懵了。

"夫人驾到？"刘建成走进厨房。

"你天天要巡视厨房啊？"李菊花觉得在这里遇上他有点吃惊。

"刘总这是微服私访呢。"厨娘忘了下课这码事了，看到老总来了，赶紧笑着说。

"是员工说看到你进了厨房，我才过来的，要不我哪有时间光顾厨房。"

"谁眼神这么好？我怎么没注意？"李菊花似自言自语地说。

"你以为呢？我的员工那都有007的机警，谁打进公司内部，保准都比我先看到，都会看家着呢。"

"幸好我不是进厨房偷东西，要不东西丢了还不得说是我拿的。我一天天地也不来公司，来一次就被你们看见。"

"说吧，来干嘛了？视察工作？不是说去姐的书店吗？"

"去啊，这不还没去呢吗，我先来这看看，再去书店。"

"厨房有啥好看的？你在家还没下够厨房？"

"没下够。"李菊花假装生气地说。她怎么听怎么觉得刘建成一副审问的架势，对她不嘘寒问暖不说，语气中还透着冷意，自己可是为了他的胃才来的。

"好了，走了。"李菊花要往外面走。

"怎么我一来你就走？急啥啊。还没告诉我来干嘛呢，是找我的吗？找我怎么还下厨房了？"

"我是来找厨娘的，我刚跟她聊过了。"李菊花面向厨娘说，"就按我刚才说的，如果违规，那你就得下课了。我走了，上课去。"

"李菊花，你，你还去那上课？你不是去姐的书店吗？"刘建成紧追出去。

"我是去书店啊。我活着每天都在上课，反正不是上课就是下课，睡觉就算是下课了。"李菊花乐了。

"吓我一跳，我以为你又去那个什么班。算了，别去了，怪搭精力的。你不帮姐，过来帮帮我吧。"

"帮你？帮你做什么？帮你做饭吧。"李菊花笑。

"做饭有点大材小用。"

"你别说，我来做饭还真合适。我会随时来私访，如果厨娘没按照我说的做，就让她下课，我来上课，我给你们做饭。"

一路上，听着歌，李菊花觉得无比轻松。她觉得这一趟来对了，如果那厨娘怕被辞，一定会按照她说的老老实实做饭，并且时时监督刘建成的

胃。这样，自己也就放心了。车行至物资学院，电话响起，接通是李磊的电话："姐，小曹她妈住院了，小曹非说是我气的，你快来一趟吧。"

　　李菊花来不及去书店，驱车直奔潞溪医院而去。

第十二章：岳母不是妈

1

李磊愁眉苦脸地坐在医院的走廊。李菊花赶过去问道："李磊，到底怎么回事？"

"其实没什么，我就说了她妈两句，她不小心碰倒椅子摔倒，小曹就赖我，说是我把她气的。"

"你说她什么了？你没事说她干什么？人呢？我先进去看看。"

"姐，你还是别进去了，小曹正生着气。"

"不让我进去，你让我来做什么？"李菊花埋怨着弟弟。

这时曹小曹走了出来，看到李菊花说："姐，你来了？"

李菊花说要进去看看阿姨，曹小曹说她妈已经睡了，李菊花就追问曹小曹到底怎么回事。曹小曹一经大姑姐追问，眼泪就出来了："姐，李磊他嫌弃我妈。"

"小曹，你不能这么说我，我怎么嫌弃她了？"李磊急了。

"你怎么没嫌弃？嫌我妈给你洗衣服没洗干净，你还嫌我妈择的菜不干净，还说碗上有油点，这不都是你说的？"

"我那不也是随口一说吗？我以为是你洗的，我就说了，我要知道是她洗的，我打死也不能说啊。"

"小曹，你们之间肯定有误会。你妈做的许多事，李磊都以为是你做的，所以他张嘴就说哪里做得不够好，如果他知道是你妈做的，他一定不会说的。怎么说她也是老人，给我们干活，我们应该知足才行。你好好想想，他说那些话的时候，是不是以为那些活都是你干的，他才说的？"

曹小曹不吭声了，她觉得李菊花分析的也对，确实是在李磊不知道的情况下说的，可当时他说者无心，她妈却听者有意，脚下有凳子没注意，绊倒了，额头都磕破了。她一想到妈身体本来就不好，来到女儿家干这干那，李磊还挑三拣四，所以她心里堵得慌。

曹母还在安睡，她的床边坐着老伴，花白的头发，瘦削的面颊，看着他们，李菊花心里一颤，眼前这一幕，恰似当年他们家的翻版。当初母亲病重的时候，父亲就是这样守在床边，直到母亲离世，父亲不出半个月也跟着去了。

曹父张嘴刚要说什么，李菊花做了个噤声的表情。她把水果放在床头柜上，到床前看了一眼曹母就转身向外面走去。李磊还在走廊，跟个受气的小媳妇。趁着曹小曹去卫生间的工夫，李菊花开始教训李磊："李磊，不是我说你，你既然同意她父母生活在你家，你就要接受他们的所有生活习惯。人老眼昏花，洗东西洗不干净正常，你多让小曹干不就行了。再说你回来了，你也可以亲自动手吧，在海上漂那么久，回到家你还不得表现表现。人家小曹一个人守在家里多孤单，有父母陪在身边，才让你少了不少的担心，你应该感激他们。你说呢？"

"姐，我说那些话真不是故意的。"

"我知道你不是故意的，找机会向老人道个歉，老人都通情达理，不会和你计较的。"

还真别说不计较，曹母一出院，老两口就张罗着回老家，曹母说："闺女啊，李磊回来一趟不容易，你好好照顾他，在海上工作太辛苦了。妈和你爸都老了，也不会照顾你们，还得麻烦你们照顾我们。

任李磊怎么道歉解释，曹母坚决要回家，说家里种了些小菜，拜托邻居帮着浇点水，回去得看一眼，看还能不能收了，不然可惜了。曹小曹不愿意了："妈，回去干啥啊，那点菜收了有啥用？还不够路费钱的。我不

让你走，你走我也走。"

"傻丫头，我和你爸是回老家，你回哪？这就是你的家，你别一天到晚跟个小孩似的。李磊一天在海上那么辛苦，回来了你好好照顾他，你可不小了。"

李磊妈妈妈妈地不断叫着，也阻挡不了曹母前进的步伐。无奈他只好在网上给他们购了回老家的火车票，曹母说买硬座就行，硬卧太费钱。李磊坚决买了卧铺，只是有一张下铺还有一张是上铺："妈，电脑买票都是随机的，也没办法选下铺，这张上铺上车后跟下铺的年轻人调一下吧，不行就找乘务员。"

"没事，我能爬高。"曹母说。

"妈，那可不行，你这伤刚好，别再摔着。"曹小曹心疼。

"放心吧，我这老胳膊老腿结实着呢，以后有用得着我们的地方，我和你爸再来。"

把岳父母送走，李磊在曹小曹面前就矮了半截，好像她的父母是被他撵走的一样，可他觉得自己是尽了力的，那么卖力地喊妈你不要走，可这个妈不听啊。这要是自己的妈，自己使着性子不让她走，她肯定就不会走的。没办法，这是媳妇的妈，自己在她面前怎么都亲不过儿子。李磊这样想的也是这样说的，曹小曹就不愿意了："李磊，我妈可是把你当亲儿子的，要不能给你洗衣服？你也太不讲理了。还说是媳妇的妈，不是你的妈。你说，到底是不是你的妈？"

"我承认是我的妈，可她不承认我是她儿子啊。"

"你当然不是她儿子，你要是她儿子，那我岂不是嫁给自己亲哥了。"

"这话说的太有道理了。放心，以后岳父岳母再来，我一定把他们供起来。"

"说啥呢？把谁供起来？我爸我妈又不是神仙。"

"胜似神仙。在我心里，我对他们只有恭敬，再不敢随便说话了。"

就这句话，害得曹小曹好几个小时没理他。

2

钱思艾一边开车一边接听姚建华电话："行，敬老院门口见。"

原来姚建华在和钱思艾相处的过程中，跟钱思艾说过这样的话："小艾同学，在我向你求婚之前，我要做几件大事，第一件，就是离开男人俱乐部，希望他们给我除名；第二件，就是翻新敬老院的旧房子，给他们换些新床；第三件，就是带你去我的花园。"

钱思艾当时不解："俱乐部你随时可以去啊，不要因为我耽误了你和朋友相处。"

姚建华说："认识你了，我是坚决不再去了，说好听点那是男人俱乐部，其实就是离婚男人俱乐部，你还想让我单身？"

"这样啊，那以后咱不去了。翻新敬老院，我赞同，说明你有一颗善良的心。可是，你说要带我去你的花园？花园在哪？你还有花园呢？不简单啊。庄园主同志，我现在就想去。"

"这是后话，一步步来。"

"我现在就想去花园。"

"你想隔锅台上炕啊？"姚建华笑了，"我还是想让你真正地认识我以后再去花园，花园是我们的终点。"

钱思艾听得云山雾罩，见姚建华不再细说，也懒得再追问。两人在敬老院门前见面，姚建华穿的很休闲，手里拎着油漆桶，头戴纸帽子，一看钱思艾来了，赶紧说："快，跟我一起干活。"

钱思艾就这样参与到姚建华带的队伍当中来。算上姚建华和她，一共八个人，四桶油漆，两人一组，分成四组，姚建华自然和钱思艾一组。钱思艾从来没有刷过墙，跟在姚建华旁边学习着。姚建华就说："看见没，人哪，无论在哪里都应该把自己当成一个幼儿园的孩子才行。身边的人不论哪一个，都有可能成为你的老师，给你上一课。"

"你这话啥意思？"钱思艾的衣服上沾了些白色涂料，笨手笨脚地举着刷子往墙上刷着。

"看看，不懂我的意思了吧？我就是告诉你，现在我是你老师，我在给你上涂料课。"姚建华一边说一边唱起来，"我的粉刷本领强，我要把那新房子，刷得更漂亮，刷了房顶又刷墙，刷子像飞一样……不过我告诉你，你的刷子可千万别跟飞一样，容易把涂料飞到我身上。"姚建华一边指导钱思艾怎么刷墙一边笑，钱思艾手里的刷子上的油漆不小心滴到了鞋上。钱思艾直跺脚，姚建华就笑说有时间多给她买几双鞋。

钱思艾听了正色道："不要鞋。"

"那要什么？"

"恋人送鞋，最后都要分手的。"

"那我就不送鞋，送十双手套。"姚建华调皮地说。

"我要那么多手套干什么？"

"留着刷墙啊。以后咱们家的墙，你家的墙，都咱俩刷，不用花钱请工人了，多好。"

"想法不错，可咱俩这速度，得刷猴年马月去？"

"不急，反正周末两天时间，我们都花在这里了。思艾，你要是累，你就歇着，我来。"

"那不行，我不干活来干嘛呀，我又不是监工。"

"你就做我的监工，哪里做得不好，你尽管说。"

敬老院的老人蹒跚着，给两人送水果来，两人直说吃不了，手上全是油漆，老人过意不去，就说让他们喝点水，他们只好喝了水。

一个老大妈瘪着镶了牙的嘴巴说："小伙子，我们都在电视上看到我们了，我还是第一次上电视呢。照片也看见了，年轻的时候都没拍过照片，这老了老了还上照片上去了，还上电视上去了。"

"大妈，要是喜欢，以后我多给你们拍点照片。对了大妈，孩子这个月来看您了吗？"

"来了来了。院长弄了一个花名册，看谁家儿女来的次数多，带的好吃的东西多，到年底还评最优秀儿女呢。"老太太笑着说。

"那敢情好。哎大爷，您的儿女来看过您吗？"姚建华问一个老大爷。

"没儿没女喽。"老大爷有点无奈。

"大爷，以后我每个月都来看您，次数绝不比他们有儿女的次数少，您看好不？"姚建华诚恳地说。

"那好啊，小伙子，那敢情好。"老大爷浑浊的双眼透了点亮光。

老人们离开以后，钱思艾低声说："你对他们可真好。你对自己父母咋样呢？"

"我父母都在东北，让他们来北京他们也不来，退休后他们都有事情做，唱歌跳舞写书法，过得充实着呢。我要回去看他们一次可麻烦了，那不能按月按天算，只能按年算，一年回去两次算不错了。"

"两次也不少，离得这么远。还行，你挺孝顺的。"

"你说孝顺就孝顺啊？等哪天我去看我丈母娘，孝不孝顺，得由她说了算。"姚建华眼含秋波。

"少来，你还想送我秋天的菠菜啊？我最不爱吃菠菜了，我可不想成为大力士。"

"我说我力气这么大呢，原来我爱吃菠菜啊。"

这是周六的晚上，大家收工后，各回各家，各找各妈。姚建华开车，副驾驶坐着钱思艾，两人要先去填饱肚子再说别的。

钱思艾要吃西餐，姚建华却说吃不饱，两个人为吃什么产生了分歧。姚建华恐惧牛排六七分熟还带着血丝，钱思艾说这样的肉吃了身体才能强壮，姚建华说将来有了儿子我可不能给他吃这些东西，打小吃的跟野兽似的。钱思艾不愿意了，说那西方人都是野兽吗？说完这话，钱思艾先不响了，她想起了大山，那个对她行使家暴的家伙，他跟野兽有什么分别？

在吃什么上面，钱思艾妥协了，因为她不想在吃着野兽才吃的六七分熟的牛排时想起大山那个野兽。两个人去吃了四川火锅，热气腾腾吃得吆吆哈哈的，姚建华大呼过瘾。

"问你个问题，你必须如实回答，你和前妻有没有吵过架？"

"吵架？肯定有啊，哪有不吵架的夫妻。咱这还没结婚呢，为了吃顿饭还要吵一会儿呢。"

"咱们这不算吵。那你们有没有动过手。"

"动过。"姚建华说完，夹起一块鱿鱼送进嘴里。

钱思艾后背直冒冷风，她内心极不平静，却装作很平静地问道："动到哪种程度？你把她打伤了？"

"哪啊？都是她打我，我可从来没打过女人，别说女人，男人我都没打过。我从小就是乖孩子，从来不打架。"

钱思艾一块石头落了地，可还是不放心："要是两个人意见不同，有分歧，吵得激烈的时候，会不会动手？"

"我不会动手。以前和前妻在一起，都是她气急了打我几下。一般局限于扔个靠垫什么的，她不野蛮，也不会打人。"

"后悔了？"

"后悔什么？"

"后悔离婚呀。"

"换个话题，提啥不好，提前妻。你要提我前妻，我就提你前男友。"姚建华这个时候还不知道钱思艾结过婚。

"建华，我想告诉你，我结过婚。不过婚史很短，不到一个月我就离了，是涉外婚姻。"

"能告诉我为什么离吗？"

"我可以不告诉你吗？"

"你会告诉我的。"

"那可不一定。人哪，有的时候不要太自信。"

"我要让你对我无话不说。"

3

"哪一场爱情，两个人能近到什么都能说？我觉得每个人都有自己的空间，保持神秘感，才是爱情永不褪色的法宝。"钱思艾对曹小曹说，"就比如我，你说我和大山因为什么离婚，这我怎么可能说给姚建华？"

"说了又能怎样？说了也是在给姚建华打预防针，我们这是在郑重其事地告诉他，女人是会随时保护自己的。不要以为自己多金多银女人就没有掉头的可能。当自己的利益受到侵害，我们一定要学会保护自己。"

"那也不能说，说了会不会被看轻？他会不会效仿？"

"不会。如果他爱你，他会更加心疼你，不是每个男人都像大山那样下得去手，这只是个例，就像买彩票一样，几率虽不大，可你中彩了。"

"以前的运气太差，但愿以后能扭转。"

"会的，一定会扭转的。"

"是的，通过这些天和他相处，我发现他是个很不错的男人，乐观向上，做事积极，对敬老院的老人也好，还给他们翻新了房屋。说真的，当初我和大山在一起，哪有时间这样相处。觉得看顺眼了，就嫁给他了，对他其实一点都不了解。还没有对姚建华了解得多。"

"我们老大是个不错的男人，好好把握吧。"

"你还没跟我说你和李磊呢，他从海上回来了？你们是不是要抓紧生娃了？"

曹小曹的脸一下子红了："你真行，还姑娘家家的，就说这些话。"

"都什么年代了，别忘了，我也是嫁过人的人，要不是每次事后吃药，恐怕我也怀孕了，那才悲哀呢，和一个不爱的男人生一个孩子。那为了孩子我肯定离不了婚了，我这辈子算是赔进去了。说真的，李磊对你好吗？"

"挺好的，我们在一起的时间短，没聚几天他就又出海了。但是也有矛盾。"曹小曹本不想说父母回老家这件事，她觉得如果把责任都推给李磊，似乎也不太公平。不管怎么说，丈母娘和亲妈肯定是不一样的。但她还是没有忍住说了，"我爸妈因为李磊回来，都回家了。"

"我知道，这是为你们腾二人空间呢。你父母想的可真周全。"

"哪啊？是我妈和李磊有矛盾。李磊说话太直接，不会拐弯，我妈又是个爱多想的人，凑在一起，能没纠葛吗。也好，我爸妈他们回去待一阵，等李磊出海，我再把他们接回来。唉，说实话，我现在也抓狂，不知道怎么才能让他们的关系更融洽。"

"真是走到哪就得学到哪，等你哪天怀孕生孩子，还得学做妈妈。我一样，学做媳妇，学做儿媳妇，将来也得学做妈妈，还真是活到老学到老。"

"你还真会用，这句话用这来了？也对，要想过的好，确实得谦虚谨慎，永远做个好学生。"

"小曹，我想问问你，姚建华在认识我之前，就总做公益活动吗？我怀疑他是在我面前故意表现，以博得我的好感。"

"你说错了，在认识你之前他就这样，我听同事说他还资助了几个贫困大学生。这么有爱心的男人，你说你是不是找对了？李磊就没法和他比了，他出海除了赚钱，就是因为他打小喜欢海洋，只有在海上他才能找到自信。我也愁啊，我想鼓捣他回陆地上呢，可听他口风，即使海员不是他毕生的职业，他近几年也改不了行。"

"既然你选择他了，就接受现状吧，难道你刚和他结婚的时候就想过改变他，让他回到陆地上工作？"

"想过，我想他终究会舍不得我一个人在家。可我父母走了以后，他还跟我说呢，等他一回海上，就让我赶紧把父母接来，说我身边有至亲的亲人，他才放心。"

"那到底是你照顾父母，还是父母照顾你？你就跟他直说，不接，让他早点回陆地上来。"

"接还是要接的，我爸妈就我一个女儿，我总是要给他们养老的。"

"死心眼，我这不是教你对付李磊吗。我就不信，他回到陆地上不能和你爸妈和平相处。人心都是肉长的，总有一天会相互感动的。"

"理论上可以，可我觉得很难。岳父岳母不是亲爸亲妈啊，你可以和亲爸亲妈撒娇使性子，他们永远不会怪你。换了别人试试？更多的时候其实是说者无心，听者有意。再说，你让李磊跟我妈撒娇，你觉得可能吗？他可以和他亲妈撒娇，但我觉得他永远不可能和我妈撒娇。"

"得起鸡皮疙瘩。挺大的男人撒什么娇啊，亏你想得出来。"钱思艾撇着嘴说。

"不是，我就说这意思。就是说，和自己亲爸亲妈的距离，永远不能与岳父岳母的距离画等号。"

"我不懂。姚建华的父母在东北老家，将来怎么相处，我会跟你取经的。"

"别把婆婆当妈，我就这一句。还有，要比对妈恭敬，要比对妈好才行。"

"真麻烦。"

"结婚以后就是一件非常麻烦的事情，我觉得什么都难两全。你不知道我现在多想李磊能立刻回到陆地上。"

"人家这不是回来了吗？回来了，你还出来和我混，快回家。"

"我这不是爸妈走了心里不痛快吗，我不和你倒一倒，哪天我崩溃了你管啊？"

"李磊管。"钱思艾笑。

两个人从半岛咖啡出来，各回各家。钱思艾在回家之前犹豫了一下，去了书店。母亲刘建丽和舅妈李菊花都在。

"周末也不说帮我来看看店，整天就知道出去玩。"刘建丽不满地嘀咕着。

"妈，我能回来一趟就不错了。我上班的地方离我自己的住处近，我干嘛非一趟一趟地往回跑？还不是惦记您。"

"你惦记我，星期天还不着家。这一天又跑哪去了，回来这么晚。"

"白天去敬老院，刷墙，晚上曹小曹约我喝咖啡，我这一天，就没有属于自己的时候了，一回到家还吵我。"

"谁吵你了？我这不是关心你吗。都说女儿是妈的贴心小棉袄，可你这一天一天地不在我眼前。"刘建丽也不愿意了。

"小袄多热啊，这大热天的，我还是做扇子吧，我来给您扇扇风。"钱思艾拿起桌子上一本杂志做扇风状。

"你舅妈在，你也不打声招呼。"

"打了呀，进来就跟舅妈笑了一下，还没来得及说话，还不是满嘴地应付您。"

"就你有理。你舅妈帮我好几天了，这人到现在也招不上来，招上来也不踏实，这看店，进货，不是一家人还真不行。"

"妈，您别看我，我可没有时间，除了周六日我能挤出一点点时间来，其他时间我可都是交给公司了的。"

"姐，反正我现在也没什么事，只要你相信我，我就给你进货看店，怎么都行。"

"那不行，几天可以，时间长了，我可使唤不起，工资我都不知道咋付给你。"

"我不要工资。"

"就是，你们啥关系啊？亲大姑姐和亲弟媳妇。"

"思艾，越来越不像话，有这么说你舅妈的吗？"

"我说的是事实啊。舅妈，其实我一直不理解，舅舅那么大的公司，您怎么不去他那里帮忙？这小书店用您我觉得真屈才。真的。"钱思艾真诚地说。

"最近我也总去你舅舅那里报到。再说，我在你妈这也是临时的，何况我又不用天天在这里守着，不就是进货和换货吗。"

"坏丫头，你这不是挑拨离间吗？你舅妈在这帮我帮得挺好的，你净在这挑事儿。"

4

每次，李菊花都赶到饭点儿去刘建成公司，或者更确切地说是去公司的厨房。

厨娘一见到李菊花来就是一副眉开眼笑的模样，把当天做的饭菜悉数向李菊花介绍一番。一旦发现有辣的菜，李菊花就吓唬她说小心扣她工资，厨娘就满腹愁怨地说："员工都喜欢吃辣的，我不做他们有意见呀。"其实她自己也喜欢吃辣的，但她当然不能说自己喜欢吃。

"都喜欢吃？不可能吧？"

"是我说错了，是多数人喜欢吃辣的，我上次做的菜没有一个是辣的，他们都有意见了。"

"你听他们的还是听我的？"

"我……我都得听啊。他们要是觉得我做的不合口味，就会跟刘总讲，就会换人。我不想失去这份工作，我老家有两个孩子，他们都等着我的钱吃饭上学呢。"厨娘可怜巴巴地说。

"那你就不怕我对你们刘总说你做的不好？"

"刘总不会相信的，您又不吃我做的饭。"厨娘压低声音说，仿佛只有自己听见，可李菊花还是听到了，她很不满意。

"你们刘总呢？在不？"李菊花说着就要走出厨房。

"姐姐，您千万不要打我小报告呀，我没了工作，我的孩子可指望着谁呢？"

李菊花一脚门外一脚门里，停下了，收回脚，转过身站在厨娘面前："那我想知道，你们刘总的饭菜里有没有辣的？"

"有的时候有。"厨娘小声说，"是他特意嘱咐我的。"

"行了，我知道了。你还按照他的口味给他盛。放心，我不赖你。"李菊花说完走出去，直奔刘建成的办公室。

刘建成正在打电话，李菊花敲了门得到允许方进去，看到刘建成在打电话，就坐在沙发上等着。电话挂断以后，刘建成奇怪李菊花怎么来了："视察我工作来了？也不提前打个招呼，我好出门迎接你。"

李菊花白了他一眼。

"怎么样，书店的工作还适应不？只有姐姐一个人忙，可辛苦你了。"

"进个货退个货，有车跑来跑去，有啥辛苦的。倒是你辛苦了，就是再辛苦，饮食上也得注意吧？听说你最近喜欢吃辣？"

"最近？不是最近啊，你不是知道我一直喜欢辣吗？"

"跟没跟你说不能吃辣的？你胃好了，是不？我看我也来公司搭伙吃饭算了，在我眼皮子底下，我看你还吃辣不？这么大的人了，怎么跟小孩一样。那药不白吃了？"

"医生也没说忌辛辣。"

"还要医生说？说明书上都写着呢！我算服你了。"李菊花是真急了，"就这样，以后两餐我都来公司吃，让厨房多做一份。"

"你不在这上班，这不是给厨房添麻烦吗？"

"就一顿饭有什么麻烦的？我还就和你一块吃了。"

"让员工看了像什么话。"刘建成有点不高兴。

"怎么就不像话了？我不来监督你，你就不自觉，我有什么办法？"

"好，我听你的，以后不吃辣的总行了吧？"刘建成无可奈何地说。

"反正公司里有我的眼线，你要是吃了辣的我可跟你没完。"

"没完还能把我咋的？治我罪啊？"

"你顶风上啊？听你这口气，你还真想让我跟你没完？"看刘建成有点挂不住脸，一腔怒气的李菊花这才觉得自己今天来仿佛是兴师问罪一样。这么说来，她李菊花就白上那些课了，于是她语气立刻改变了，温柔下来，"老公，我这可是为你身体好，让你长命百岁啊。"

"长命百岁不敢当，你百岁吧，我活个七八十岁都算烧高香了。"

"不管将来活多大岁数，至少我们身体好，不用你去医院做这个那个检查。你不会觉得做胃镜舒服吧。"

一说到这里，刘建成就有点犯恶心："我知道了，我一定好好吃饭。没事我就去会议室了，一会儿还有个会。"

"记住了？别总让我一天天操心你吃的东西，我也回书店了。"

晚上睡觉前，李菊花故意使劲地在刘建成面前吸鼻子，闹的刘建成不明所以："怎么了，我身上有异味？"

"我想闻闻，看有没有辣椒味。"

"赶明儿个我把自己泡辣椒水里得了，到那个时候，就是我不吃辣椒也能让你闻着，我让你闻个够。"

"你这是明摆着气我啊，我难道不是为你好啊。"李菊花无限委屈，"你说你将来有个三长两短的，还不是我伺候你。"

"放心，我这铁打的身体，不会有三长两短的。倒是你，最近忙着我姐的书店，耽误你去找老公培训班了？"

"耽误就耽误，不急，这不还有两个月呢吗？60天怎么还不划拉一个儒雅俊男。"

"所以啊，我吃我的辣，你找你的男人，互不干涉，多好。"

"那不行，在我们协议期之内，你归我管。"

"那你还归我管呢，我管你了吗？我不让你去上那课了吗？"

"怎么了？老公，今天情绪不好啊，生气了？我是去学习怎么经营婚姻，又不是真去找老公。就我这老菜帮子，谁要啊？"

"老牛就爱吃嫩草，来场姐弟恋啥的，这玩意儿现在时髦。"

"行了老公，今天我咋得罪你了，回来就取笑我。"

"还不是我一进屋你就伸长鼻子闻我，就像我身上沾了女人味似的。香水有毒，我不会要的。"

"天地良心，我可真是只闻有没有辣味。我对你放心，就像你对我放心一样。"

"说的倒也有道理。唉，累了一天了，睡觉。"

"不是吧，你药还没吃。"

刘建成一拍脑门："真忘了，光在这和你讨论辣椒的事了，竟然把药给忘了。"说完就去吃药。

躺在床上，两人了无睡意，刘建成说："高中同学李明离婚才不到三个月就又娶了，还说办完婚礼要来北京转转。他再婚的速度可真是够快的，不是说离婚以后得修复一阵才能再次走进围城吗？"

"这个问题要看对谁了，姚建华那种，是必须得修复，那离婚也不是他张罗的啊，老婆主动离婚，他是被动离婚，他的心灵被摧残了，当然得修复一阵才行。李明估计早有下家了吧。"

"姚建华对前妻真不错，前妻结婚他还送了一套房。"

"真大方。不知道思艾知不知道，知道了她会怎么想？"

"她能怎么想？还不是姚建华的女儿在前妻身边，他是怕委屈女儿吧。还不是相当于给女儿买的。"

"所以说，离婚的男人都是自私的，但他再自私，也舍得为自己的亲骨肉置办价值不菲的物件。"

"自己生的嘛，当然舍得。"

"你说，要是男人能怀孕，你会不会体验一下怀孕的感觉？"

"拉倒吧，女人生孩子那血淋淋的场面，这辈子我都忘不了。我就是能生孩子，**我也不生**。太恐怖了，杀人一样。"

"花香生**下来**，是咱妈抱出去的，我一直想问你，你怎么不第一个抱呢？咱妈在手术室外面，你可是在手术室里的，要抱也是你第一个抱啊。"

"我啊？**我**当然是想让她姥姥先亲**她**了，我一大老爷们，我能跟她抢吗？"其实刘建成心想，那孩子那么小，**他哪儿敢抱？**而且他眼前晃着的不

是小孩，而是那血淋淋的手术台上老婆生女儿的场面，使得他一直不敢伸出臂膀抱那孩子。那个时候，刘建成很长时间都不敢和李菊花同房。就是生理忍到了极限，他也忍着，哪怕买醉。他甚至找过小姐。他当然不能把这话说给老婆听，他找小姐的次数屈指可数，一共找过两次，都是在他出差在外地的时候。那个时候公司还在发展阶段，他和公司其他员工一样，需要出去跑业务。吃的都是便宜菜，住的都是便宜旅馆。那个时候钱没现在多，可激情比现在多，性饥渴让他在接过旅馆的特殊服务电话后沦陷了。第一次，他有点害怕，怕对方是个托儿，怕对方把他的钱全榨干，更怕被警察抓走。

第一次没事，等到第二次的时候，他的胆子就大了，他把憋闷了很久的情绪撒到小姐身上。那小姐也听话，怎么使唤她都成，只要给钱。就是因为这样，刘建成才觉得能用钱摆平的性，不存在任何感情色彩，只有交易，他犯过两次错误以后再也不想去触碰。

再后来钱多了，身边美女不敢说多了，但公司那几个女孩看他的眼神就不一样了。他也想过堕落，可他是有原则的，找小姐是交易，但在感情上，他不想玩火。他和身边的女人们都保持着应有的距离，他不想和她们有纠葛，也不想再找小姐了。虽然李菊花当初生产的时候，他流过泪，也偷偷地擦了，不会有谁看到，在他的心里，他感激老婆，却在心底疏远她。他就是不愿意向她行使义务，每次都很勉强，就算关了灯，把她想成别人，也很难达到高潮。

5

李磊又要回海上了，这次他的生日也要在海上度过了，所以姐姐李菊花主张给他提前过生日。

"姐，生日哪有提前过的，我还是在海上过吧。"李磊说。

"那你问问小曹，人家愿意不。这是你们从认识到结婚，第一次在一起过生日，你还要跑到船上和一帮大男人一起过，你觉得合适吗？"

"那有什么不合适的，我以后还会过十个二十个生日，将来我离开大海，就全在陆地上过了。"

225

"这样吧，我们给你过一个，你生日那天在海上再继续过，你看成不？"李菊花说。

"我就这么一个姐，啥事她都想到了，生日也要当个大事。好吧，听姐的。"李磊假装无奈地说。

"那我去采购，我们在家里做好不好，我来显摆下我的厨艺，姐和姐夫都还没吃过我做的饭菜呢。花香回来吗？"曹小曹说。

"她不能回来，现在他们的学习可紧张了，两周回来一次就不错了。"

"姐，小曹做的菜可好吃了，我都吃上瘾了。"

"吃上瘾了，还舍得回海上去吗？李磊，想想办法，以后回陆地上吧，海上终究是危险系数大了点。姐不放心。"

"可姐，你忘了，我喜欢大海啊。现在我还年轻，我还想再干几年再说。"

曹小曹心底有点不太情愿，她心想如果自己生了孩子，都自己一个人打理，那该有多累啊。好在李磊交待过，说她如果生孩子，就让岳父岳母住在家里，互相照应着也方便。可曹小曹当时就不愿意了，跟炸锅了一样："我爸我妈都这么大岁数了，你把他们当什么了？当保姆啊？"

李磊一看曹小曹急了，赶紧说那咱就找保姆，让保姆做饭洗衣服带孩子，岳父岳母只负责散步遛弯养心。就这样，才哄得曹小曹破涕为笑。可曹小曹明白，真生了孩子，还真得让自己的父母带她才能放心。她上网看过一条新闻，说有一个三四岁的女孩，保姆哄她睡觉的时候，不知道怎么烦了，把孩子给踹到地上去了，还搧孩子耳光，幸好有摄像头，不然孩子父母还真不知道自己的孩子被虐待。可自己周围哪会安这么多摄像头啊，如果犯人在你看不到的地方犯罪，孩子又那么小，想想都心疼，可怎么是好。于是她也就默许了让将来父母给她带孩子这件事，心底不禁一叹，父母真是养大了自己还要养他们的外孙子。

对于弟弟李磊说喜欢大海，李菊花不否认。他小的时候就喜欢海，学游泳学得也特别快，爸妈说他就是水里的鱼，一刻也离不了水。

李磊的生日过得很愉快，当姐和姐夫离开他们家以后，李磊咬着曹小曹的耳朵说："我回来这么多天了，该种下宝宝了吧。"

"我哪知道。"曹小曹害羞地说。

"那我们这两天继续努力，争取我在船上的时候，你能在地上怀孕。"

"啥话啊，啥叫在地上呢。"

"地上就是陆地啊，我哥们儿都这样说，我们是在水上，你们是在地上。"

"哥，你啥时候回地上啊。"曹小曹现学现卖。

"我得多挣几年钱啊，我多挣点钱，咱的宝宝就有奶粉吃了，咱们以后也可以开个公司了。开公司这方面我们得跟我姐夫学，他的门做得好，销售到那么多地方去。我们将来做什么呢？对了，他做门，我们做窗。"

"还蛮配套的。"

"那是。到那个时候，姐夫的客户就都可以给我们。你想啊，装修的话，安门就得安窗吧。咱把窗全做成品牌，销往国内各个地方，再远销到东南亚。"说到这，李磊自己也笑了。

"你也好意思笑，人家国外用咱们中国这样的窗？"

"说着玩的。现在我的目标只有一个：挣钱，将来回来开公司。老婆你就乖乖地在家，想上班就上班，不想上班就在家带宝宝，你说呢？"

"听你的。"曹小曹温柔地说。

这一夜，两人上演的剧情颇丰富。李磊仿佛要用尽平生的力量，告诉自己的女人，他是最强大的。曹小曹却总是短路，老公马上要走了，自己一定请两天假回老家把爸妈接来。想不到她回家以后才知道，她妈根本不爱来。她就以为她妈还在为上次的事情不高兴，说了无数的好话给她妈听，可老太太坚定了自己的想法，不去北京了，说北京太孤单。

"妈，您这不是不讲理吗？您肯定还在生气。北京哪里孤单？北京那么多人，再说我爸和您在一起，您怎么就孤单了？北京还有我，您一点都不孤单。您不和我爸来北京，您才孤单呢。"

"我不去，我在老家我一点不孤单。"

"您要是想我，您能不孤单？"

"你爸守着我，我就不孤单。"

任女儿说得天花乱坠，曹母是坚决不去北京了。曹小曹无奈，只好孤身一人回了北京。她又开始了绣十字绣了，只要愿意，她偶尔还会去做代驾，否则生活太枯燥。等待李磊回到陆地上，是一个漫长的过程，在这漫长的过程中，她必须让生活多姿多彩才行。

曹母能再次回北京，是因为曹父突然去世，老家确实孤单，没有了老伴，曹母的生活没有了色彩，女儿曹小曹回来拥抱了她，她乖乖地跟着女儿离开了故乡。以前的一切的一切，都远去了，消逝了。将来的日子对她来说，未知，并有点可怕。好在，她知道女婿长年在海上，平时家里只有她和女儿，这样躲过了姑爷，她的心才算放松下来。否则，她的心弦还真有点紧绷。

6

躲得了初一躲不了十五，曹母待在女儿家里，总觉得还是有点不自在："闺女，我还是回老家吧，哪天李磊回来，我还是觉得别扭。"

"妈您有啥别扭的？他人挺好的，就是说话直接。上次不是跟您解释了吗，他以为衣服是我洗的，菜是我择的，不然他哪敢乱说。"

"那也不行，他要是知道我做的，他就是忍着不说，在心里压久了也麻烦，给你们造成隔阂，那妈就成罪人了。"

"妈，您不能这么说，您生了我养了我，我在哪您就得在哪。您要是不在这待着，那我也走，您走哪我跟哪。"

这句话把老太太给震住了，从此她再也不说离开北京的话了。倒是曹小曹，李磊没走多久，她就来月经了，她觉得很奇怪，不明白为什么没有怀上。她觉得他们都很努力，每次事后她的造型都很古怪，屁股下面垫着被子。上次流过产，听说容易怀不上，有的人还容易习惯性流产，所以她特别担心，特别的小心。她也想过，生个孩子，她的人生才会圆满，等李磊的日子也就不那么孤单了。再说，如果有了孩子，母亲肯定就不会说没有意思了，一天天地有个孩子闹着她们，生活一定充满了乐趣。

"闺女，要是你生两个孩子就好了，女儿姓李，儿子就姓曹。"曹母说。

"为什么，妈？"曹小曹觉得奇怪。

"这还不明白？咱曹家就你一个闺女，曹家不能在你这就断了后啊。

你爸不在了，你爸要是在，他肯定也赞成我的想法。就这么定了，以后你跟李磊商量商量，咱能生龙凤胎当然好，生不了，咱就再生一次，反正得给曹家生一个。"

"妈，这有点不讲理吧。我干嘛要受两次罪啊。"

"现在80后不都生两个吗？"

"就是我真生两个，那李磊也不一定愿意让他姓曹啊。凭什么姓女方的姓啊。谁家孩子不姓爸爸的姓？"再说自己又没怀上，曹小曹说话就没有了底气，真是担心自己怀不上，上次流产成了阴影。

这阴影也影响了钱思艾的情绪："大姐，生那么多孩子干嘛啊，你看我们父辈生我们一个，都操碎了心，我们要是生两个能照顾得过来吗？快打住吧，别听你妈的话，能给他们生一个就不错了。"

"生一个我也觉得有点孤单，生两个正好。唉，可是我现在就是怀不上啊，我也不知道怎么了，是不是上次流产以后形成习惯性流产了？"

"拉倒吧，哪有这么巧的事情？放心，这中大奖的机会砸不着你，上天不让你生一群孩子，也得让你生一个两个的。我觉得一个正合适，别把自己搞得太累了，搞成生育机器了。我要是结婚，我就不要孩子，做丁克。"

"你真是新潮，我可做不到。就是我妈，她也饶不了我，她还想让我的孩子姓曹呢。李磊也喜欢孩子，我不可能不生的，就怕生不出来。"这成了曹小曹的一块心病。

李菊花倒觉得生几个都行，现在条件好："要我是你啊，我也不会只生花香一个，没办法，那个时候我们讲究计划生育，不像现在，条件放宽，你们可以生二胎。我可羡慕生两个孩子的了。"

"就是李磊总不在家。"曹小曹脸红了。

"他不是这次回来时间挺长的吗？没怀上？"李菊花问。

"没有，来月经了。我真怕上次流产以后再也怀不上了。"曹小曹不好意思地说。

"时间长着呢，你还年轻，怕什么？不会的，放松点，别老是有负担。真没事，肯定能怀上。放心好了。"

"姐，养孩子很不简单吧？你看把花香养这么大，小的时候怎么带的啊？"曹小曹一想到刚生下来的小孩子不大丁点一个，身子软软的，都不知道怎么抱，"姐，我是不是要报个班先去学学怎么抱孩子，怎么当妈妈啊。"

"这个不用学吧？不要太依赖理论，我们小的时候父辈不止养我们一个，还不是顺利地把我们带大了，个个生龙活虎的。活着不要太紧张，放松。"

"姐，姐夫现在对你好吗？"曹小曹转移话题。

"好啊，一直很好，就是他不听话，胃不好还老偷着吃辣的。这人啊，真是长到多大都没有记性。自己规范不了自己，身边还总得有个人提醒。要是一个人生活，不定活成啥样呢。"

说是这么说，李菊花还是天天往公司的厨房跑，只要有时间，就守在厨房，看厨娘做饭。吃饭的时候，她也端着餐盒，跟刘建成共进午餐。刘建成的晚餐除了在外面应酬就是回家吃，回家吃的话，李菊花能看住他，在外面吃她就没辙了，只能短信伺候，她也不能总是陪伴左右，这会让外人笑话的。

"李菊花，你这样天天跟着我在公司吃饭，你觉得合适吗？"一回到家，刘建成就发问。

"怎么不合适了？你以前还让我去公司上班呢，我现在在犹豫阶段，哪天我从书店失业回家，我就去找你要个职位。"

"对不起，没有了。"

李菊花觉出了话里的冷，不觉心里一冷，看来以前听的课，每次说话的温柔态度都被这几顿饭给毁了。李菊花这才发现自己傻了，不知道怎么应对他了。

"没有就没有吧，我无所谓，反正你有钱。"说完这话，自己都觉得没有底气，怎么都觉得都是自己在胡搅蛮缠。

"公司没有职位给你，你在公司吃饭就不是太合适。还有，你吃就吃吧，你不乱讲话，我也不说你啥。你现在天天盯着厨娘，不让她做辣椒，还把人家买的辣椒全给扔垃圾桶了，有你这样的吗？你这不是浪费吗？"

"浪费好还是吃到你胃里让胃大面积继续溃疡好？"李菊花本来不想和刘建成产生正面冲突，每次她都软话温柔的，可现在她无法温柔，她觉得

自己的底线被摧毁了。

"你说浪不浪费？辣椒好几块钱一斤，就算我不吃，员工吃吧？厨师她得吃吧？人家是我当初特意请来做川菜的，现在你扔了人家的辣椒，你还让不让人家干了？"

"那就辞了。"

"你说辞就辞？还轮不着你说话。"

李菊花这才想起来，她当初跟厨娘说过，如果不听话就把她给辞了，估计这话她说给刘建成听了，这让李菊花心里恨恨的。不就是不让做辣椒吗，至于引出这么多话？李菊花也不高兴了，手里的遥控器扔到沙发上，这个不温柔的动作是多年前经常干的，最近没有了，这又反复了。李菊花想，这课是白上了。她一个人跑进花香的卧室，关上门生气。

生了一会儿气，见刘建成没有追过来，气消了以后，她也觉得自己的态度不好。她打开门，客厅一片漆黑，卧室里有微弱的光从门缝透出来。李菊花洗漱好以后，推开卧室门，刘建成在床上翻杂志。

李菊花走过去，坐到床上才说："老公，我错了。"

"你还有错？你怎么会错呢。"

"老公，我真错了。我不该去公司监督你吃饭，更不该跟厨娘说开了她的话。我是没有资格开她。"李菊花停了一下，心想，我是你老婆，我们这是家族企业，我怎么就没有资格开她？可是说出来的话里只能说没有资格。她没有资格，就说明中只有刘建成一个人有资格，把他一抬高，他就说不出什么了。"辣椒很贵，我是不该让她扔了。"

"就是，扔了干嘛，炒菜多香啊。"

"我不应该让她扔垃圾桶里，我应该找个布袋装上，提回家，我胃好，我和闺女吃。你，只好看着了。"李菊花非常严肃地说这一番话，直把刘建成说得一愣一愣的。想反驳又不知道怎么说她，干脆把杂志翻得哗哗响。

李菊花虽然觉得自己没有胜利，但也不算输。主动承认错误是对的，爱情课上就是这样讲的。人家是找老公培训班，讲两个人相恋的时候难免有错误，但一定有一方会承认错误，有担当。她把这些都用到家庭上了，看来也管用，刘建成不吭声了。他有一种被李菊花彻底打败的感觉。

从此，李菊花没有再去公司监督厨娘，监督刘建成。刘建成答应她，菜里可以有辣椒，毕竟还有那么多员工，但他对天发誓，一定不吃辣的那道菜。

第十三章：精神出轨

1

姚建华给钱思艾打电话，说周末如果有时间能不能陪她去趟敬老院，他说要给一位老人过生日。

钱思艾周末本应该陪在母亲的书店，舅妈李菊花家里也有一大摊子的事情。无奈姚建华一个电话改变了她的想法，她坚定地要和姚建华去敬老院。她在电话里安抚着李菊花："好舅妈，您就再辛苦一天，我要和朋友去敬老院。"

"去吧，反正我在家也没事。花香不在家，我就觉得没意思，你舅舅一天天地长在公司里。我陪你妈，没事，你做自己的事去吧。"

李菊花本要洗衣服，听说钱思艾不能去书店，她只好放弃洗衣服这件事，开车去了书店。

"菊花啊，你说我这个闺女，好不容易盼她星期天能陪陪我，这可倒好，一个电话就把她给催走了，我还不抵一个外人。"一看到李菊花，刘建丽就开始发牢骚。

"姐，这就是您的不对了，思艾这年纪正是恋爱的年纪，不能总拴着她。"

"她恋爱？我咋没听说？她恋爱了也该领回家让我审吧，自己就定下了？"

"等您听说，就该领回家了，人家现在是实习考验阶段吧。"

"什么实习考验啊，就她那眼光，我真怕她再上当。你说吃过一次亏上过一次当了，要是还不长记性，我可怎么放得下心哪。"

"儿孙自有儿孙福，姐您就不要太操心了。"

"说是这么说，真要哪一天不操心了，那肯定就是我蹬腿了。只要活着就没有不操心的。思艾打电话让你过来，她有没有说她要去哪？啥也不跟我说，我一问她就嫌烦。"

"说是去敬老院，听建成说她在和建成的一个发小恋爱。"

"什么，这不行，建成的发小，那得多大岁数了？如果是他的发小，那我肯定认识啊。谁呢？"

"这个我还真没问。就听建成说过这么一嘴，当时我在忙，也就没问。"

"不行，说什么我也不能同意，思艾才 31 岁，建成都 45 了，他的发小只会比他大不会比他小，就是和他一年的也不合适啊。这死丫头，挑来挑去怎么还挑上老头了。"

"姐，这话要是让建成听了他可不高兴了，啥叫老头啊，建成哪里就是老头了？"李菊花嗔怪道。

"你看看，都说两口子打架不记仇，床头打架床尾合，你说建成还和你闹过离婚，你现在还替他说话。"

"是我男人，我能不替他说话吗。姐你可真是的。"

"他现在不闹了是吧。"

"他不闹是不闹，可他的胃就是不注意，前几天还吃辣椒，我找公司厨娘，现在应该不再吃了。挺大的人了，一点都不小心。"

"那就好好过，出一家进一家不易啊。"说到这，刘建丽无限悲伤。

李菊花知道，她一定想刚刚故去的老伴了。于是也就不再说话，去整理书架，打扫卫生。

钱思艾和姚建华见面以后，两人驱车直奔敬老院。姚建华说："思艾，我说过要带你去我的花园，今天我们去完敬老院，我就带你去。"

"好吧，我倒想看看有没有我不认识的花。"

"但愿你都认识，我一共种了九种鲜花。就是不认识也不奇怪，因为

有的花我也是今年才认识。你想啊，我比你大上十几岁，比你多吃十几年的盐，多喝十几年的水，多走了十几年的路，我认识的东西你不认识，实属正常。是不，小朋友？"

"行了，少在我面前装老了。我也30多了，还好意思当小朋友呀？"

"30多？有点言过其实，你才31，正是一朵花。我要好好地爱护你这朵花。"姚建华一边开车看着前方，偶尔歪过头看钱思艾一眼。

"年过30，女人的花季就过了，这个你还不知道，不要给我戴高帽了。不过，收拾收拾打扮打扮也还算耐看，是吧？"

"正经耐看呢。谁说要收拾打扮了？不收拾不打扮更好看？尤其早晨一睁开眼，眼角还挂着眵目糊，那一定更耐看。"

钱思艾听出话里变味了，假装生气地打了一下姚建华，姚建华赶紧正色道："开车，注意。前方有熊出没。"

"有熊就有熊，熊专门拣大个的啃。"

"要是真有熊，我一定保护你，让它啃我。真的。"姚建华说得无比认真。

"我也不能眼见着熊欺负你，我会大声喊救命。"

"可是如果在原始森林，你喊了也没谁听得到。不如就让熊啃了我，给你创造逃跑的机会。"

"不行，那我也得喊。"

"你喊就会很麻烦，你喊，熊就奔你去了。你装死，装死它就不会搭理你。"

"那还是你装死吧。"

"那为了不让我死掉，我和你一起装死。你看行吗？我其实也不舍得死了，剩下你一个人，多孤单。其实最开始我想表现得勇猛点，英雄救美。"

钱思艾不吭声了，撇了撇嘴。

"哎，思艾，不是很多女人都爱用那个问题考验男人吗。"

"哪个问题？"

"就是男人的妈和媳妇一起掉水里，男人应该先救哪一个。你可从来没问过我。"

"俗不俗？我会肤浅到问这样的问题？小儿科。问这问题的女人都有毛病，她就不能先学学游泳？"

"这就是我最欣赏你的地方，独立，有个性。可是该依赖男人的时候一定要学着依赖，不能事事逞强。你要啥都用不上男人，男人该觉得自己没有用了，也就找不到在家里的地位了。"

"男人事可真多。既然你这样问我了，那我倒要问问你，你会游泳吗？"

"当然会了，你呢？"

"太好了。"

"你也会？那真好，哪天我们一起游泳去。等有钱了，我们买个别墅，在院子里弄个游泳池，在自己家游泳。"

"我不会。"

"没关系，我教你。早点学会也好，这也是一个防身的本领，真哪天发水了，我们就一起游着找陆地。"

"要真有那一天，谁有那么好的水性游出去？那可是拼体力的活儿。"

"你要游不动了，我就驮着你。"姚建华笑着驶向敬老院大门，停下，招呼门卫打开铁门开进去。

2

敬老院的工作人员把老人们招集到一起，合并了几张桌子，桌子上摆了几个果盘。姚建华买了一个很大的三层蛋糕，工作人员走到杨姓老人面前说："姚总今天这是来给您过生日呢，您老可真幸福。"

"我幸福我幸福。我没儿没女，能认下这么个干儿子，我要多幸福有多幸福啊。"杨老说话的时候露着没有几颗牙的嘴巴，"建华啊，你每次来看我，我就感激不尽了，这还来给我过生日，我哪世修的这么好的福气。"

另几个老人嘀咕说自己的儿子女儿都忙，也不来给他们过生日，姚建华就许诺："过会儿把老人的生日都写下来，只要我有时间，以后每个老人的生日我都来给过。"

工作人员带头鼓掌，老人们也学着他们稀稀落落地拍起巴掌，那巴

掌拍得迟缓，就像他们的走路姿态已经不再那么稳健。慢半拍，是肯定的。姚建华不在意，就是他们不鼓掌，就算他们默默地接受他的关爱，他也愿意。

钱思艾下厨房和厨师们一起忙乎起来，菜不用做，择菜是可以帮忙的。杨老生日，厨房加了几道荤菜，再加上姚建华带了些现成的熟食，很快就开饭了。开饭前，钱思艾把蜡烛插在蛋糕上。姚建华离杨老很近："爸爸，今天是您的生日，蜡烛吹灭的时候您许个愿吧。"

老人显然耳朵有点背，他大声地问："什么？"

"许个愿。吹蜡烛。"姚建华说完，工作人员也补充了一下。杨老听到了，他颤巍巍地走到蛋糕前，看着跳跃的烛光，闭上了眼睛，等他再次睁开，用了很大的力气才把蜡烛吹灭："建华，谢谢。谢谢你。我这一辈子没儿没女，哪修来这样的好福气。"

钱思艾很感动。让她惊讶的是，她好像做过类似的梦，梦到给很多老人过生日。她和姚建华上次刷敬老院墙壁的时候，她就恍惚觉得似曾相识，觉得曾经做过这样的梦。好像她在多伦多的时候就做过这样的梦，也许是这样的梦把她拉回国，让她有了与以往不一样的人生。遇到姚建华，也许是她不一样人生的开始吧。

回去的路上，姚建华问钱思艾："你想去我家吗？"

"还不想。"钱思艾违心地说。她想去，可她不能说。

"为什么？对我不满意？"

"我还需要在旁边多观察观察你。观察的次数多了，我才能看清楚你的为人。现在就决定，我怕被雾挡了眼睛。"

"这么大的晴天，哪来的雾。"姚建华笑，"可我想去你家，我想接受未来丈母娘的检阅。"

"还检阅呢，你一个人，又不是一个集体。"

"我就代表着一个集体呀。你想，将来我娶了你，我们是两个人了吧，两个人生活一段日子，就会变成三个人，三个人以后呢，兴许就是四个人了。你将来想当几个孩子的妈？"

"**越说越**下道了。到那一步了吗？还没到那一步呢。再说，我这个人喜欢丁克。你要不愿意，我看就够呛了。"钱思艾故意吓唬姚建华。

"真的？那太好了，我也喜欢丁克，不受孩子拖累，多好。"

"姚建华，你什么意思？你都有一个女儿了，你当然可以不要了，我还一个孩子都没有呢。"钱思艾一下子沉不住气了。她可以说不要孩子，但如果对方和她一个想法，那她就不乐意了。

"不是你先前说要丁克的吗？我说我代表着一个集体，你还不信，这回信了吧？至少我们生一个宝宝吧。"

"烦人。"钱思艾有点不好意思。

"所以，我代表咱们未来的家这个小集体，接受准岳母的检阅，没说错吧？"

"就好像你处处都对一样。"

"还是先检阅我的家吧？你先一个人检阅，以后再让准岳母来我们家检阅，你看怎么样？先让你觉得合格了才能过关啊。"

"那好吧，今天听你的。"

"说好了？那今天就听我的，先到我家，然后我再带你去一个地方。"车子一路驶向姚建华座落在东三环的家。

100多平的房子，顶层，带阁楼，装修成了一个小跃层。

"你的房子够大，我的窝那才叫蜗居，46平，还是租的。"钱思艾说。

"女孩子一个人住，不需要太大的房子。再说，你要是把我娶过去，估计46平也够咱俩折腾的。"姚建华坏笑。

"凭什么我娶你？"钱思艾显得很不高兴，可能受了姚建华坏笑的熏染，脸一直拉得很长。

"对不起，我说错话了。是我娶你。"

"我说过要嫁给你吗？"

"你没说过吗？噢，这个还用说吗？"

"我没说过，所以我不一定非要嫁给你。走啦，我要去学游泳。"在屋里转了个来回，钱思艾就要急着往外走。

"我能这么快就让你走吗？"姚建华拉过钱思艾的手，双眼紧紧地盯着对方。钱思艾被他看得有点紧张，她越是紧张，姚建华的手拉得越是紧，

他甚至把她向自己身体这边拉过来。近了，更近了，似乎能感受到对方的鼻息。

钱思艾挣脱开来："走了，我说走就要走了。我跟我妈说了，我还要陪她看书店，我舅妈有事，不能天天总在书店里。"

"好吧。不再坐会儿了？"姚建华显得很无奈，"我哪儿惹你了呢？"看到钱思艾执意要走，姚建华不得不换下拖鞋，重新穿上皮鞋。

钱思艾一路上一声不吭，姚建华问她是回家还是去他的花园。钱思艾就说今天不去花园了，改天再说吧。她自己都觉得自己有点紧张有点不自然，似乎她是一只乌龟，把自己严严地包在了壳子里，手脚也全收了回去，任别人怎么在壳上敲打，她就是不想出来。她忽然觉得很没劲，也很无力。

3

晚饭吃的不多，李菊花发现这个年龄无论吃多少好像都能被身体吸收进去，小肚腩出来了，每天做各种运动，它还是很顽固地存在着。

刘建成磨磨蹭蹭地洗漱完以后，似乎有话要跟李菊花说，却又忍着。李菊花凭第六感觉，知道自己的男人欲言又止，但不知道他要说什么，只好主动问："老公，有啥话就直说啊，怎么了？"

"今天看了场电影，里面提到了第三者，说第三者和小姐相比，第三者还没有小姐仁道。你觉得呢？"

"这两者都不值一提，都什么人啊，真是的。"

"我却有个想法，和影片里的想法一致，第三者确实没有小姐仁道。第三者你给她多少物质上的东西她都未必会满足，她要了钱还要感情，她是一个很贪婪的存在，而且她能直接导致婚姻的破裂。而小姐就不一样了，小姐拿钱，完事走人，事后不会再联系。"

"你就因为看了场电影，就跟我说这个？我鄙视。"

"可我不说心里堵得慌。"

"看场电影还堵得慌，真服了你。城府也太浅了。"

"你还记得你刚生完花香那段日子吗？"

"怎么了？那段日子天天伺候孩子，除了这个还有什么？产假一满我就上班了，整天忙忙碌碌的，不知道你要说哪段。"

"由于在产房亲历你生产，你生完以后，我很久不敢碰你，后来，我就……"

"你就怎么了？"李菊花神经紧张地看着刘建成。

"我就找了小姐。"刘建成终于把这个隐藏了多年的事情说了出来，"这么多年，我总觉得对不起你，可又觉得自己没被小三勾引，也算对得起你。可毕竟我的身体背叛过你，我要是不说出来，这辈子我都不踏实。"

"你……"李菊花紧皱眉头，说不出话。

"我知道你不会想到这个。"

"我确实没有想到，你几个月前要我和离婚，我猜你可能有了小三，我用很长时间去调查你，你不知道吧？我动用了私人侦探，可他们回复我说根本没见你私下和女人有交往。我就知道，你没有找小三。所以我就报了班，想努力做个温柔的女人。"

"你找侦探调查我？"刘建成吃惊地看着李菊花。

"没想到吧，其实我也没想到我这一生还会求到他们。"

"我知道你在尽力维护这份婚姻，所以你越是这样，我越觉得对不起你。我还听信了朋友的话，假装重病，这样你就不会离开我了。骗人的日子也不轻松，我整天吃着维生素，也担心吃多了对身体不好。直到你和姐逼着我检查了身体，得知我的身体确实有点问题，我才放下心来，我知道，即使这样，你也不会离开我。"

"可是当初是你要离开我。"

"我一想到产房血淋淋的场面，我就睡不着觉。我失眠，你可能根本不知道。"

"我一天带孩子累得要死，我哪知道你失眠。"

"所以我找了小姐。我告诉自己只有这一次，我也恶心自己。可我有生理需要啊，我怕伤到你的身体。"

"刘建成，我真没法儿说你。我的身体只给过你一个人，你却把你的身体给别人。"李菊花有一种恼羞成怒的感觉，可她又强忍着不想发作。

"我压了这么多年，你知道我心里什么滋味？现在我终于说给你了，我只想告诉你，我没有找小三，我不想破坏咱们的婚姻。"

"小姐就没有杀伤力吗？你说出这些，你知道我胃里有多难受？现在它在翻江倒海，我只觉得恶心。"李菊花不想就此事探讨下去，掉过头去睡觉了。而刘建成心里并不知道自己说这个出来对还是不对，好在他控制住了找小姐的次数。他一共找过两次，可他只告诉了她一次。他知道李菊花舍不得主动离婚，谁主动离婚，谁就主动放弃了女儿的监护权，放弃一切财产净身出户。为了这所有有形的东西，他想她也不会主动跟他离婚。

可他想错了，李菊花睡着以前说出一句话："刘建成，咱们离婚吧。"

刘建成说："离不了，协议条款你忘了？你不想要闺女？不想要财产？"

"你以为我不想要？"李菊花哭了起来，"可你明知道我不想离婚，却拿这种话来恶心我，你让我以后还怎么和你过？"李菊花觉得自己这几个月的努力全白费了，全都葬送在这小姐身上了。

"你也别介意，我就是当年年轻糊涂不懂事，都过去这么多年了，你看我现在还会去碰小姐吗？你也别嫌我脏，当时用套了。"刘建成理亏，小声嘀咕。

"行了，别说了。"李菊花大声说，"我要睡觉了，别烦我。"

李菊花觉得自己的天塌了一样，这个让他一心一意对待的男人，竟然还干过这么令人不齿的事情。自己平生只恋过一次爱，只结过一次婚，静下心来，李菊花就在想，自己真的只恋爱过一次吗？不对，还有一次，那是她十五岁，情窦初开的时候，她上高一，和同班一个男同学有过交往，但两个人一次手都没拉过。

后来，经过努力，李菊花间接地找到了这个同学的电话，通过电话知道了他的QQ号，两人在网上相聊甚欢，李菊花发现自己有了一种恋爱的感觉。她把一切都抛在了脑后。男同学过生日，她送给他一块两千多块钱的手表，男同学回赠她一条高于两千块钱的白金项链。两人就这样开始了礼尚往来。直到男同学要来北京看她，李菊花才觉得有点玩火，他来了她怎么安置他？她一下子迷茫了。

她觉得有千块石头压着自己，有的时候有一种喘不过气来的感觉。可她割舍不下这段感情，两个人经常在 QQ 上相互关心，甚至发展到在微信上你一句我一句地述说。每天如果听不到对方的声音，李菊花都觉得似乎缺了点什么。她近来习惯了这个人的存在，有点像吸食大烟一样上了瘾。

每次李菊花和对方通过话或看了对方的留言后迅速消灭证据。她知道刘建成从来不碰她手机，她也没有查刘建成手机的习惯，可她还是隐隐地有点担心，担心被刘建成看到。那后果不可想象，应该是她主动离婚，分不到一丝一毫金两，包括那个水灵灵的女儿。她不想做这么失败的事情，何况她觉得自己还是爱刘建成更多一点，生活为什么偏偏让她偏了方向？她明白，是刘建成让她变化的。如果刘建成不找小姐，或者找了小姐打死也不说，那她这辈子还真是死心塌地地做先前的李菊花。可现在她做不了原来的李菊花了，但她又不敢向前迈一步，初恋同学一说来北京找她，她就吓得直打退堂鼓，可她这番苦楚却无处可诉。

昔日初恋要来北京，到底要不要见他？李菊花陷入苦海。

4

姚建华对钱思艾说，他的花园这几天有个活动，如果钱思艾有时间的话，希望她能同去。他还补上一句说会有惊喜。

惊喜谁都想要，钱思艾也不例外，但她不知道会有什么样的惊喜，这一路上，这个惊喜就盘旋在她脑海里，让她心不在焉。但她倒想见识下他的花园，现在城市的土地是寸土寸金，他竟然还能有一处花园，这让多少人羡慕呀？

"你很富有啊，房子比我大，还有花园，你干嘛不在花园里种菜种水果呢，那样你就是名副其实的庄园主了。如今有土地的人，都是财主，那你是钻石姚老五呢还是地主姚老六？"

"我还是我，一个开着一家小广告公司的法人，在北京只有一套房子，这跟有些人比差远了。人家房叔房姐都有好几套呢？至于这处花园，也不过是我租来的，充其量我只是个佃户。地主另有其人，不是我。"

车驶向郊区，路两边可以看到很多果树，还能看到果农在卖水果。树多的地方，感觉空气似乎也好了起来，钱思艾打开车窗，探头探脑："真好，比城里一睁眼就看到的高楼舒服多了。"

"养眼吧？以后有机会我就多带你来郊区玩，你看怎么样？"

"我看挺好。"钱思艾抿嘴笑。

"那就好，我还怕你不喜欢我这样亲近土地呢，我一扎到地里那简直就是个泥腿子了。我喜欢土地，就像所有的秧苗都喜欢它一样。"

"你快赶上诗人了。"

"给花浇水的时候，我就是湿人。"姚建华笑。

"我还真是想像不到喜欢泥土喜欢花的男人是什么样的？"

"就是我这样的！有亲和力，像农民一样憨厚、耿直，没有坏心眼。将来等我退休了，我就在郊区包一块地，自己种菜自己吃，省得去市场买了，绝对是无激素无农药的绿色食品。"

"想法挺好。"

"到那个时候，你会跟我来吗？"姚建华期待地问道。

"那得看之前是不是能继续在一起了。"

"也不带我去见准岳母大人，也不知道你哪天带我去。"姚建华觉得有点委屈。

"该带的时候我会带的，急什么。"钱思艾觉得自己对他的考验还没有到自己特别满意的程度，虽然说她对他还是挺满意的，可经历过失败的她，会格外小心，以免再受伤害。

"我不急，我怕你急，你不提我得提啊。"

"说的什么话呢，我才三十过一，我不急，你放心好了。"

"你还年轻，可我已经老了，我都四十有三了，你不急我急，哪天你再跑了，我上哪逮你去。你不积极我可得积极。"

"那你就先积极着，等我另行通知。"

"整得跟我要应聘似的，还得等通知。"

"那可不是得等通知，我得问我妈呀，我得等我妈同意，我才能给你放行。"

"我还得先问问你是不是同意吧？"姚建华侧过脸看了一下钱思艾。

"那是，你不先征得当事人的同意，就想直接先见我妈，那是不可能的。"

"好吧，我知道了。"

钱思艾还以为姚建华会接着跟她贫，可他不再提这个话题，开始给她讲他的花园有多大，种了多少种花，那里有多美，引的钱思钱在看到花园之前只有冥想的份儿。

车子七拐八拐就绕进了一个村子，这里都是平房，远远地可以看到有鸡在地面上遛达着，也有小狗无所事事地在村里走着。

"看到花了没有？"下了车，两个人继续往纵深处走，姚建华说，"再往远处看。"

远远地，紫色的花朵映入眼帘，再往前走，钱思艾觉得，可以用姹紫嫣红来形容："太美了，简直就是花的海洋。"

"说对了，这里就是花的海洋。"

"这么多花，不会有人来搞破坏？"钱思艾比较疑惑。

"你这人怎么这么悲观呢？难道你是悲观主义者？和我在一起，我必须扭转你这种思想，凡事要多往好处想，别净想那不好的。谁没事来毁花啊？"

"有的人喜欢花，自己又不爱种，可能会来掐几朵回家插花瓶儿里。"

"或许有这样的人，一会儿我们检查检查，看有没有被掐走的迹象。"

"已经掐走了，你亡羊补牢也来不及了。"

"没事，这么多花，喜欢的话就掐到他们自己家去看，让他们有个好心情，何乐而不为呢？"

"你开公司，一定是天底下最好的老板，自己只有一杯羹，也一定要分给别人一块品尝。"

"说对了，我就是不爱吃独食。以后你跟我在一起，你会发觉我什么都会让着你的。"

刚一走进花丛中，钱思艾被几个突然围上来的人吓了一跳，那几个人看着都很年轻，男男女女不下七八个。他们就跟隐形人一样，原先空荡荡的

花丛里还看不到一个人，转眼就跑出来了，的确让人觉得他们打破了宁静和美好，只是这感觉刚一转瞬间就消失了，他们手里都捧着一束花，伸到姚建华面前。姚建华一一接过，整整接了一怀抱的鲜花。

姚建华把这一怀抱的鲜花送到钱思艾面前："思艾，今天我郑重向你求婚，嫁给我吧。钻石会有的，一切都会有的。"说完，他变戏法一样，在钱思艾接过鲜花时，他从衣兜里拿出一个小首饰盒，打开来，里面是一枚钻戒。

钱思艾有点发呆，她知道姚建华早晚要向她求婚，但没想到会跑到郊区来，身边还站着几个陌生的男女，这几个男女一起鼓起掌来，让钱思艾有点尴尬，不知道要不要接那个戒指。

"老板，送人玫瑰手留余香，我们自己种的鲜花就不收你费了，明年租给我们的地租金要减半噢。"一个男生说。

"没问题，一定减一定减。"

钱思艾不明白了，等到回去的路上，姚建华才跟她说明，说他包了一大块地，原本是想种菜，可是他没有时间打理，于是想到了种花，种花也没时间往花市送，干脆就让它们在地里任意开着。他之所以想起了土地，是因为腾讯有一款游戏，就是专门种地的游戏。有的人种花有的人种菜，一看就知道有的人浪漫有的人更务实。可那些花毕竟只能看不能采摘，菜也只是欣赏欣赏，无法下锅。白领们平时没有时间亲近土地，只好在虚拟世界里种花种草。于是姚建华想了一个主意，把他租的这块地分别包租给这些白领，大家一起种花，每个周末都来这里伺弄一番，也算是亲近土地了，又顺便到郊外呼吸呼吸新鲜空气。

"没办法呀，城里雾霾太重了。郊区没有工厂没有汽车尾汽，天空是蓝的，白云不是灰的，它是白的。"姚建华说，"思艾，将来我们搬到农村去吧，在自己家建游泳池，建花园。"

"今天这一趟，让我总结了两点，第一，你是广告公司老总；第二，你是地主。"

"我哪是地主了？我可不是地主。我要真有一块属于自己随意支配的地，那我才是地主呢。"

"你把地租来，又把它分成一小块一小块的租给别人。你有收益了吧？那你不是地主，我是地主？"

"你是我家地主婆。"姚建华坏笑。

5

这么多年的事了，刘建成又讲给李菊花听，刘建成忽然觉得自己脑子有病。这脑子咋说有病就有病呢？他都觉得奇怪，他现在迷茫了，他是想离婚呢还是不想离婚呢？不想离婚，这些东西就不该讲。可是越不想离，他越不想隐瞒自己做过的错事。自从李菊花温柔地跟他叫老公以后，言语形态都有了诸多变化，一想到她这些变化，他就不想离婚，想好好和李菊花过，所以他想更真诚一点。他觉得自己真诚了，李菊花就更会以诚相待。可他哪里知道，从未出过轨的李菊花，精神却出轨了。

同学缠着她要来北京见她，还信誓旦旦地说绝不打扰她的家庭生活。他们闲聊的时候，他竟然还说他要生二胎。他找的媳妇比他小好几岁，生二胎的话底子还算年轻。

李菊花不清楚他为什么要跟她说生二胎，他生不生二胎跟她有什么关系？难道他在暗示她，如果他们能在一起，她李菊花可以给他再生个孩子？别说自己没有了子宫，就是有子宫，她这年纪也不想再受那罪了，41岁了，就算能立即怀上孕，42岁生，50岁的时候，孩子才8岁。一想到这里，李菊花就觉得他们之间实在是不该有交集，可是她的心就是不甘，不甘在哪里她也说不清。

她这个时候就想到刘建成讲的小姐，一想到小姐她就觉得恶心。他曾经用亲吻过她的嘴巴亲过另一个女人，他曾经和另一个女人有过不干不净的丑事。他怎么可以？她对他那么好，他怎么可以找小姐？这是原则性的问题，就算当初他亲历产房看到她生孩子血淋淋的场景，那自己这般辛苦，他应该心疼才是，怎么会心生恐惧？

这么恶心的事情，他竟然还能讲得出口，还能做得出来。李菊花崩溃了，可没谁能救助她的崩溃，她只有自己躲在角落里慢慢地舔伤口。想不

到越舔越疼，越舔越难过，以至于自己想铤而走险。

她想和他离婚啊。离了他，自己一样能过，可是女儿花香怎么办？那个时候花香不是没有爸爸，而是没有了妈妈。他们协议上写着，谁先张罗离婚，谁净身出户。那个时候她将一无所有。可离了他，自己真的一样能过吗？要是和这个初恋结婚，是不是会幸福？李菊花不敢想，她已经适应了刘建成所有的习惯。初恋显然已经长得变了形，没有中学时候的青葱模样了，说话的嗓音也不好听，还胖了，还有肚子。刘建成懂得保健，他就不长肚子，身材还相当好。初恋的体形不能和刘建成比。

所以，李菊花得出的理论，即使和原配刘建成离了，和初恋结了，也不一定会幸福，何况自己根本不想嫁给那个男人，他已经不是她的菜了。但是他们互相联系，填补了她近来被刘建成冷落的空虚。

6

钱思艾让姚建华教她游泳："你把我教会了再去我家吧，要是我妈不喜欢你，向你泼水，我好及时抢救你于水深火热中，所以我得学会游泳。"

"岳母有这么厉害吗？我可是她的准姑爷。"

"打住，这还没结婚呢。"

"去室内学还是室外？室外晒晒太阳很舒服。"

钱思艾听从了姚建华的安排，两人直奔西海子游泳馆就去了。那是个室外游泳场，有深水区和浅水区。这是钱思艾第一次游泳，从小就喜欢水，但是一直不敢游泳的她，一下到水里就跟鱼儿一样。但她始终攥着池边的扶手不撒手。

"有我，别怕。把手松开。"姚建华让钱思艾松手，钱思艾却死死抓着仍不松手。

"我怕我掉深水里上不来。"

"你是学游泳的，你要一直不敢往水里走，那啥时候能学会？听话，跟我来。"姚建华拽着她往水里走，钱思艾只好恋恋不舍地松开扶手。

一直往里走，一直往里走，钱思艾终于除了姚建华，再也没有可抓的东西了，这个时候她才清楚，到了水里，一个不会游泳的人，陪伴在她身边的那个人就是她的生命。在姚建华身边，她有点像蹒跚学步的小孩。

钱思艾终于在游完泳冲淋浴的时候决定了，带姚建华回家。玩了不到一下午的水，晒了不到一个下午的太阳，脱去泳衣，才发现露在外面的皮肤是黑的，真是黑白分明。

她记得自己在水里的几个细节，发现姚建华把她看得很紧，生怕她被水没住。这让她很感动。姚建华虽然游得也不是太好，但他能游到深水区里去，钱思艾就不敢。每次他游泳之前，一定告诉钱思艾老老实实在浅水区待着。所以只有姚建华待在身边的时候，钱思艾才敢放肆地玩水。她甚至忘情地在水里扑腾着，结果跳着跳着，一下栽水里了，喝了个饱不说，还只会在水里挣扎，根本浮不到水面上来了。要不是姚建华一下子把她捞起来，她恐怕就溺水了。有好几次她淘气的时候，姚建华都在旁边紧紧地看着她，只要稍有不测，他一定能在第一时间得到讯息。

女儿的男朋友到家里来了，刘建丽自然也把这事当回事，她问过女儿钱思艾，对方多大年龄，长相怎样，家境如何。钱思艾只说见了面就全都知道了。她还没敢把年龄说给母亲听，她也隐隐担忧母亲会嫌姚建华年龄大。而刘建丽本想问她对方是不是刘建成的发小，但她忍下了。

买了几样菜，在女儿他们还未到家的时候，她先把菜择好，专等人到了以后再做菜。意想不到的是，当姚建华出现在刘建丽面前的时候，刘建丽惊着了："你是？让我想想。你是老姚家大儿子？以前你总上我们家找建成玩，你这是？"

"阿姨，这是给您买的礼物。"姚建华没认出对方来，平举着手里的东西说。

"你不是早结婚了吗？你钱叔还参加过你的婚礼。那天我好像感冒了没去，你和你钱叔拍的照片还有呢。"刘建丽恨不得翻箱倒柜把姚建华婚礼上拍的照片拿出来。"我的眼睛毒吧，你一进来我就觉得眼熟。"

钱思艾插不上话。

"找到了，在这呢。这不就是你吗？"新郎头发吹得别致，新娘白色婚纱，在桌前给大家敬酒，钱向前站起来接酒。

"只可惜，你钱叔他人已经不在了。"刘建丽忽然又伤感起来。

"妈，能提点高兴的事不？姚建华人家都离了，你还给他看结婚的照片，你这不成心吗？"钱思艾压低声音说。

姚建华也觉得有点尴尬，但他还是掩饰着："阿姨，我不知道那是叔叔。真不知道。"

"也难怪，你上学是在外地吧？以后也没有什么联系。"

"倒是现在我和建成还有联系。"姚建华没话找话地说，企图能和眼前的女人搭上话，站在一起。

"建成是我弟弟，思艾的舅舅。你们还有联系？是啊，你们当初就是发小，难怪现在还能联系上。"

姚建华觉得这关系有点复杂，自己和女朋友妈妈的弟弟是发小，这和钱思艾可咋论呢。还没等说话，刘建丽就说："你这年龄比思艾可大不老少吧？他舅比她大了……我算算，得有 14 岁，正好两辈人。"

姚建华只有点头的份儿，没有插话的份，他实在不知道再说什么，偶尔用眼神尴尬地看眼钱思艾。

"你爸妈健在？我记得你有个弟弟还是妹妹？"看姚建华点头称是，刘建丽接着问，"你们怎么就离了呢？不好好过，离啥啊？"

姚建华真不知道怎么跟她说自己为什么离，说小三冲进来了？对方要知道了哪还敢把女儿嫁给他？他只有矜持着说不出话来。

"妈，能少说点吗？"钱思艾看出了姚建华的尴尬。

"我说的多吗？小姚，你说我说的多吗？我没说几句啊。还没怎么样呢，就帮别人说你妈？"

"我帮谁了？我谁都没帮啊，妈，我冤枉啊。"钱思艾忍无可忍，但还得忍，这要是就她和她妈两个人，她保不准就开门离开了。但现在不行啊，有外人在啊，她得给自己妈留面，"行，妈您和她继续讨论吧，我去做饭，我饿死了。"

钱思艾奔厨房去了，留下客厅里的两个人。没过两分钟，钱思艾就在厨房喊："姚建华，姚建华，帮我做菜。我饿了。"

姚建华没进来，刘建丽进来了："钱思艾，你喊什么喊？这是我的地盘，你让谁做菜？"

钱思艾一副可怜巴巴的样子："是您的地盘，那您来做，我要饿死了。"

"我跟小姚话还没说完，你能不能长大点？"

"我都 31 了，您这么恨我不嫁，我这急三火四地要把自己推销出去，您老在我前面拦着干什么啊？您审他跟审犯人似的，您看他多不自在？妈，您饶了他吧。"钱思艾双手作揖。

刘建丽白了钱思艾一眼，抢下她手里的炒锅，开始做菜。

此时，李菊花正在刘建丽的书店里，店里没有顾客，她在手机上跟同学正聊得热乎。可退出 QQ 以后，她又一阵阵发冷。

第十四章：一定生两个小孩

1

曹小曹接到李磊短信以后，立刻回复他："老公，我想生两个孩子，一个姓曹，一个姓李。你同意吗？"

李磊很快就回复了："同意。"

曹小曹恨不得笑出声了，只是摸摸自己的肚子，却只能怪它很不争气。不出几日，曹小曹又发短信给李磊："老公，要是我一个也生不出来，你还要不要我了？"

"不会的。"对方回得很慢，显然在忙什么。

"要是会呢？要是我真一个也生不出来了，你还要不要我？"

"要。"只有一个字。看不出一点感情色彩，你可以说他说的很坚定，也可以说这个字太寒冷，没有感情在里面，也许说得极不情愿。 这让曹小曹费尽心思也没弄明白李磊的真实想法。不管了，管不了那么多，眼下娘俩在她的新房子里过着日月，隔一段时间就能和老公生活一段，甜蜜一段。等他回到海上，她就又回到母女相依的岁月。

她渐渐习惯了这样的生活，一旦李磊待的时间过长，她似乎还有点不适应。她担心自己这是一种病态，可是她又查不出根源。

"思艾，你说我这是不是病态？李磊不回来我想，他一回来在家待的时间一长我就又烦。"曹小曹跟钱思艾倒苦水，"你说我这到底是怎么了？"

"还你呢，我都愁死了，我妈不愿意让我嫁给姚建华，非说他和我舅是发小，他们是一代人，我跟他年龄相差太大。哪里有多大啊，不才12岁吗？我妈非说我和他差14岁，她把他当我舅的年龄算的。"

"你没跟老妈说啊，年龄大才懂得疼人嘛。你快帮我分析分析，我这到底是怎么了？我们这蜜月刚过才多久啊？你说我怎么有这样的想法？"

"赶紧怀上孩子，有了孩子，你们就真的绑在一起了，现在我觉得你们还漂着。"

"得了，那人家丁克都是怎么过的？你不也说过你要做丁克吗，别说你没说过。"

"我是说过，可我们长相厮守，不像你们，三天两头一个海上一个陆地上，相隔十万八千里，想够都够不着。"

"我是怕啊，要是我怀不上呢？自从上次流产，我觉得自己患了心病。"

"杞人忧天！至于吗？你还年轻，别忧郁这个事，真没什么。就是真怀不上又能怎么样？就做丁克，大不了领养个回家。"

"你就是凡事都比我想的超前。可我还是愿意给自己老公生孩子，不想领养别人的。"曹小曹噘着嘴说。

"顺其自然吧，凡事顺其自然。"

"既然你都有这想法，那你也顺其自然吧，老妈对你男朋友什么感觉不重要，爱咋咋地呗，顺其自然。"

"你可真会学，这么大会儿工夫，就把我说的话还给我了？"

"是我觉得你说的没错，不要太在意，越在意，可能越怀不上。你也一样，老妈不同意能咋的？和你过一辈子的是姚建华，老妈又不能陪你一辈子。重要的是你的感觉怎么样，你有没有想过嫁给我们老大。"

"想过。那天和他去游泳，我到水里，就把自己整个交给他了，我喝过好几次水，有一次最重，呛到底了，只知道扑腾，却浮不出水面。要不是他抢我出来，我估计就溺水而亡了，你也就没机会跟我在这讨论了。"

"你说的好吓人，有这么严重吗？喝水怕什么？谁学游泳不得喝几次水，多喝几次你就行了，会游了。"

"那水那么脏，还是你喝去吧。"

"我学游泳那会儿，你以为我没喝水啊？没少喝。不过两天我就学会了，你学会没？"

"还没有，他在前面托着我，我能往前游了。"

"他也不能永远当你的拐杖吧，下次你就别用他，把自己当掉在水里那样学，多扑腾几次你就会了。"

"够狠的。"

"不狠咋出徒？"

"你对你们家李磊也够狠的，你说你刚才说的那一大堆，要是他知道了，得多伤心。"

"没办法啊，他一回来，我就觉得我妈太拘束了。咱妈养咱二、三十年，现在成家了，还让老妈看脸色，这我可不愿意。"

"所以我结婚就自己过，绝不和婆婆们在一起。"

"自己妈呢？你现在也只剩老妈一个了，你也不能总让老妈她一个人住一个地方吧？空巢老人让人不放心啊。"

"有啥不放心的，我们可以天天打电话，条件好还可以天天回家。我反正得有自己的空间。就算是结婚了，和老公之间也得各有空间，不能什么事他都跟着我掺和。"

"打电话行，天天回家不现实，就算在一个城市，朝九晚五，上班下班，回家累散架子了，哪还有时间回自己妈家？你真够天真的。"

"我不是天真，我是一定要向这方面努力。我可不想天天回到家，净听老妈在那唠叨。"

"可你别忘了，一回到家就有现成的吃的摆在餐桌上，你不觉得幸福？"

"人活着不能贪太多。要这个就不能有那个，不可能两全。我绝不羡慕你一回到家就能立马吃上饭，这就是人和人的追求是不一样的。我更追求自由，成天被约束我肯定不干。"

"事儿多。"曹小曹嗔怪地说，

"你好好酝酿生两个孩子的事吧，我得回家说服我妈，不然我嫁不出去啊。"

　　"她认准我们老大是你舅舅发小，那又有什么呢？又不是直系亲属，不沾血缘。你妈想得有点多了。"

　　"所以说，我深有体会，绝不和老人生活，哪怕她是亲娘老子。"

　　"忘恩负义的家伙。"曹小曹撇着嘴说，"好像将来你不老一样。"

　　"等我老了，要是有孩子就让他把我送养老院去。要是我没生孩子，我就和姚建华结伴去。要是那个时候我孤家寡人一个了，我就打一车把自己送进去。"

　　"你对自己到底是狠呢还是狠呢？"

　　"我对自己多好啊？这怎么叫狠呢？我到老了的时候，没人管我了，我不就把自己打包送到敬老院去？带好钱，让那里的服务员照顾我。"

　　"都说金窝银窝，不如自己的草窝。敬老院我可不想去，我现在伺候我妈，等将来我老了，我让我的孩子伺候我。所以我要生两个，男孩女孩各一个，让他们比着孝顺我。"

　　"小算盘打得可真好。"

　　"必须的。"

2

　　"菊花，思艾这门亲事我不能答应。他们年龄差得太多了，都快能给思艾当爹了，不行，两代人啊。到时候她还年轻轻的，人家成老头了。咱们可不去伺候他去。年龄一般大的，到老了，那才叫相互搀扶着呢。"

　　"差多少？"

　　"14岁。"

　　"姐，只要他们感情好，差十几岁不算个事。您可千万别因为年龄耽误了思艾啊，找到真爱不容易。"

　　"那人和建成是发小，以前是我们老邻居。你说我这脸到时候往哪搁？"

　　"多少年没见过了？都老不来往的，现在能聚在一起成亲戚，这就是缘分啊，姐。"

　　"和建成是发小，你没听我说吗？40多岁了，小艾才31，一朵花呢。"

"姐，我说话你别不爱听，姑娘到30多了，就真不小了。孩子在你眼里永远是孩子，可在社会上，她就不小了，该嫁就嫁吧，您也别难为他们了。如今婚恋自由，你挡着她，将来还挡出冤家了。"

"别说思艾了，建成最近怎么样，没再提离婚吧？"

"没有。"李菊花欲言又止。她心里的东西一度也膨胀着，她自己也有所担心，害怕有一天砰得炸了，到那个时候，如何收场？初恋说要来看她，直到现在她都没敢答应他。她是想见他，可是不想他来北京见他。他来了她的地盘，就让她有一种束手无措的感觉，就好像刘建成一定会知道似的。还有，她自己也不明白，让他来干什么？

干什么呢？她一直在问自己，却始终没有答案。是的，她明白，她不想让身体出轨。她管他叫哥，她说，哥，我真羡慕你，你的媳妇还能给你生二胎。我这辈子，就只能是一胎的命了。对方就说，那你也可以再要个啊。李菊花就想说，跟谁也要不了了，子宫停业罢工了。但她没开口，她觉得说出这番话就是对自己的一番剥掉衣服的羞辱。

可她真想好好羞辱自己一番，一想到刘建成找过小姐，就让她怒火中烧。她不明白，过去这么多年了，他都没说，为何现在才说？他目的何在？她几次三番地劝告自己，这是刘建成使的伎俩，他想和自己离婚，只是再也不便主动说出来，他想要女儿，想要财产，他不好直说离婚，只好以不同名目羞辱自己，让她气愤之极主动提离婚。

初恋一直闹着要来北京，李菊花一直阻挡着，只说我回老家的时候再去看你。李菊花觉得自己精神都有点恍惚了。

这天她接到侄子打过来的电话，精神一下振奋了："什么，怀孕了？要回老家登记去？不行，不能回去登记。"

侄子觉得奇怪，说女孩的户口都在她爸妈手里，为什么不能回去登记。李菊花就说："她娘家知道吗？"在得知娘家已经知道的情况下，李菊花仍谨慎地说，"就算他们真知道了，你们也得回趟他们老家，见见老人，再说，你不也没有见过她父母吗？去和他们打声招呼再回老家登记，说明尊重他们，你明白吗？"

侄子明白了，买了两张卧铺票，直奔湖北就去了。路途遥远，女孩有孕在身，侄子当然舍不得她坐硬座。李菊花在北京等侄子的消息，却想不到等来的消息是侄子说对方要十几万的彩礼钱。侄子年轻，打工仔，兜比脸干净，十几万要了他的命。拿不出钱，女方家就把女孩软禁了，两个人一天只有吃饭的时候才能见上一面。睡觉在两个地方，女孩的电话也被没收了。侄子给李菊花打电话的时候，嗓子是哑的，说话相当费劲，有气无力。他说他们俩被女孩的父母给分开了。李菊花心想，你们在北京同居，在人家娘家妈眼前还同居就不像话了，分开也对。

可分开不是分开这么简单，手机没了，是不让他们有情感上的交流，两个人迷茫了。娘家爹说了，拿不出十几万的彩礼，这亲事必须得黄。只有李菊花知道侄子是没有钱的，打小父母离异，父亲不着调，都是奶奶和李菊花带大的他。好不容易有个工作，找个媳妇，都什么年月了还要彩礼？李菊花当然也不同意，告诉侄子说，就说没有。看他们还能怎么的，你们女儿怀着孕，他们还能撑到啥时候？不要太主动，现在主动权在我们手里。

李菊花失算了，女孩父母让李菊花的侄子自己回北京，侄子怎么哭求都没有用。李菊花就说那你一个人先回来，就说和家里的大人商量商量。侄子前脚走，后脚女孩家又降低了财礼，可不管多少，男孩还是拿不出来呀。

女方这下更恼火了，心想我都降价了，你还没钱，那我们只好嫁给别人了。女方的爹就要女孩打掉孩子，要把她嫁给她以前的同学。想不到女孩刚强，竟然跳楼了。农村盖的三层小楼，女孩爬到楼顶，像蝴蝶一样飞了下去，大人没事，孩子没了。女孩的父亲吓的脸白了，母亲不会说话了。女孩说："你们不是让我做掉孩子，嫁给我以前的同学吗？那我就跳楼先摔死他再摔死我，我让你们人财两空。"

女方家没辙了，就说这么大的事，男方家连个大人出面都不出面，于是李菊花出面了，电话打过去，这才从女孩那里得知侄子在被她父母撵走时，竟然给她双亲跪下了，要他们答应他带走女孩。李菊花听到这里，泪眼滂沱，大声说："我侄子给谁跪过？我是他姑姑，他还有奶奶，他没跪过我们，我们养大了他，是为了跪你们家人吗？"

李菊花的哭是真哭，侄子小的时候，她像妈妈一样照顾他，甚至还给侄子做过衣服。侄子一跪，把李菊花惹恼了：彩礼一分没有，爱咋咋地。

李菊花电话里好话说尽，说难得两人相爱，将来他们挣了钱，能不孝顺你们吗？你们是他们二老啊。这是她说出来的，她没说出来的话是这样的：这两个小年轻的都要回老家登记了，要是我答应他们回去登记了，那这生米煮成熟饭了，你们娘家人还能怎么样？还要什么彩礼。他们属于看不清方向的一群愚昧的人。

3

当刘建成听说侄子受气以后，也替侄子说话："真要是不听你这当姑的话，回老家把记登了，她娘家人不也干看着？还有插话的份儿？那孩子还能没了。"

"好像我是刽子手？话也不能这么说，要是真登了，也麻烦，他们娘家人要是让他们离呢？那不更被动，更闹心？我那侄子年轻轻地成了二婚头，还怎么找媳妇？"

"那就是他们老人不懂事。孩子都你情我愿的了，种子都种上了，还扯什么淡？不明白事儿。最后怎么谈的？"

"我让侄子先回北京，就跟他们娘家人说回来和家人商量。想不到我这话刚一出口，女孩就说她爹要把她弄到医院做流产，要她嫁给以前的同学。她说她不愿意，她只想和我侄子在一起。"

"真挠头。我们当年白手起家，这不也过来了？一起奋斗有什么不好？"

"就是的。老公。"李菊花看了看刘建成，低声说，"我有个想法。"

"啥想法？"

"干脆劝侄子在郊区买套房子，贷款按揭，他们结婚以后慢慢还去，首付跟亲戚张罗借点，好歹他们在北京也算有个窝了，要不他们奋斗多少年能攒下个房子？如今房价这么高。"

"这是个好主意，十几万的彩礼钱咱们帮他们张罗个房子，也比把这钱交到他们娘家人手里强。说不好听的话，就是将来这姑娘不跟咱侄子了，咱侄子有房，小伙也不愁再娶。"

"可他没攒下啥钱啊。"李菊花为侄子苦恼。

"这钱咱们出吧，谁让你是他姑姑。"

"那我跟咱哥商量商量，让他们也拿点？"

"拉倒吧，他们在老家，能有啥钱？"

事实上侄子的父亲和他的继母还真拿钱了，拿了一万五，告诉他说这是结婚钱，等到结婚的时候就不给钱了。侄子额头的青筋都跳出来了："姑父，借你们的钱和我爸给的钱我一定都还。"

"你爸那是给的，不用还。"李菊花说。

"还。"侄子蛮有志气地说。买房之前，女孩终于还是跑回来了，当然，侄子也去接了。侄子不能和女孩的娘家人计较，人家让他回去接，他就回去接了。孩子没了，不知道侄子的心里有多痛。

"感情伤人啊。"刘建成感慨一番，"早知道女孩这么死心塌地，你说他们家唱这一出丢人不？"

"哪个父母都有为自己孩子争取幸福生活的权利吧。只是得看清轻重缓急，像侄子这个女朋友的妈，就看不明白，活活伤了一个幼小的生命。其实有的时候我也自责，我要是同意他们回去登记，是不是合法了就可以生孩子了？细一想，也不行，架不住女孩父母捣乱。没文化真可怕。"

"你不是那女孩的父母，你要是，你也一样急，能为女儿争取最大的幸福就一定会争取。"刘建成说。

"你别拿我打比方，我的女儿乖乖在学校上课呢，将来听话懂事着呢。"李菊花急了。

"将来你女儿领回家一个女婿来，你会不会也跟那女孩一样的妈，追着男孩屁股后头跟人家要彩礼？"

"该要也得要，看人家情况，人家经济紧张，咱就不能强求。哎，老公，你绕我呢？咱家闺女找的是最好的，怎么可能经济紧张呢？"

"她将来真要是找个穷光蛋呢？"

"那好办，咱找他来当上门女婿，房子车子咱们给置办，反正女儿有你这个有钱的爹。让他们生两个孩子，一个姓刘，一个姓男孩的姓，姓李也行。"李菊花说到这，咧嘴乐了，好像这事马上就要发生了一样。

"你的计划可真好，就怕他们另类，一个孩子都不要，到时候你才傻

了呢。"

"她敢！"

"现在的年轻人，有啥不敢？没有他们不敢干的事儿。生不生孩子这事，不是你和我能决定的。"

李菊花一愣，想自己和刘建成这一生只能有这一个女儿，要是将来她真的不给他们生个外孙子，那整个家庭成员就太少了。那他们老了以后，膝下也没有个小孩绕来跑去的，多没意思啊。

"国家得出台政策，每家至少生两个，不然这地球上的人类不是越来越少了？什么丁克啊丁宠啊，那都是胡扯，只有人类的繁衍才是结婚后最重要的事情。"

"咱想生两个，也生不来啊。"刘建成的话大煞风景。

"那你就只好找别人生了。"

"我哪有这本事？"

"你本事不是大着吗？当初你不是闹离婚闹得凶吗？咋不继续闹了？"

"真闹起来，再找个年轻的，我还得再生二胎，我怕自个儿太累，都40多岁了，60岁孩子才10岁，我都能当他爷爷了。我到幼儿园去接他，别人还纳闷他怎么喊我爸爸不喊爷爷呢。"

"你没看过日本电影《白兔糖》吗？老家伙都七十多岁了，可他的私生女才六岁，还搞不清那女孩的妈是哪一个。你这岁数不老，不过你得搞明白点，要是真生二胎，弄明白孩子妈是谁，不然对孩子太不公。"

"喂，越说越下道了啊。"

"没下道啊，我这不还在这坐着呢吗？"李菊花见刘建成急了，扑哧笑了，"好了，不逗你了，去洗漱睡觉吧，老——公。"

听李菊花拉长声音喊老公，刘建成依然觉得很受用："以后甭跟我讲二胎三胎的事，我这辈子就这一胎，不生了，要是真生，那就由我来孕育，不劳驾你了。"

"想劳驾也得劳驾得了啊，我没这本事了，功能不全。"李菊花翻了个白眼。

"就是你功能全，我也绝不会让你再生的，真的，太辛苦了。那场面太血腥，让我记一辈子。"刘建成心里哆嗦一下，他真不想提那个午夜医院里妇产科病房的场景。

"人家都生两个孩儿，我对不住你。老公。"李菊花无比真诚地说。

"有个花香和菊花就足够了。"

李菊花咧嘴一笑，显然刘建成此时把她当孩子了，这幸福来得有点突然，竟然让她不知所措。在这不知所措当中，初恋像个偷窥狂，躲在屋子里的角角落落看着他们。李菊花心里跟针扎一样，觉得这种痛是自找的。

但她告诫自己，千万不能让刘建成知道她的背叛，她真的很怕刘建成离开她，这辈子她都不想离婚。她心底的那一丝不甘，只是因为刘建成的身体曾经背叛过她。李菊花就在这种痛和疼之间徘徊，就是睡在刘建成身边，初恋偶尔一个闪现，让她心悔不已，她心里在哭，自己这不是对老公不忠了吗？

一夜无剧情，刘建成尽管洗漱之前打算和李菊花上映一场好莱坞大片，可他终究还是被心底隐藏的那幕血淋淋给吓回去了，ED 了。也不是一次两次了，李菊花自然不是太在意，遗憾是有的，但一想到自己脑子里划过初恋的影子，她也就没有任何理由埋怨自己的丈夫了。

4

李菊花想看杂志，但无须买。刘建丽的书店，什么都可以缺，就是不缺书和杂志。没有顾客的时候，李菊花就看书，这是这两天养成的习惯。她最近迷上了短小精悍的杂志，文章虽然字数不多，可是道理都讲得明明白白。读一篇小文章，就让你明白很多人生道理。

李菊花尽量不登陆手机 QQ，脑海里一出现初恋，就赶紧找书看。

"菊花，最近怎么这么好学？"刘建丽一边整理书籍一边说。

"姐，没办法啊，得与时俱进啊。建成天天在公司忙，我也得不到什么外界信息，只有从书本里获得了。"

"说的也是，你还年轻，不像我，老啦。再干两年我也不干了，把店兑出去。"

"姐，这书店等你不干了，我接过来。开书店多好啊，又干净又能看书，我喜欢。"

"那行。那等哪天我不干了就给你。我这老胳膊老腿，有点力不从心了。"

"姐，你可不老。姐，问你个私密点的事儿呗。"

"啥事？"

"姐你不打算再找个老伴啊？"

"打住，你姐夫刚走，我可没这心思，估计以后也不会有这心思。我只等着思艾结婚以后，就跟她一起过，帮她做做饭，打扫打扫卫生，带带孩子什么的。就是这闺女不省心，我让她离姚建华远点，她偏说我干涉她个人生活了。还说她老大不小的了，根本用不着我管。"

"孩子大了，我们是不该干涉她了。男人和女人就是不一样，我听我嫂子说我家老邻居杨大爷，老婆刚去一个月就又续上了。"

"男人都是下半身动物，没办法。老了老了还花哨着，没有老伴的日子他们不行。女人就不一样了，女人一生嫁一个，老伴死得早的，一直守寡的多了去了。我就是其中一个。"

一回到书店里，钱思艾听说母亲说了上述那一席话后，就对李菊花说："拜托，我可不希望将来我妈来我们小家干涉我们的生活，她不让我嫁给姚建华，我还偏嫁了。你说我非他不嫁，我妈还能来我们家吗？做饭带孩子？省省吧，不够累的，我都没打算要孩子。反正姚建华已经有个闺女了，我不生，他也没意见。"

"你在找老公培训课上没听老师讲？孩子是夫妻唯一的纽带，有孩子的婚姻幸福指数更高，离婚率也降低了好几成。"

"他们讲的那些课，正是我要去捣毁的。要不是他们误导，我能一次次地暗示自己，非要嫁到国外去？我还以为国外的男人个个表里都是金，一级棒呢。什么呀，人渣。我看就是那爱情课误导的我，不然我不可能那么快就闪了。课上讲了，几十天就找到老公，是啊，几十天找到不嫁那能叫老公吗，所以我认识大山就嫁了。嫁的那叫一个惨，我没让他们退学费就不错了，便宜他们了。"钱思艾现在一讲起来，还气愤着。

"将来你妈去给你做饭带孩子，我觉得挺温馨的。"

"可我没打算要孩子啊？做饭就不用了，我不想使唤我妈像使唤佣人似的。"

"你懂不懂，人老了，会觉得寂寞，你妈她根本不想找老伴，将来可不就指望着你了。"

"我妈说她不找老伴了？别啊，舅妈，您劝劝她，让她以后找个老伴过他们两口子的日子吧，我想她我就回来看他们，可别跑我眼皮子底下监督我啊。晚睡不行，晚起不行，我不得被唠叨死啊？"

"你这样还真不能过早生孩子，自己整个还没长大呢。就你这样，你妈她更不放心啊，她更要进驻到你们的新家里去了。"

"我妈不让我嫁姚建华，我嫁了，她肯定不会进驻，她烦我们还来不及呢。我们相差才 12 岁，她就非说我们是两代人，我真服气得很。"

"我和我侄子差 14 岁，可不就是两代人吗？"

"舅妈——求求你了，不要再给我添乱了，你得帮我多说点好话呀。咦，我妈呢？"

"你妈去菜市场买菜去了。"

"我就是回来看她一眼，我就走，我不想停留太久，停久了，她吵我，我也嫌烦。等我走了以后，您一定多劝导她，尽量说服她，让她以后把自己嫁出去。哪怕她找个没房没车的老头，招上门也行，反正我们家有房。旁边有人烦她，她就不会到我的小窝烦我去了。"

"这丫头怎么这样呢。"李菊花苦笑着摇了摇头。

这时刘建丽买菜回来，正把钱思艾堵在门口，一个要出去一个要进来。"去哪？连你妈面都没见到这就要走？不行，一起吃午饭，我来做。"

"妈，这不是见到您一面了，怎么就没见面就走了？舅妈您看我妈是不是不讲理？"钱思艾似乎要控诉一样。

"你妈让你吃完再走，你就吃完再走吧，还差这一会儿了？"

"妈，我走了，改天我再回来。"钱思艾逃也似的跑了。

"这丫头，就会回来点火，点完就走，根本不管她妈是什么感受。今天倒好，刚冒个火星就跑了，这还没着呢。"刘建丽把兜子里的菜拎到小

厨房里，带着情绪说。

"姐，是不是您管她管得太多了，她怕您管她吧。"

"你不管能行吗？我不管，就让她嫁给那大叔去？"

"刚才思艾跟我提这个问题了，姐，我看你要不就不要管了。她也是成年人了，幸福是自己找的。你干涉她，将来她会怨你的。刚才她还跟我说让你找个老伴呢，说你有老伴了，注意力就不会全放在她身上了。"

"这死丫头，还要把她妈给嫁出去？太不像话了。"

"姐，我看这个可以考虑。"李菊花笑嘻嘻地看着刘建丽。刘建丽直说拉倒，不行。

"我就盼着小艾早点结婚，早点让我抱上外孙子，到那个时候，我书店也不开了，就专门给她带孩子去。"

"姐，你的重心不要太往小艾身上使，我看她根本不想生孩子。还有就是她找的这个姚建华，俩人相差 12 岁，其实也不算太大，人家姚建华比建成小两岁。姐，你就同意了吧。你同意了，我看以后小艾再回来也不会像刚才那样看见你就逃。"

"看见我就逃还回来看我？"

"女儿想妈也正常啊。她回来得知你一切都好，这不没看到你的影子就想走了。她心底也关心你，她肯定也愿意让你关心她，但是她是成年人，大主意您还得让她自己定。"

"好，她的婚事我还不管了。管来管去管出冤家了，到头来要把她妈嫁出去？有这样的闺女吗？"

"这样的闺女真有，人家也是真关心你嘛。"李菊花笑了。

5

李菊花和侄子去了购房中心，首付早交了，这次是去办贷款。分 25 年还完，首付 10 万，一个月还一千多。首付十万的大部分是李菊花给垫的。一回到家，李菊花就对刘建成说："老公，你借给侄子这么多钱，我欠你的，你可不能跟我离啊，离了我可还不上。咱俩这协议也快到期了，你有啥想法吗？"

"我哪有什么想法，这六个月我也想通了，我不能主动提离，我一提离我就败下阵来了，女儿女儿不能给我，财产财产全归你们，好嘛，我一个人净身出户。我不干。当初这协议谁起草的？"

"当然是我起草的。"李菊花笑。

"当时我怎么没注意？你这协议有漏洞，谁敢先提啊？你敢？"

"我不敢。"

"好在 6 个月到了，这纸协议作废了，以后我们再怎么提，就是另一笔帐了。"

李菊花把玩着手里的圆珠笔："那你的意思，6 个月一到，你就变脸了呗？"

"该变也得变啊，人不能一成不变啊。活一辈子这么好几十年，一成不变多没劲。"

"说的有道理，我们活了几十年，确实时时都在变化着，只是自己没有感觉到。我们应该变一变。"

"你的意思是新老公已经找到了？"刘建成追问。

"我一天守在你姐书店里，哪有时间去上课？再说，我忽然有了很深的领悟，所以用不着上课了。我就是自己的老师。每个人都是老师，只是自己以前没有发现。每个人其实都能毁了自己，也能拯救自己。"

"说的太深奥，不懂啊。"

"6 个月的时间说长不长，说短不短。还有 15 天的时间，你准备怎么过？"

"正常过。你数得可真清楚，你是不是想等到 6 个月时间一过，就赶紧提离婚？"刘建成揣测着李菊花是不是真的在那个培训班找到了老公，不免心底有一点小小的担忧。

"那我可不告诉你。老公，你是不是都不会叫老婆了？叫个呗，万一 6 个月以后你想叫我叫不到了呢？"李菊花忽然就想撒个娇。

刘建成听着有点懵，"老婆"二字始终未弹出口："都老夫老妻了，怎么叫不行？别太矫情。"

"谁矫情？我叫老公矫情？那你告诉我，我叫老公，你听着是不是很舒坦？这个在老师那里学的，嘴巴甜点不吃亏。"

刘建成心说，你确实不吃亏，当初我那么想离婚的一个主儿，现在都不想跟你离了。眼下，他只有用协议打马虎眼了，反正傻子才开口说离婚呢。可是，这6个月像李菊花说的那样，就剩15天了，15天一过，日子就又恢复到6个月前那样了。那个时候，就又到了谁想离婚谁作主，不受协议羁绊的时候了。真那样，这个婚姻还能保得住吗？

刘建成故意漫不经心地说："6个月的协议要到期了，总算解放了。"

"是啊，总算到期了，我也盼着这一天呢。"李菊花心里却恨恨的，想不到跟你这么温柔，你竟然还想离啊？就是初恋同学再骚扰她，她都没想过要离婚，甚至已经推脱了不想在北京见他。那么，要是将来有机会回老家，就在老家见了？也不是，李菊花一想到协议书还有15天就到期，这可是关键时刻。她是又盼着到，又害怕到。

"晚上有约，小曹和思艾约我和她们K歌去。"

"三个女人一台戏，就是从你们这里来的？"

"都是你家里的人，能折腾出什么戏来？还不都是安分守己地唱完就回家？"李菊花洗漱打扮得花枝招展地走了。其实哪有和她们约好唱歌呀，只是李菊花忽然觉得在刘建成面前怎么也得表现得潇洒点，临时给她们打电话吧。却想不到电话还没打，竟然接到初恋同学的电话，天啊，吓死人了，李菊花大惊失色，这男人从老家杀到北京来了，就在大街上转悠呢。

不见，肯定不对，可是见了，又把他领哪去？对，不能见。李菊花赶紧说自己不在北京，在老家。对方迟疑了一下试探地问她，那我现在就回老家，你在老家等我好不？李菊花说看情况吧，现在定不下来。李菊花一边说一边骂自己怎么会撒谎。她是实在不知道在自己的地盘上怎么款待这个男人，她一下子懵了，充分领会了什么是玩火自焚，这把火只要她再加一根柴就能燃烧，但她决定不加这根柴，就让他回去吧。

对方一听她定不下来，就说："那我在北京等你，你什么时候回来？"

李菊花急了，发起脾气来："你不要等我，你等不到我，我不会在北京见你的。以后我回老家再见。"

"在老家能见，在北京怎么就不能见？"

"我说不能见就不能见，没有什么为什么。好了，我手机没电了我挂了。"挂断电话的李菊花，觉得很对不起初恋，可是哪里对不起，又将不明白。自己一下子就糊涂了，一想到初恋可怜巴巴的样子，她发了一条短信过去：没有结果，就不要这过程了吧。请忘了这个开始。

李菊花为自己的坚定叫好，却又觉得对不起对方，可是如果对得起他，那就对不起刘建成。她觉得自己不去见他，是对的。她希望自己能尽快忘记这段插曲，她必须牢牢握住和刘建成这个主旋律。

给曹小曹打电话，约她出来唱歌："最好给思艾也打个，我们三个人好久没在一起唱歌了，还去绿野仙踪那家。"

当三个人聚在绿野仙踪 KTV 的时候，李菊花的手机短信提示音响了起来：我回去了，原本我也没出火车站。

李菊花一阵伤感，但她没回短信。

"姐，咋了？唱啊。"曹小曹把话筒递给李菊花，"我最爱听你唱孙楠的《拯救》了。"

"你唱吧，你唱的《波斯猫》真好听，我还想听。我一会再唱，我得先喝点小酒，情绪上来了才能唱出来。你还不知道我五音不全。"李菊花说。

"你们实在亲戚就在那谦让吧，那我唱了。"钱思艾找到一首歌，站起来一本正经地唱着。

"这丫头，你说她还说我们是实在亲戚，她不是啊？"曹小曹吃着开心果。

"她小，我们得让着她，她爱咋说就咋说。"李菊花拿起小瓶啤酒喝起来。"小曹，幸好约到你们了，要不然我回去都没法儿交待了。"

"出来玩还要怎么和家里交代？"曹小曹不解。

"我还没约你们，就逃出来了，跟你姐夫说和你们约好了去 K 歌，我就是想出来，今天晚上竟撒谎了。"

"还撒什么谎了。"曹小曹不经意地说。

"噢，我乱说呢，就这个谎还不大啊。"李菊花一想到初恋，心里不

觉得一堵。自己怎么会如此幼稚，40 郎当岁的人了。酒精经过口腔直接滑到胃里，一个人就这样闷闷的喝了起来。喝到酣处，她唱起孙楠那首《拯救》，唱得泪涟涟。

灯火辉煌的街头

突然袭来了一阵寒流

遥远的温柔

解不了近愁

是否在随波逐流

夜深人静的时候

我就潜伏在你的巷口

梦是氢气球

向天外飞走

最后都化作乌有

一个人在梦游

像奔跑的犀牛

不到最后不罢休

爱若需要厮守

恨更需要自由

爱与恨纠缠不休

我拿什么拯救

当爱覆水难收

谁能把谁保佑

心愿为谁等待

我拿什么拯救

情能见血封喉

谁能把谁保佑

能让爱永不朽

一曲唱完，钱思艾和曹小曹鼓起掌，一致表示让李菊花再献歌一首。李菊花谦让："我这五音不全的，唱不了两首歌，就跑这号来了。别把人家给吓跑了，还是你们俩个唱吧。"话筒转让到钱思艾手里。

依旧喝酒，平时注意保养的李菊花很少沾啤酒，就怕胖肚子，今天她却敞开了喝起来。

6

姚建华开车来接钱思艾，自然把曹小曹和李菊花先送回去。姚建华笑嘻嘻地说："今天去我那吧？"

"不去，我要回家。"钱思艾喝的满脸潮红，这一刻，她只想回到属于自己的南三环的那个小家。她需要安静，不要任何人打扰。这个家，至今为止，姚建华都不得踏进一步，趁着钱思艾小酒喝得有点高，姚建华搀着她，就要跟着进去。

"停，我到家了。你，回你自己的家去。"钱思艾不胜酒力，两小瓶啤酒就让她晕头转向了。她要关门，姚建华挡着门，不让关。

"让我进去喝口水。你怎么也不能这么对待你的车夫吧？喝点水，喝完就走。"

"屋里没开水。"

"就因为没水，我才要进去帮你烧开了，让你喝点解酒的茶水我才能放心走。"姚建华的话起作用了，他终于挤进屋子。

"啥时候出嫁啊？"水烧开了，茶水冲上了，姚建华不在意地问。

"早着呢，还没考验好，还有话没跟你说。"

"什么话？"

"谁跟我结婚，都得做好思想准备。"钱思艾歪在沙发上。

姚建华吓了一跳："什么准备？"

"我不想生孩子，我要过丁克生活。你愿意？你要是不愿意，那，请便。"钱思艾指向大门。

姚建华心说我还想再生个大儿子呢，怎么到你这孩子都不给我生了？

唉，不生不生吧，反正我已经有个闺女了。但他还是不忍："咱不要两个，咱要一个行不？丫头小子都不挑。"

"不行，一个都不要。至少十年内不要。我还想把自己当孩子呢。十年以后再议。再说生了孩子，我妈还得来家里帮我带，我可不想天天在她的眼皮子底下生活，我要过自己的自由生活。"

"那我问你，你，想好啥时候嫁了吗？"

"还没想好。好了，茶水冲上了，你快回去吧。慢点开车。"钱思艾往外撵姚建华，偏姚建华赖着不走。

"嫁给我吧。"姚建华抓着钱思艾的手。

"我还得好好想想。"

"还要怎么想啊？"姚建华急了。

"你还是回去好好想想吧，目前我就算结婚，也只想丁克，别耽误了你。哎呀，真困，我要睡了。你快走吧。"钱思艾继续往外推姚建华。

第二天，姚建华给钱思艾打电话，约她晚上一起吃饭。还没等服务生把菜上全，姚建华就真诚地说："艾，嫁给我吧。"

"我昨天说的你想好了？"

"想好了，反正我有一个闺女了，我不亏，倒是你，有我这么健康的老公，不给这个健康的老公生个儿子或女儿？"

"不给。"钱思艾斩钉截铁地说。

"好吧。我不求生儿育女，只求你嫁给我。钱思艾，你愿意嫁给我吗？咱中国的地盘，就别摆那谱了，还单腿跪地的，西洋景咱不会。"

"戒指上次我是接收了，可是你要想好了，你想好我才能同意。"

"想好了。"姚建华轻声嘀咕，"大不了十年以后再和你商量。"

此时曹小曹正和远在大洋彼岸的李磊网上视频，曹小曹说我一定给你生两个孩子，一个儿子一个女儿，一个姓你的姓，一个姓我的姓。李磊很开心地笑着，说很快就要回国内了，让她好好等他。说完很快就下线了，他说他这是抽空跟老婆视频的，忙，没有时间。说一想到快回国就别提有多兴奋了。

"李磊快回来了？"看曹小曹和李磊视频，曹妈躲得远远的，"他快回来了，你明天送我回去吧。"

"妈，这次不走了，你们将来早晚是要生活在一起的，不要总躲了。"

"妈是怕给你们制造矛盾，再说我也想回去了，院子里的菜都是你李婶给浇水，也不能总麻烦人家。"

"那菜不要了不行吗？又不是多值钱的东西，不够来回跑的车费钱。想种，就在咱家院子里种。"

"自个儿过舒服啊。"

"妈，你就好好和李磊处处，不是说一个姑爷半个儿吗？你把他当你的儿子，你该说就说他，心胸大度点。他爱说什么说什么，再说我都说了，上次是误会，他真是针对我，不是针对你。他再放肆也不敢直接针对你啊。以后你给我们带孩子，你就是有功之臣了。"

"这不还没有呢吗，有的时候我再回来。"曹母说什么也不在北京待了，坚决回了老家。曹小曹又开始了一个人的日子，盼李磊的日子里就充满了孤独感，只好继续绣那幅清明上河图。她又开始了代驾的生活，曹母在的时候，她们相互陪伴，现在就剩她一个人了，她特别不愿意一个人在家里。

刘建丽则和曹母正相反，她天天催着女儿钱思艾快点结婚，好替她带外孙。但前提是不能嫁姚建华，说的次数多了，钱思艾从最初的反驳到最后的不理不睬。当刘建丽看到女儿戴上了结婚戒指，懵了："闺女，这是谁的？"

"明知故问。我的呀。"

"别打马虎眼，我说是谁送的。"

"还能有谁，目前不就那一个吗，您闺女我也不是朝三暮四的人啊。"

"我说过了，你们年龄不合适。他岁数大了，生出来的孩子质量都未必好。"

"妈，我不要孩子。"钱思艾把脸对着刘建丽，认认真真地说。

"什么？你敢不要孩子？你看人家曹小曹，将来还要给曹家生个一男半女的，人家要生两个孩子，怎么到你这一个都不给生？那我不就没有外孙子了吗？不行，我要外孙子。咱不要两个，咱要一个还不行啊。"

　　"您倒不贪。我现在就想自由，我考验他十年再说吧，那个时候婚姻稳定我再生。万一哪天分了，为个孩子我还分不成。"

　　"你，死丫头，你还离婚上瘾啊？"

　　"不是我离婚上瘾，我是真怕啊，再说生孩子太疼。就这么定了，我这就算嫁给他了，十年以后再定生不生的事儿。"

　　钱思艾说完走了，只留下刘建丽在那生气。

第十五章：续签

1

李菊花 K 完歌，被姚建华送到家，一个人往楼上爬，有点悲壮，又有一种说不出的滋味。还有一个小时到十二点。零点以后，她和刘建成的协议就只剩下 14 天了，两个星期。日子过得太快了，6 个月，似乎眨眼之间就过去了。

她的钥匙刚插进门锁里，还没来得及转动钥匙，门开了。刘建成就站在眼前："玩得开心呀。"

"那是。唱得舒坦。日子就得这么过。"李菊花带上门。

"我刚从学校回来。"

"怎么了？"李菊花警惕地看着刘建成，"花香怎么了？"

"没怎么，就是有点拉肚子，电话打到家里，我开了点药给她送去了。我跟她说了，要是再严重，就让她去校办卫生所输液去。本来我想带她输液，她说没事。这孩子，越来越坚强，真是大了。"

"这一点随我，我啥时候都坚强。"

"这基因也随我，我更坚强。"

"有没有不随我们的地方？"

"有啊，缺点都不随，或者缺点都随你也有可能。"刘建成坏笑。

"我可没把我有限的缺点遗传给她。我得洗洗睡了，倒是不困，越唱越兴奋，就是酒劲上来了。"

"你喝酒了？"

"明知故问，不喝酒我还会唱歌？就我这五音不全的，就凭着点酒力才好意思吼。"

"对了，闺女的这个缺点随你。你看我唱歌那叫一个好听，今天你们咋没叫上我？"

"姚建华还唱了一首呢，唱完就送我们回家了。现在估计到小艾家了。"

"他们快结婚了吧？"

"谁知道。没跟我说，我看咱姐不愿意，嫌他们年龄差得太多。"

"差得多怕啥，大的都懂得疼小的。"

"我说我当初可能是应该找个比你年龄大点的才对。"

"哪跟哪啊，矛头咋还指向我了。"

"你不懂得疼人啊，我都累了，也不招呼睡觉。还跟我扯，还问别人结不结婚的事。别人结不结婚管你啥事啊。"

"那是我外甥女。那是外人吗？"刘建成还较上真儿了。

"好好，那是你的亲人，我不是。"李菊花也懒得洗了，倒头就睡。刘建成把李菊花脚上的拖鞋拽下去，还凑到鼻子底下闻了闻，边闻边耸着鼻子。

李菊花眯缝着眼看到了这个细节，想笑，终于忍住，竟然又有了一点哽，想哭，怕被刘建成看到，硬是把眼泪咽了回去。"老公，我想喝水。"李菊花趴在床上，动也不动，如同睡去，但她的声音传到了刘建成的耳朵里。刘建成给她倒了一杯果珍现冲的饮料递给她。

"真甜。"喝完的李菊花又躺下了，"12点了，还有 14 天了。"说完睡去。

还有 14 天协议就到期，是不是两个人就可以放肆，想怎样就怎样了？当然，刘建成明白，当初是自己非要离婚，李菊花不愿离，才签了这个协议。现在是他不想离，但他不知道李菊花怎么想，他看不出她在想什么。他只知道她上过那个找老公培训班，是不是她已经物色到了下一个？这事真不好说。如果是这样，她李菊花埋藏得可够深的。她如果找到了下家，那就是

说她应该主动出局。可偏协议上写得清清楚楚，谁先出局，任嘛也捞不着，那真是损失惨重。她一定是等他们6个月期满，不受协议约束的时候再提离婚吧？至少那个时候，她可以争取要女儿，还能要一半财产。

自己想离吗？6个月前是想的，现在不想。刘建成这样告诉自己，协议期内李菊花像换了个人，那一声声的老公，把他叫得心都酥了。他怎舍得。

可是如果自己不主动提离，那有悖于初衷啊，在这个女人面前怎么找得回来自尊？到底是自尊重要，还是把老婆留下重要？当然后者更重要，刘建成告诉自己，这是自己孩子的亲妈，别的女人是无法替代的。就是今天给女儿送药去，女儿还一个劲打听她妈怎么没去。看着可爱的女儿，怎么舍得给她找后妈。有人说有后妈就有后爹，那要是有后爹是不是一样也有后妈？要是李菊花找了后男人，那个男人成了后爹，那李菊花不就变成后妈了？还能对刘花香好吗？那可是刘家的花香啊。想到这里刘建成哆嗦了一下。不离了。什么自尊？狗屁自尊。

刘建成之所以能有这样的想法，是因为他去了一个地方，在那里，心理医生平息了他的激动。在那四面封闭严密的小小房间里，刘建成讲了李菊花带给他的恐怖，做爱不再美好，而是像踩在刀刃上一样，就像美人鱼站在刀尖上跳舞。他去过的这个地方，没有谁知道，包括他的发小姚建华。但是他不得不承认，姚建华给过他不止一次的指点，比如他装病，是为了博得发妻的同情。姚建华也说过，所有人或多或少都有点心理上的问题。外国人都不忌讳看心理医生，只有中国人，担心去看了心理医生被别人误以为是心理不正常，有心理疾病，有精神疾病。

刘建成何尝没有想过，自己经历产房事件后，其实患的就是心理疾病，他晕血，见不得父母杀鸡，以前他喜欢吃毛血旺，现在一听说就想呕。有一段日子，刘建成不能吃肉，一吃就反胃。也许胃病就是这样得的，他想。

他被那个心理医生带进那个四四方方的小屋子里，面对面坐好，伏在案上。

"你曾经看到过什么，让你恐怖？"医生问。

"我看到了一只手，我还看到了婴儿的头。头出来了，医生的一只大手伸进去，掏出血块。恶心，不行，我要吐。"刘建成说到这里，蹲到痰盂旁边，吐出来的全是酸水。

"然后呢？"

"我就想，那个地方原来只属于我，怎么可以伸进去那么大一只手。我只觉得恐怖，以后我就晕血。"

"你是真的晕血吗？"

"我是真的晕血。我看到手指出血，都害怕，怕它蔓延，怕止不住，怕它成无底洞。"

"你老婆生完孩子以后，你们多久后有了第一次性生活？"

"这是隐私，大夫。这个你也问？"刘建成有点恼。

"我必须要知道。"

刘建成开始回想："很久，我只记得是很久。一年？两年？我不记得了。我宁可自己安慰自己，也不想找她帮忙。在医院的时候，她那下面，变得我不认识了，陌生了。"

"你感激她为你生下孩子吗？"

"感激。所以多少年了，我都忍着没离。我一想离，我就想到她生孩子的时候大声痛苦的呻吟和眼角的泪。她很疼。可我不离不行啊。"

"你没想到生孩子会这么痛苦吧？"

"是的，如果知道，我不会让她生。有可能。"

"可每一个家庭都至少有一个孩子，这个你怎么看？"

"也许我不该进去看她生孩子。当时她的指甲用力在我手上、胳膊上掐，掐得都出血印了，我都不知道疼，我被眼前的血淋淋吓呆了。"

"你老婆生孩子之前，你们一起洗过澡吗？"

"洗过。"

"生完以后呢？"

"没有。"

"为什么没有？"

"不知道。"

"你害怕见到当年血淋淋的场面。可现在已经没有了，那只是生产现场。

那场景已经过去十几年了。如果我把你的手割破一条口子，让它哗哗流血。告诉我，你会疼吗？"

"肯定疼。还哗哗流？"

"对，哗哗流。可它流得再多，也没有生育的时候流得多，但是你看着你的手，不去管它，就让它流着，你怕不怕？"

"怕。一直流不就把血流干了吗？"

"所以你及时给它贴上了创可贴，几天以后它痊愈了。你现在就回家，跟老婆一起洗个澡，帮她洗每一寸肌肤。最好孩子不在家，你们有更宽松的时间。想干什么就干点什么。一定开着灯，灯越亮越好。我想告诉你，时间就是创可贴。"

"就现在？"刘建成反问，"我不习惯和她一起洗澡，我反感。"

"这是我留给你的作业，你今天回去必须这样做。一起洗澡，你给她洗每一寸肌肤。切记。"

2

姚建华和钱思艾结婚了，没有举行婚礼，只和亲戚朋友打了声招呼，两个人就去南方旅游去了。

李磊回来了，回到家发现家里一个人豆没有。冷锅对冷灶，他不知道岳母和老婆都干什么去了。电话打过去，才知道曹小曹在做代驾："老公，你先回家，我一会就回来了，把客人送到西直门就好。"

李菊花接到侄子的电话，说他和老婆同时跳槽了。李菊花问他什么时候登记，他说不知道。李菊花就说，那就等房子下来再登记，现在登记，房子属于你们的共同财产，到时候说不清。侄子听了他的话。

初恋在QQ上发着哭泣的表情，李菊花也想哭，她知道自己不想失去刘建成，既然不想失去他，那她就不应该出轨。她为自己这段时间的心灵出轨后悔，好在自己悬崖勒马。她真不想玩火，玩火自焚的道理她懂。十八年的婚姻，她还想让它继续。

可她有点担心，六个月协议期一满，刘建成会不会就又提出跟她分手呢？怎么能再继续约束他呢？

曹小曹辛苦到家，却一点也不觉得辛苦，她觉得自己在外面跑来跑去的，生活倒变得丰富多彩起来，充实起来。李磊却不愿意了："我挣的钱不够养你是咋的？再说你白天还有一份工作，你这是何苦？你很需要钱吗？"

"这必须和钱挂钩吗？"

"必须，不然谁大晚上还往外跑，有瘾？"

"是的，我有瘾。"

"我挣的钱够养活你了，你把工作都辞了吧，就在家里待着。"

"我不是金丝雀，我不是你的宠物！你不在家，你想过我的感受吗？"

"结婚之前，你就知道我们要面临着经常分开的处境。你不是不知道？"

"我知道，算我瞎了眼。"曹小曹火气上来了。

李磊一下子懵了："我是为你好，你在外面，又是大晚上的，你代驾拉的都是什么人你能知道吗？喝醉酒的人，谁知道他们是不是居心不良？"

"那有本事你回来陪我啊。你在家陪我，我晚上就不用再出去了。我一个人生活，没人跟我说话，我一天就跟疯子一样绣十字绣。"

"咱妈呢，不是让她陪你吗？"

"她有她的生活，我嫁的是你，你不要老想依赖别人。她没有义务照顾你老婆，你花钱雇她？"

"怎么哪哪都提钱呢。好吧，我错了，是我不好。"李磊开始道歉。

折腾到大半夜，两个人才算和好。李磊说尽量早点离开大海，回到陆地上开李家窗业公司，让姐夫的门业公司帮衬着把他的窗业公司开好。

两个人躺在床上憧憬："女儿一定长得像我，儿子一定长得像你。"

"那可不一定，都说女儿像爸，儿子随妈。"李磊说。

"我们要是能生一对龙凤胎就好了，一起养大，还省心。要是一个大了，另一个还小着，养起来多费心啊。我要用多长时间修复自己的身材啊。"

"也是，那我们尽量生龙凤胎。"

"可这个谁也说不准啊，我真怕一个也生不出来。"

"不许悲观，一定能生出来，一个姓李一个姓曹，我们都说好的。到那个时候，咱妈一定可高兴了。"李磊说。

"老公，我害怕生孩子，一定可疼了。都说女人生孩子是一脚踩在鬼门关呢。"

"别怕，你生的时候我一定会守在旁边。"

"就在产房里？"

"就在产房里，看着你生。跟你一起使劲。你把我掐疼了，我也不喊一声疼。"

"老公真好。"

…………

结尾：

"这是什么？"李菊花看到刘建成递过来的一页白纸问道。

"白纸啊。"

"干什么用？大半夜的，给我白纸干什么？"

"给你的，你想怎么写就怎么写。"

"写什么？"李菊花有点糊涂。

刘建成拉开抽屉，拿出6个月的那份协议："再过两个小时它就失效了，你想让它失效还是想让它继续生效？"

李菊花一下子精神了："你想……"

"续签啊。我和姚建华以后就得续签合同，公司的广告业务都交给他了，明年还得续签。"

"你的意思，咱这6个月协议再拉长？"

"拉长。"

"拉多久？"

"你想拉多久，咱就拉多久。"

（完）